そこに立っているだけで奇跡だ！
自然界のすべての息吹がきみの中にあるみたいだ！
人間以外の――!!!
賭けてもいい！きみなら　あらゆる役を演じられるよ！
そう――
この人だいじょうぶ？
……

クラッシュ・ブレイズ

サイモンの災難

茅田砂胡
Sunako Kayata

C★NOVELS Fantasia

口絵
挿画　鈴木理華
DTP　ハンズ・ミケ

1

前代未聞の事故だった。

いくら小型の、それもかなり年季の入った近海型宇宙船とはいえ、感応頭脳が故障することも極めて稀《まれ》なら離陸直後の宇宙船が制御不能に陥《おちい》って海上に不時着することも極めて稀だった。

船はそのまま海中に沈んだが、幸い着水の衝撃と水圧から船体を守る防護壁《シールド》はまだ生きていた。

水深が比較的浅かったことにも助けられ、真空を飛ぶはずの宇宙船が海の底に沈んだにも拘《かか》わらず、乗員乗客は奇跡的に全員が無傷だった。

その後の数時間に及ぶ困難な救助活動中も船体はよく持ちこたえ、結局一人の犠牲者も出すことなく、乗員乗客は全員無事に海中から助け出されたのだが、問題は事故の直前にあった。

超低空で迷走した船体の一部が海上に架けられた橋に接触・破壊するという、普通なら考えられない二次災害が発生していたのである。

ボルトン橋は全長千六百七十メートル。

セドラス半島の一部であるネリントン区とレイズ湾内にあるストー島とを結ぶ市民の交通の足だった。

ストー島にはおよそ五万人が住んでいる。

朝夕の出勤時には車が列を成す交通の拠点だけに、事故の一報を受けた市警察と救助隊に緊張が走った。

無論ボルトン橋を有するレイバーン市の関係者も血相を変えて現場に急行したのである。

その時点ではボルトン橋はまだ健在だった。

肉眼で見る限り大きな異常はないように見えたが、調査機器を見た専門家は苦い顔で首を振った。

宇宙船の防護壁は橋に致命的な損傷を与えており、崩落は時間の問題だというのである。

ボルトン橋はただちに通行止めとなった。

事故発生が深夜だったこと、橋を渡っていた車も人もなかったのが不幸中の幸いだった。

明るくなってくると、橋の受けた被害が肉眼でもはっきりわかるようになった。人が残っていないか確かめたいところだが、救助隊も危険で渡れない。

空から確認するのが精一杯だった。

朝陽が海に降り注ぐ頃、本格的な崩落が始まった。為す術《すべ》もなく見守る人々の眼の前で、巨大な橋はゆっくりと崩れ落ちていき、凄《すさ》まじい轟音《ごうおん》とともに海の藻屑《もくず》となって消えたのである。

その頃には航宙会社の役員も駆けつけてきた。自社の宇宙船が橋を破壊したとあって、さすがにその足取りは重く、表情は険《けわ》しかった。犠牲者への対応を考えると顔を上げる気にもなれないのだろう。

しかし、ここでも奇跡的に死傷者は出なかったと聞かされて、その顔が一気に緩《ゆる》んだ。

安堵《あんど》の息さえ吐いて言った。

「ありがたい！　田舎《いなか》で助かりましたよ！　これがトラウニックやアリデワだったらと思うと……」

どちらもこの惑星ユリウスの屈指《くっし》の観光都市だが、今のはいささか軽はずみな発言だった。この場にはレイバーン市の関係者も大勢いたからである。

特に、ぐっすり寝ているところを叩き起こされて、否応なしにこんな事態に直面させられたレイバーン市長は不機嫌を隠さず嚙《か》みついた。

「田舎と簡単に言ってくれるがね、現にストー島の五万人が孤立しているんだぞ。この現実をどうしてくれる。ボルトン橋は二百年はもつはずの橋だった。この先二百年間、市は整備と補修予算を組むだけでよかったんだ。それがたったの二十四年でパアだ！事故対策要綱のどこにも空から宇宙船が降ってきて橋を薙《な》ぎ倒す危険性があるなんてことは想定されてなかったはずだぞ！」

航宙会社の役員は慌《あわ》てて市長をなだめた。

「もちろん、臨時の交通手段も含めて、新しい橋の建造費は全額弊社《へいしゃ》が負担致します」

「当たり前だ！」

市長はまだ憤懣《ふんまん》やるかたない顔つきで怒っている。

役員はそんな市長を懸命になだめつつ、あくまで低姿勢で、決して責任逃れをするつもりはないこと、犠牲者が出なかったことを喜んだのだと強調した。

「島の方たちには当面、ご不便をお掛けしますが、死傷者が出なかったことだけが何よりの救いです」

言われてみればまったくもってその通りなので、市長はあらためて身震いした。

不慮の事故死というだけでも市民に与える衝撃は少なくないのに、空から落ちてきた宇宙船に市民が殺されるだなんて、考えるだけでぞっとする。

海上と海中では被害状況の調査が行われていた。

念のため捜索隊も出ていたが、その隊員の一人が海から上がってきて慌ただしく報告した。

「瓦礫《がれき》の中に人体反応があります」

「なにっ⁉」

市長は顔色を変え、無茶は百も承知で尋ねた。

「生存者か！」

「いいえ、生体反応はありません。遺体です」

航宙会社の役員も再び表情を厳しくした。

恐れていた最悪の事態である。

「犠牲者は何人ですか？」

「一人だけです」

これだけの事故で犠牲者が一人で済んだのなら、運がよかったと言うべきだ。

市長も航宙会社の役員も自らにそう言い聞かせて、回収作業の終了を待った。

しかし、数時間の業の末に引き上げられた遺体は、少なくとも今回の事故の犠牲者ではなかった。

その遺体はほとんど白骨化していた。

2

サイモン・デュバルは焦《あせ》っていた。

初めての大きな仕事が控えている。厳密に言えば既に取りかかっている。監督としての自分の将来がこの仕事にかかっていると言っても過言ではないが、撮影開始直後で早くも暗雲が立ちこめている。

予算はお世辞にも充分とは言えず、今後の撮影に必要なロケ地すらもまだ決まっていない。しかし、それはたいした問題ではない。

その程度の綱渡りなら何度も経験している。

主演女優にも不満はない。

アイリーン・コルトはサイモンが欲しかった素材そのものだ。彼女なら大丈夫、きっとやってくれる――そう思っているが、出資者《スポンサー》でもある制作会社《プロダクション》はサイモンの意見に真っ向から対立している。

アイリーンが人目を惹《ひ》くような美人ではないこと、彼女にほとんど演技の経験がないことなどを理由に、主演女優を変えるようにと強硬に迫ってくる。

頭の痛い問題なのは確かだが、サイモンは自分の直感を信じていたので、その執拗《しつよう》な要求をはねつけ、アイリーンで行くという主張を貫き続けていた。

演劇学校で芝居《しばい》を学んだ経験があれば誰でもいい演技ができるかと言えば、残念ながらそんなわけはなく、必ずしも素人《しろうと》が経験者に劣ると決まっているわけでもない。

アイリーンはまさにダイヤの原石だとサイモンは確信していた。経験のなさはこれからいくらでも、現場で補えばいいのである。

そのためにもアイリーンの相手役は重要だったが、そこで少々困ったことになったのだ。

新人のサイモンには有名な役者を揃《そろ》えられる力もコネもない。何より金がない。

実力と知名度は必ずしも比例するわけではないが、知名度と出演料《ギャランティ》は確実に比例するのだ。

しかし、まだ世間に知られていない俳優の中にもいい役者はたくさんいる。サイモンは自分にできる限りにおいて最善の配役をしたつもりだった。

トレミィ・シンガーは中央映画界では無名だが、いくつかの小さな映画賞を取ったことで、地方では注目され始めている役者だった。彫りの深い端整な顔立ちなのに悪役やら汚れ役やら、どんな癖のある役柄《やくがら》でもこなす演技力と存在感は確かなものだ。

だから彼に関しても不満はない。

問題はもう一人のほうだった。

デニス・サージェントは二十歳を過ぎたばかりの若い役者だった。しかし、子役としての芸歴は長く、演技力にも定評がある。

裕福な夫。美しい新妻。その妻に恋する少年。

古典的なお膳立《ぜんだ》てである。こうした定番の設定で非凡なものをつくれるか否かはサイモンの技倆《ぎりょう》が大いに問われるところだ。

単なるメロドラマを撮るつもりはない。

ただし、いくらサイモンが腕を振るったところで、素材である役者が悪ければどうしようもない。

デニス演じるレックスは高校二年生。

学校でも私生活でも問題など起こしたことのない優等生で、両親や教師から信頼され、同級生からも一目置かれている。年齢の割に大人びていて、一見したところは神秘的な風貌《ふうぼう》ながら内に激しい情熱を秘めている、謎めいた美少年である。

デニスは外見だけならこの条件にぴったりだった。

色白の端麗《たんれい》な容貌《ようぼう》は今でも充分十代に見えるし、他ならぬサイモンがオーディションでデニスを見て、彼ならレックスをやれると確信したのである。

ところが、実際に撮影機《カメラ》を回してみると、どうもしっくりこない。

レックスはその魅力と存在感でアイリーン演じる主人公を惹きつけなければならないのに、デニスの表情はそもそも暗い。彼は『謎めいている』という部分を『陰がある』と表現してしまうのだ。

もっと表情を明るくと要求すると、とたんに顔が変わって可愛くなってしまう。

そうじゃない、もっと神秘的な雰囲気を出してと言うと、今度はあからさまな狂気を漂《ただよ》わせてしまう。

頭を抱えたサイモンはそのたびに撮影を中断して細かい演技指導を試みた。

デニスも懸命《けんめい》にサイモンの要求に応えようとしてくれるのはわかるのだが、肝心《かんじん》の結果が出ない。

いくら熱心に説明しても、デニスにはどうしてもサイモンが示すレックスの印象が摑《つか》めないらしい。

ついには匙《さじ》を投げた格好で言ってきた。

「具体的な人物像《モデル》がいればわかりやすいんだけどな。サイモンが書いた脚本《ほん》でしょう？」

そう、この仕事はサイモンにとって脚本家として初の仕事でもある。

レックスはサイモンが考えた登場人物だ。これと言ったモデルは特にないが、サイモンが欲しいのはありきたりの高校生ではない。その場にいるだけで強烈に人を惹きつける存在感を持つ少年なのである。

それをどうやってデニスに理解させればいいのか、自分の要求が難しすぎるのか、役者から望む演技を引き出せない自分の力量不足なのか、いっそのこと思い切ってデニスを切るべきか——サイモンの心は千々《ちぢ》に乱れていた。

しかし、デニスを切るのは本当に最後の手段だ。彼はいい役者だし、サイモンのような駆け出しの監督がすぐに代わりの役者を用意できるはずもなく、制作会社もそんな予算は出してくれない。

八方ふさがりに陥《おちい》ったサイモンは実際の高校生を見てみようと思いついた。

自分とデニスとでは『高校生』というものに抱く印象がずいぶん違っているような気がしたからだ。

幸い、学校なら近くにいくらでもある。

ここは惑星ティラ・ボーン。

別名連邦大学だ。

サイモンの知る高校生の少年というものは学校が終われば即行で街へ繰り出す生き物である。

その姿を捜して街に向かっている途中、高校生が大勢、校門から出てくるところに出くわした。

サイモンはこれ幸いとばかりに道端に車を止め、生徒たちの様子をじっくりと観察したのである。

サイモンの人相風体は年齢三十前後、ひょろりと長い顔に丸い眼鏡を掛けて、肩まで伸びた長い髪に無精髭《ぶしょうひげ》を生やしている。猫背ぎみの痩《や》せた長身で、車の中から異様に光る視線を生徒たちに注いでいる。どう贔屓目《ひいきめ》に見ても怪《あや》しすぎる姿である。

少女たちの中には、ちらっと気味の悪そうな眼をサイモンに向けてくる子もいたが、サイモンは女の子はまったく注目していなかった。

食い入るように少年たちを見つめていた。

この時期の男の子は体格にかなりの差がある。

成人と見わけがつかないくらい大きな子もいれば、まだあどけない頬《ほお》の少年もいる。

少女たちと違って少年たちはほとんどサイモンに気づかなかった。

たまに気づいた少年がいても、特に興味も関心もなさそうな顔つきで通りすぎるだけだ。

一人で下校する子もいれば、数人で談笑しながら帰る少年たちもいたが、その様子をじっくり眺《なが》めたサイモンは正直言って拍子抜けしていた。

実際に自分の眼で確認した高校生の少年たちは、予想より遥かに子どもっぽく見えたからだ。

サイモンが高校生だったのは十年も前の話だが、当時の自分は本当にこんなにも幼かっただろうかと、ちょっと茫然《ぼうぜん》としたくらいである。

これでは到底デニスを責められない。

人は自分の知らないものを演じることはできない。

古代の兵士や独裁者など身近にないものを演じる場合は『恐らくこうだろう』と想像力で補っているわけだが、デニスの高校時代はほんの二、三年前だ。

彼は高校生というものを『よく知っている』と、自分で思っている。

その知識や経験を土台として高校生のレックスを演じているわけだから、これはやはり具体的な人物像を示せないサイモンに非があることになる。

それでもレックスの人物像は変えたくない。

今はまだ自分の頭の中にだけ存在するレックスの印象をどうすればデニスに伝えられるのか、懸命に頭を使いながら、少年たちの姿を飽くことなく眼で追っていたサイモンはどきりとした。

校門から出てきた少年の一人がサイモンを一瞥《いちべつ》し、すぐに視線を外した。他の少年たちとまったく同じ仕草に見えたが、決定的に違っていたからだ。

その鋭い視線はサイモンを貫き、サイモンの心の奥底までを一瞬で見透かした。

大仰《おおぎょう》に言うなら雷に撃たれたような衝撃を覚え、呼吸をするのさえ忘れた気がした。

少年は何事もなかったように通りすぎている。

我に返ったサイモンは慌《あわ》てて運転席から飛び出し、少年に追いすがり、その背中に声を掛けた。

「きみ！」

少年は訝《いぶか》しげに振り返った。

こちらを見返す少年の眼を間近で見たサイモンは、今度こそ身体が震えるような感動を覚えたのである。

一見したところ物憂《ものう》げにさえ見える、それでいて深い知性を感じさせる、冷たく整った抜群の美貌《びぼう》。

攻撃的な様子は少しもないのに、自分よりずっと年下なのに、一歩下がって接してしまいそうになる不思議な存在感。

まさに奇跡だと思った。

この少年こそレックスそのものだ。

「きみ、映画に出てみないか？」

願ってもない素材に出会えた興奮と、この少年を逃がしてはならないと焦るあまり、ひどく直接的な言い方になってしまった。

しかし、ここは校門前の道端である。

見知らぬ男に突然こんな言葉を掛けられた少年の反応は、当然ながら冷ややかなものだった。

「警察に通報されたくなければ、ここがどこなのかよく考えてから話したほうがいい」

この警告にサイモンは歓声を上げて喜んだ。

「すごい！　きみは本当にイメージぴったりだ！」

少年の表情が険《けわ》しくなったのを見て、サイモンは慌てて身分証明書を示し、連邦大学発行の撮影許可証を示し、怪しい人間ではないということを懸命に説明して、人目も憚《はばか》らず夢中で話し続けた。

撮影のこと、主要人物のイメージがうまく役者に伝わらないこと、その人物像がまさに眼の前の少年そのものであること、思わず声を掛けたこと。

「レックスはただ成績がいいだけの優等生じゃない。頭脳明晰《めいせき》な犯罪者タイプなんだ。もちろん実際にはやらない。そんな真似をして経歴に傷をつけるのはばかばかしいとレックスは考えるからだ。その気になれば稀代《きだい》の犯罪者として歴史に名前を残すことも彼には簡単だけど、決して自分から進んでその道を選ぼうとはしない。そんな子なんだよ」

自分がとても失礼な台詞《せりふ》をしゃべっている自覚は今のサイモンにはない。

犯罪者呼ばわりされた少年は憤慨《ふんがい》するでもなく、困惑するでもなく、ただ眼の色を深くした。

「俺は完全犯罪を企むように見えるのか？」

「そうじゃない！　きみを侮辱するつもりはない！なんて言えばいいのかな……」

狼狽《ろうばい》しながらもサイモンは少年の様子にますます歓喜したのである。このくらい大人びていなくてはレックスではないからだ。

「ぼくが言いたいのはつまり……きみは間違っても普通の高校生には見えないってことだよ」

言葉を選べば選ぶほど失礼の度が増していくが、少年は意外にも真面目に言い返した。

「買いかぶりすぎだな。俺はどこにでもいる普通の高校生だぞ」

「いいや、絶対に違う。きみこそぼくの探していた素材なんだ！」

　サイモンは確信を込めて断言した。

「いいかい、ぼくはきみを見つけた。映画の完成が覚束《おぼつか》ないかもしれないと頭を抱えて、車を走らせて、たまたまここに車を止めた時、きみを見つけたんだ。意味がわかるかい？　これは偶然じゃない。こんな偶然があるわけがない！　間違いなく運命だよ！」

　少年はさすがに呆《あき》れた面持ちになった。

「あんたには運命かもしれないが、俺には無関係だ。第一、俺は学業で忙しい」

「わかってる。それはもちろんよくわかってるよ。きみにレックスを演じろとは言わない。その代わり、一度デニスに会ってやってくれないか？」

　訝しげな表情の少年にサイモンは頷《うなず》いて、熱心に言葉を続けた。

「何の意味があると言いたそうな顔だね。意味なら大ありだ。デニスはいい役者だ。具体的な印象さえ摑めれば、レックスを演《や》れるはずなんだ。頼むよ！きみという見本を彼に見せてやりたいんだ！」

「重大な問題が一つある。あんたに協力することに、いったい何の利点《メリット》がある？」

　思わぬ切り返しにもサイモンはめげなかった。

　つくづくと感じ入って少年の姿を眺めた。

「きみは本当にぼくの思い描くレックスそのものだ。こうして話しているだけでもそれがよくわかるよ。きみと他の生徒たちとは野兎《のうさぎ》の群れに狼《おおかみ》が一匹混ざっているくらい違うのに、野兎のほうはそれに気づいていない。同じ仲間だと思い込んですっかり気を許している。それはきみが彼らを攻撃しようとしないせいもあるだろうが、見事と言うしかないよ。ぼくはまだ海のものとも山のものともつかない新米監督だけど、この映画には自信がある。いい作品になるはずだと思っている。だから頼むよ、協力してくれないか。撮影現場はここからすぐそこなんだ」

　アイリーン演じる主人公は高校教師、レックスはその生徒という設定なので、いくつか教室の場面《シーン》が必要になる。室内は模型《セット》で外観は別撮りが普通だが、サイモンは本物の学校を使いたかった。

しかし、生徒が通う現役の学校は防犯上の問題を理由に、休日であっても撮影は許可してくれない。

廃校になって長い、朽ち果ててしまった校舎では、手を入れるだけでかなりの金がかかる。

そうしたら、アイリーンが廃校になったばかりの古い木造校舎を知っていると教えてくれたのだ。

連邦大学《ティラ・ボーン》のサンデナン島にあるその古びた校舎は、サイモンのイメージにぴったりだった。

この惑星で映画の撮影が許可されることは極めて異例なのだが、サイモンはその事実を知らなかった。

熱心に少年をかき口説いた。

「車で来てるからちょうどいい。乗ってくれないか。デニスに会ってくれれば、その後はきみの行きたいところまで送るから」

この少年が本当に普通だったら、とっくに『頭のおかしい男につきまとわれている』と気味悪がって、怒るか逃げ出すかしているはずだが、少年は名刺を差し出して（高校生が名刺を持っていること自体がサイモンには驚きだったが）さらに驚くべき言葉を口にした。

「明日の放課後、ここへ来てくれ」

「どうして明日なんだい？　本当にすぐそこなのに。ちょっと来てくれればいいんだよ」

名刺を受け取りながらも不満そうなサイモンに、少年は氷のような声で言った。

「協力が欲しいと言いながらこちらの都合も聞かず、迎えも寄越さない気か？　礼儀にかなっているとは言えない振る舞いだな」

サイモンは慌てて頷いたのである。

「わ、わかった！　もちろん迎えに行くとも！」

その時の気分と言ったら天にも昇る心地だった。さっきまでの鬱屈《うっくつ》した気分が嘘《うそ》のようである。

少年と別れ、小躍りしそうな様子で現場に戻ったサイモンを、スタッフ一同、眼を丸くして出迎えた。

監督のサイモンが若いので、現場の人間も若い。

中でも助監督兼雑用係のフリップは、サイモンが眼を輝かせて語る『運命の出会い』を苦笑しながら聞き流していたが、少年の名刺を見て眉《まゆ》をひそめた。

「変だぜ。この住所、隣の島の学校じゃないか」

「え？　そう？」

「これだからな。少しは映画以外のことにも神経を使ったほうがいいぞ」

フリップは一応、サイモンの部下という立場だが、二人はもともと同級生だったので至って仲がいい。

また、サイモンは映画づくりに関してはともかく、それ以外はフリップが言うように、何をやらせても駄目《だめ》な人間なので、実務を仕切るフリップのほうが何となく立場が強くなるのは当然とも言えた。

「だいたい、今時の高校生が道端で声を掛けた男に名刺を渡すか、普通？　体《てい》よく追い払われたんじゃないのか」

「それは明日、彼を迎えに行ってみればわかるよ」

サイモンはもちろん自分で行くつもりでいたが、夜になって急な予定が入ってしまった。

一時的に撮影を離れたアイリーンから連絡があり、別の場面の撮影にサイモンが欲しがっていた条件にぴったりの場所を見つけたというのである。

これはサイモンが自分で出向いて確認しなければならない。やむなく、代わりに少年を迎えに行ってくれと頼むと、助監督は両手を挙げて抗議した。

「無茶言うなよ！　その子の顔も知らないのに！」

「問題ない。見れば一目でわかるよ。ぞくっとするような美少年だ」

自信たっぷりに請け合うサイモンに、フリップは非常に懐疑的な眼を向けていたが、とにもかくにも車を出して少年を迎えに行った。

同じ頃、サイモンは別方向に車を走らせていた。

助手席にはアイリーンが座っている。

アイリーンは制作会社が難色を示したのも頷ける、

平凡で目立たない女性だった。

顔立ち自体は悪くないのだが、表情に活気がなく、黒い髪は無造作に束ねているだけで、化粧気もない。服装も素っ気ない。垢抜《あかぬ》けないというよりは、一度会っただけでは顔を覚えられないかもしれない。

そのくらい印象が薄いが、見逃してしまいそうな地味な顔の中、眼には力があった。

サイモンはそこを見込んだのである。

もともとの目鼻立ちはむしろ整っているのだから、化粧次第で彼女はいくらでも美しくなれる。

低めの少しかすれた声も、ほっそりとしなやかな体つきも、サイモンのイメージにぴったりだった。

地味な女教師だった主人公は、後に夫となる男に見初《みそ》められ、資産家の彼と幸せな結婚をする。

そして夫婦の新居は彼女が見たこともないような豪邸という設定なのである。できれば内装も家具も一流品を揃えたかったが、借りる予算はない。

すると、再び奇跡が起きた。アイリーンの知人が別邸を無償で提供すると申し出てくれたのである。

「だけど、いいのかい？　個人宅なんだろう」

「持ち主はとても気前のいい人なのよ。普段は全然使っていない家だからって言ってくれたの。それに、ここなら今の現場からもそう遠くないでしょう」

「ああ。連邦大学で撮影のほとんどが終えられればそれに越したことはないからね」

車を運転しながらサイモンは真面目に言った。

「それにしても、きみの人脈には本当に感心するよ。欲しいと思ったものが何でも手に入る」

「そんなことないわ。その人の家にはほんの短い間、臨時で入っただけなのよ。わたしのことなど覚えていないだろうと思っていたのに……」

自嘲《じちょう》の響きの籠《こ》もる口調だった。

「本当に思いきってお願いしてみたの。そうしたら、そちらさえよければって快諾《かいだく》してくれたのよ」

控えめながらも嬉《うれ》しそうに微笑《ほほえ》むアイリーンに、サイモンは太鼓判《たいこばん》を押した。

「きみを忘れる人はいないよ」

「あら、だって、わたしはただの掃除婦だったのよ。お金持ちにとっては掃除婦なんて、動いてしゃべる家具と一緒よ。それ以下かもしれないわ」

「だから警戒されずに相手の人柄を観察することができたんだろうな。きみには人を見抜く眼があるよ。現にその人はきみを覚えていたんだろう？」

「ええ。映画に出ることになったと言ったらとても喜んでくれたわ。応援するって」

アイリーンは裕福な家の掃除婦として働いていた。

今の仕事に不満はないと自分では思っていたが、ある日、ふと何か違うことをしてみたくなった。

部活で芝居に明け暮れた学生時代が恋しくなり、ほんの気まぐれのつもりで雑誌の片隅に乗っていたオーディションに応募してみたのだという。

そうしたら何と主役に抜擢《ばってき》されてしまったのだ。

アイリーンにとっては喜びよりも驚愕《きょうがく》のほうが遥かに強かったのだろう。

その時の彼女は茫然と立ちつくしていた。

まさに素人という驚きの表情も狙っていた通りで、サイモンは履歴書《りれきしょ》を見ながら勢い込んで尋ねた。

「ええと、ミス・コルト？　アイリーンでいいよね。掃除婦とあるけど、仕事は休めるのかな？」

質問の意味が理解できたかどうかも怪しかったが、アイリーンは呆気《あっけ》にとられながら何とか頷いた。

「ええ、ちょうど一軒のお宅と契約が切れて、次のお仕事を捜しているところでしたから……」

「よかった！　じゃあ、すぐ撮影に入れるね？」

これは既に質問ではない。確認である。

アイリーンもここでやっと実感が湧いたらしく、青い眼を初めて興奮に輝かせて頭を下げた。

「大丈夫です。よろしくお願いします」

彼女を見込んだサイモンの眼は正しかった。

脚本の呑《の》み込みも早く、指示もよく理解する。

昔は演劇部だっただけあって、声にも張りがあり、抑揚も利いている。表情の演技もできる。

夫役のトレミィもアイリーンには感心していた。

「いいね、彼女。素人にしてはやりやすいよ」

誰もが最初は素人である。問題は同じところから始めても伸びる人と伸びない人がいることだ。

その家はペーターゼン市の郊外にあった。

立派な門をくぐり、少し車を走らせて、ようやく家が見えてくる。大きな白い箱を積み上げたような近代的な型《フォルム》の家をじっくりと眺めて、サイモンは満足そうに頷いた。

アイリーンは持ち主から暗証番号と鍵を預かって、サイモンを家の中に通してくれた。

そこには外観以上にしゃれた空間が広がっていた。

本物の大理石の床に、黒光りする革張りの長椅子、最高級クリスタルの机などがさりげなく並んでいる。

サイモンの眼にも、それらが単なる既製品でないことくらいは容易に見当がついた。恐らくは著名なデザイナーの作だろう。きっととてつもない値段で売買されている品に違いない。

アイリーンが微笑して言った。

「どう？　すてきでしょう。使えそうかしら」

その時のサイモンは夢中で、家の間取りや採光を確認していた。

「うん。いいよ。いかにも仕事のできる男の家って感じだ。欲を言うなら、もう少し華やいだ雰囲気があってもいいところだな。新婚夫婦の家なんだから。——二階はどうなってるのかな？」

他人の家だということも忘れて階段を駆け上がり、寝室の戸棚を片端から開けて回る。彼の眼にはもう、自分の思い描く世界しか見えていない。

アイリーンは不安そうな表情を浮かべて、そんな彼の後をついていったが、遠慮がちに指摘した。

「サイモン、鳴ってるわ」

「えっ？」

「あなたの端末。出たほうがいいんじゃない？」

言われるまで、腰に括《くく》り付けた端末が鳴っていることさえ気づいていなかった。

撮影予想図《ビジョン》の構築という大事な作業を邪魔されて、サイモンは苛立《いらだ》たしげに端末を取った。

「今忙しいんだよ、フリップ。後にしてくれないか。――何だって⁉」

突然サイモンの声がはね上がった。

「何だよそれ！　どういうこと⁉　ちょっと待て！　すぐそっちに行くから！」

大声を上げて慌ただしく端末を切ったサイモンに、アイリーンは驚いて声を掛けたのである。

「どうしたの？」

「わからない」

サイモンは険しい顔で首を振った。

「撮影ができなくなるかもしれないって言うんだ。どういうことなのかさっぱりわからない」

「フリップは今どこにいるの？」

「レックスを迎えに行かせたんだよ」

「レックス？　レックスはデニスでしょう？」

事情を知らないアイリーンは困惑した顔だったが、サイモンは我に返って叫んだ。

「こうしちゃいられない！　すぐに行かなきゃ！」

「待って、サイモン。お願いだからちゃんと話して。いったい何があったの？」

「それはこっちが訊《き》きたいよ！」

サイモンは屋敷を飛び出し、アイリーンを乗せて大陸間横断道路を目差したのである。

約二時間後、サイモンの運転する車はフリップを向かわせた学校の校門前に到着していた。

サイモンは急いで車から降り、同じく助手席から降りようとしていたアイリーンを止めたのである。

「きみはここで待っててくれ」

主演女優はすがるような眼で監督を見た。

「お願い。一緒に行ってもいいでしょう？」

「だめだよ。これは女優の仕事じゃない。それに、第三者がいると話がこじれるかもしれない。ぼくが戻るまでじっとしていてくれ。いいね」

忙しく言い置いてサイモンは構内の受付に向かい、

職員の案内で立派な部屋に通されたのである。

そこには厳《いか》めしい顔の男性が二人待っていた。

泣きそうな顔のフリップもいた。

事情のさっぱりわからないサイモンが勧められた椅子に座った直後、廊下から「失礼します」と声が聞こえ、紛《まぎ》れもなく昨日会った少年が入ってきた。

大人たちに遠慮してか、少年は腰を下ろそうとはしなかった。大人二人もそれをよしとして、一人がおもむろにサイモンに話しかけてきた。

「ミスタ・デュバル。わたしは当校の校長を務めるベネディクト・オーディン。こちらは連邦大学倫理委員会の代表としてこの席にいらっしゃるミスタ・アレン・バーナビーです」

「校長？　倫理委員会？」

眼を丸くしたサイモンに、隣のフリップが小声で囁《ささや》いてきた。

「サイモン。おまえの目利きには感心させられるよ。彼は確かにレックスそのものだ」

人は言葉の内容よりも、相手がその言葉を発した時の口調や表情・態度を重視する生き物である。

美しい女性ににっこり微笑まれながら悪戯《いたずら》っぽく、『あなたなんか大嫌い』と言われたら、たいていの男は悪い気はしない。むしろ笑み崩れるだろうが、今のフリップの口調はその真逆だった。

体裁は誉《ほ》め言葉でも、恐ろしく苦々しく忌々《いまいま》しい感情が籠もっている。さすがのサイモンも、ここで自分の目利きを自慢する気にはなれなかった。

オーディン校長があらたまって言う。

「ミスタ・デュバル。あなたは昨日、サンデナンの道端で、当校の生徒に、自らの制作する映画作品に参加するよう協力を求めた。これは事実ですか？」

ぽかんと間抜け面を晒《さら》したままサイモンが頷くと、校長先生と倫理委員は無言で顔を見合わせた。

その横に立った少年が淡々と、しかし堂々とした口調で言った。

「昨日、大学発行の撮影許可証について調べてみた。

この許可証は当惑星の学生及び生徒の学業もしくは私生活に差し障りのない範囲において有効だとある。言い換えれば、許可を得た人間が学生・生徒に対し、悪影響を及ぼすと判断される行動に出た場合、この許可証はいつでも取り消せる。俺はその条文に従い、サイモン・デュバルとその撮影班に与えた許可証の即時取り消しと、この惑星からただちに退去させることを大学倫理委員会に提言した」

「えええっ⁉」

サイモンは仰天《ぎょうてん》した。

思わず椅子から立ちあがって大声で喚《わめ》いた。

「待ってくれよ！　なんでそんな話になるんだ⁉」

オーディン校長が苦い息を吐いた。

「ミスタ・デュバル。お掛けください」

「何なんですか、退去って！　そんなこと言われて黙っていられませんよ！」

「ミスタ・デュバル」

校長の声が険しくなった。

「あなたはご自分が今どんな立場に置かれているか、理解されていないようですな」

バーナビー氏も顔をしかめている。

「我々はあなたの熱意に打たれ、あなたを信用して撮影許可を与えたのです。ところが、あなたはその信頼を無惨《むざん》に踏みにじった」

「してませんよ！　そんなこと！」

「当惑星に在籍するすべての学生及び生徒は勉学に集中する権利を保障されています。許可証発行時に詳しく説明したはずですが、意味はわかりますかな。我々はあなたに学生や生徒たちには関わらないこと、彼らの勉強を妨害しないことを求めたんです」

「ですから妨害って何なんですか⁉　麻薬か何かを勧めたみたいな言い方をするのはやめてください！ぼくはただ撮影に協力してくれって——！」

「彼は拒否した。そうですな？」

「ですけど！」

「『はい』か『いいえ』でお願いします。あなたの要請を彼ははっきり断ったんですね？」

「ちょっと待ってください！」

サイモンにはさっぱり理解できなかった。

校長も倫理委員もこの期に及んで往生際が悪いと言いたげな顔をしているが、大学当局に責められるような真似はしていないというのがサイモンの言い分だったし、彼は心からそう信じていたのである。

「こっちこそお願いしますよ！　お二人からも彼にぼくの仕事のことを話してやってください！　この映画には彼の協力が絶対に必要なんです！　決して怪しげな映画じゃありませんし、彼の勉強の邪魔はしないと約束します！」

校長がやんわりと言った。

「だから何も問題はないとおっしゃりたい？」

危うく『はい』と答えるところだったが、いくらサイモンでもそれは最悪の回答だということくらい理解できる。気まずい顔で黙り込んだ。

オーディン校長はバーナビー氏を見て軽く頷いた。

「当校の生徒の主張は理解してもらえたと思います。お聞きになったとおり、残念ながら、この人物には反省の色がまったく見えません」

「確かに」

頷きを返したバーナビー氏だが、訝しげに少年に向かって質問した。

「しかし、きみに一つ確認したいんだが、どうしてわざわざ彼をここに呼びつけたのかね？」

少年は軽く頭を下げて、サイモンに対するのとはまったく違う口調でよどみなく述べたのである。

「ご迷惑を掛けたことはお詫《わ》びしますが、わたしは昨日、生徒同士の意見交換会のためにサンデナンのモンロー高校を訪れたのです。ミスタ・デュバルはその事実を知らず、わたしをモンローの生徒と思い込んでいる様子でした。その時点で無視して帰れば、尾行されでもしない限り、わたし自身はそれ以上の被害を防ぐことができたと思われます。その代わり、モンローの生徒が被害に遭《あ》う確率がはね上がります。

あくまで予見ですが、ミスタ・デュバルはわたしが二度とモンローの校門から出てくることはないのを知らないのですから、下校する生徒たちに片端から声を掛けて、わたしの所在を突きとめようとしかねませんでした。そうなれば当然モンロー校が警察に通報することになったはずです。しかし、それでは事態の悪化を予測しながら黙認したわたしの責任もまぬがれません。加えて、この人物に許可を与えた連邦大学にとっても非常に不名誉な結果となります。最悪の事態を防ぐ意味でも、この問題は根本的に、かつ早急に解決すべきだと判断しました」

オーディン校長が感心したように頷いた。

「賢明《けんめい》な判断だった。きみが我々に謝罪する理由は何一つない」

「ありがとうございます」

フリップが恨《うら》めしげに『なんでこんな厄介《やっかい》な子に声を掛けたんだ！』と眼で訴えている。

しかし、当のサイモンはこんな状況だというのに、少年の凜《りん》とした姿や態度にほれぼれと見入っていた。

こうした冷徹さも計算高さも、まさしくレックスそのものだが、今ここでそれを言ったら確実に撮影許可証を取り上げられてしまう。

激しいジレンマに陥っているサイモンに代わって、椅子の上でひたすら小さくなっていたフリップが、おどおどと口を開いた。

「そのう、お話はよくわかりました。本人も事情を理解して反省したと思いますので、何とか許可証の取り消しだけは勘弁《かんべん》してもらえないでしょうか？」

校長と倫理委員は憐《あわ》れむような顔になった。

「事態は既にその段階を通りすぎているのですぞ。我々は当惑星が定める規定に従い、許可証発行時の条件に重大な違反があったと判断して、あなた方に四十八時間以内の国外退去を要求します」

「そんな！」

サイモンとフリップが揃って悲鳴を上げた時だ。

遠慮がちに扉を叩く音とともに、おずおずと顔を覗《のぞ》かせた人がいる。

「──失礼します。こちらにサイモン・デュバルがお邪魔していると伺《うかが》って……」

「アイリーン！　来ちゃだめだよ。待っていろって言ったじゃないか」

「だって、とてもじっとしていられなかったのよ」

オーディン校長とバーナビー氏から事情を聞いて、アイリーンも息を呑んだ。

その顔がさっと青ざめたが、周章狼狽するだけの男たちと違って、彼女は素早く立ち直り、眼の前の困難に果敢《かかん》に立ち向かったのである。

「校長先生、倫理委員、お願い致します。この人に過失があったのは言うまでもありませんが、何とか撮影を続けさせてもらえないでしょうか。もちろん、二度とこちらの生徒さんにも、他の学校の生徒にも、決して近づかないと固くお約束します」

「アイリーン！　何を言うんだ！」

「黙って、サイモン。あなたは自分の行動の責任を取らなければならないのよ。わたしたちは大学側の純然たるご厚意によって、この星で作業することを許されているだけなのよ。それを忘れないで」

いつも控えめなアイリーンとは思えない手厳しい指摘に、サイモンはたじたじになった。

アイリーンは青い眼で室内に立つ少年を見つめて、感じ入ったように頷いた。

「そこの生徒さんは、あなたにとってはまたとない素材だったのね。わたしにもよくわかるわ。だけど、彼はこの学校の生徒で、連邦大学惑星の高校生なの。あなたにとって映画が何より最優先されるように、彼にも優先されなければならないものがあるのよ」

「だからって！　こんな運命的な出会いをして声も掛けるなって言うのかい！　そんなことを言ったら別の人生を生きている人と人が知り合う機会なんかなくなってしまうよ！　どちらかがどちらかに働きかけなきゃ人のつながりは生まれないんだから！」

この言葉に校長と委員が少し表情をやわらげた。

至極もっともな格言だったからだ。

多くの人と積極的に親しみ、自分と違う価値観を理解しようと努めること、そして豊かな人間関係を築くことは連邦大学が奨励《しょうれい》する教育方針でもある。

狭い世界しか知らないのではせっかく身につけた知識も能力も生かせないという理念があるからだ。

彼らの表情の変化をアイリーンは素早く確認し、何食わぬ顔で話を続けた。

「もちろん、あなたの言うとおりよ。ただ、手段が問題だと言っているの。あなたのことだから、昨日すぐに撮影現場に来てくれとでも言ったんでしょう。気持ちはよくわかるけど、それでは誰だって不快に思って当然じゃないの。相手の話も都合も聞かない、聞こうともしないだなんて。なんて無礼な人間だと思われても仕方がないわ」

断言して、アイリーンは心配そうに続けた。

「本当にわかってる？　サイモン。この生徒さんはあなたの失礼な態度にとても怒っているのよ」

「ぼくはそんなつもりで言ったんじゃない！」

「そうでしょうね。だけど、それはあなたの都合よ。あなたは彼に謝らなきゃいけないわ。校長先生にも、委員さんにもよ。——さあ、立って」

サイモンはまだ納得したとは言えない顔だったが、今のアイリーンには有無を言わせないものがある。

その視線に操られるようにサイモンはぎこちなく立ち上がり、途方に暮れた様子で一同を見渡して、「どうも、すみませんでした」と頭を下げた。

「言葉だけじゃだめ。ちゃんと誓約書も書くのよ」

厳しく言って、アイリーンは校長に向き直った。

「申しわけありません。本当に子どものような人で、自分のしたことが皆さんにどう思われるかわかっていなかったんです。二度とこんなことがないようにわたしからも言って聞かせますし、本人も反省してその旨《むね》の誓約書を書くと言っていますから、どうか今回だけは見逃していただけないでしょうか？」

言ってないよ！　とサイモンは反論したかったが、

ぐっと堪《こら》えて黙っていた。

「今回のことは監督の熱意から発した軽挙でした。それは弁解の余地もありません。ですが、今はもうこの人にも、自分の軽率さがどんな結果を招いたか、よく理解できたはずです。それでも懲《こ》りずに監督が誓約書の内容に背《そむ》いたら、その時はどんな処分でもお受けします。虫のいいお願いとわかっていますが、どうか撮影を続けさせてもらえませんでしょうか。わたしたちが連邦大学で撮影をしたいと考えたのも、学園生活の理想の姿がここにあると信じたからです。こちらへ来てまだ日は浅いのですが、わたしたちの考えは間違っていませんでした。そのすばらしさを知ってしまった以上、他の候補地での撮影は妥協を余儀なくされることです。いいものをつくるという信念を抱くものとして、それだけは避けたいのです。ですから、どうか、お願いします」

　切々たる訴えに校長と委員は顔を見合わせた。二人とも情に流されるような性格ではなかったが、男である以上、女性の必死な様子は、男の居丈高《いたけだか》な抗議より遥かに効果的に作用するものだ。

　その意味では当事者の少年も立派な男なのだが、彼は大人たちほど心を動かされた様子はない。ただ、頭のいい少年だけに風向きの変化を敏感に感じ取っているのは間違いない。

　校長が小さく嘆息《たんそく》してそんな少年を窺《うかが》った。

「どうやら、きみの慈悲《じひ》を請わねばならないようだ。ミスタ・デュバルには害意があったわけではないと信じて一度だけ彼を放免するか、それともあくまで断罪するか、きみが決めたまえ」

　少年は肩をすくめた。

「——わたしは自分の権利を守りたかっただけです。ミスタ・デュバルが真実その旨の誓約書に署名して、その内容を遵守《じゅんしゅ》するのであれば異存はありません。今回は引き下がりましょう」

　ますます小さくなったフリップがサイモンにだけ聞き取れる小声で「いやだ、こんな高校生……」と呟《つぶや》いた。

それに関してはサイモンもまったく同感だったが、断腸の思いとはこのことを言うに違いない。

二度と本人の意志を無視して生徒には近づかない、声も掛けないことを誓約しますという文書があれよあれよという間に眼の前に用意されてしまったのだ。

こんな文書に署名なんかしたくないと心の底から思ったが、拒否したら国外退去だ。

躊躇《ちゅうちょ》を見せるサイモンをフリップは眼で叱《しか》り、アイリーンは再びすがるような眼差しを向けている。

こちらのほうがよほど精神的苦痛を受けたとして少年を訴えたかったが、今は耐えるしかない。

苦渋に満ちた表情のサイモンが書類に署名すると、フリップはほっと胸を撫《な》で下ろした。

アイリーンも深い安堵《あんど》の息を吐いた。

「よかったわね、サイモン。校長先生と委員の方のご厚意に感謝しなくてはいけないわ。——もちろん、こちらの生徒さんにもね」

無理な相談である。サイモンの性格では、心にもないことを言ったりできない。

ところが、アイリーンはサイモンが何か言うのを待ってはいなかった。一転して、オーディン校長ににっこりと微笑みかけたのだ。

「お尋ねしますが、校長先生。こちらの生徒さんが自分から撮影に協力したいと思って行動する分には、学校側は止めたりなさいませんわね？」

校長は眼を見張り、こちらも笑って頷いた。

「もちろんです。当校に限らず、我々は生徒の自由意思を尊重しています。ただし、生徒がまだ未熟な少年少女であることも間違いのない事実です。その自由意志の結果が生徒に悪影響を及ぼすと思われる場合は、我々はためらいなく強制措置を執ります」

「当然の判断ですわ。生徒の意思を尊重することと大人扱いすることは違います。ですけど……」

頷いて、アイリーンは不思議そうにつけ加えた。

「この生徒さんに限って言うなら未熟という言葉は、

あまり似合わないのではありませんか？」

　オーディン校長はますます笑みを深くした。

「確かに、その点は認めざるを得ないでしょうな。我が校始まって以来の秀才です」

　アイリーンは少年を見つめて真摯《しんし》な口調で言った。

「昨日の監督の非礼はわたしからもお詫びするわ。本当にごめんなさい。——その上で言うのだけれど、あなたが少しでもわたしたちの仕事に興味を持ってくれるなら、貴重な時間を割いてもいいと思うなら、あくまであなた次第だけど、もしよかったら、これ、受け取ってくれないかしら？」

　アイリーンが躊躇《ためら》いがちに差し出したのは、撮影現場の住所と連絡先だった。

「きちんとお詫びもしたいし、わたしたちの仕事が誤解されたままなのは悲しいのよ。しばらくここに滞在する予定だから、週末の時間のある時にでも、気が向いたらでいいの、寄ってくれたら嬉しいわ。もちろん、こちらからは絶対に連絡しないし、この人も二度とあなたに近づけないと約束するから」

　だめかしら？　と顔色を窺ってくるアイリーンを、少年はなぜか訝しげに見返していた。

　慎重に言葉を選びながら口を開いた。

「経済活動の一環としての映画産業には興味がある。そちらが礼儀を守って応対してくれるなら、現場を見学することは時間の無駄にはならないはずだ」

　サイモンがぱっと顔を輝かせた。

「本当かい⁉　ぜひ来てくれ！　待ってるから！」

　すかさずアイリーンが釘を刺す。

「あなたは黙って、サイモン。今度こそ国外退去を命じられたくなければね」

　奮然と言い返そうとしたサイモンを、フリップが慌てて抑えた。やっと事態が好転しかけているのにぶち壊す気かと、これまた眼だけで威迫《いはく》する。

　サイモン一人が納得できない顔だった。

　昨日の自分の誘い文句と今のアイリーンの勧誘と、いったいどこがどう違うんだと顔中で訴えているが、あいにく天地の差がある。

連絡先を受けとってくれた少年に、アイリーンは嬉しそうに微笑んで礼を言った。

「ありがとう。だけど、無理はしないでね。本当にあなたの都合のいい時でいいのよ」

「言われるまでもない。サンデナンまでそう頻繁《ひんぱん》に通える余裕はないからな」

「いけない。ご挨拶《あいさつ》がまだだったわね。初めまして。アイリーン・コルトよ」

「ヴァンツァー・ファロットだ」

アイリーンの顔に怪訝《けげん》そうな視線を注ぎながら、彼はどうにも納得できない口調で訊いた。

「本当に初対面か？」

アイリーンはきょとんとなった。

「ええ。もちろん。どうして？」

「前にも会った気がするが……いや」

珍しく言葉を濁《にご》したヴァンツァーは、初めて薄い微笑らしきものを唇《くちびる》に浮かべたのである。

「知っている人間に似ているような気がしたんだが、気のせいらしい」

その言葉にアイリーンは本当に驚いた顔になり、眼を丸くして頷いた。

「それはそうよ。あなたみたいなきれいな子、前に会ったことがあれば忘れるはずないもの」

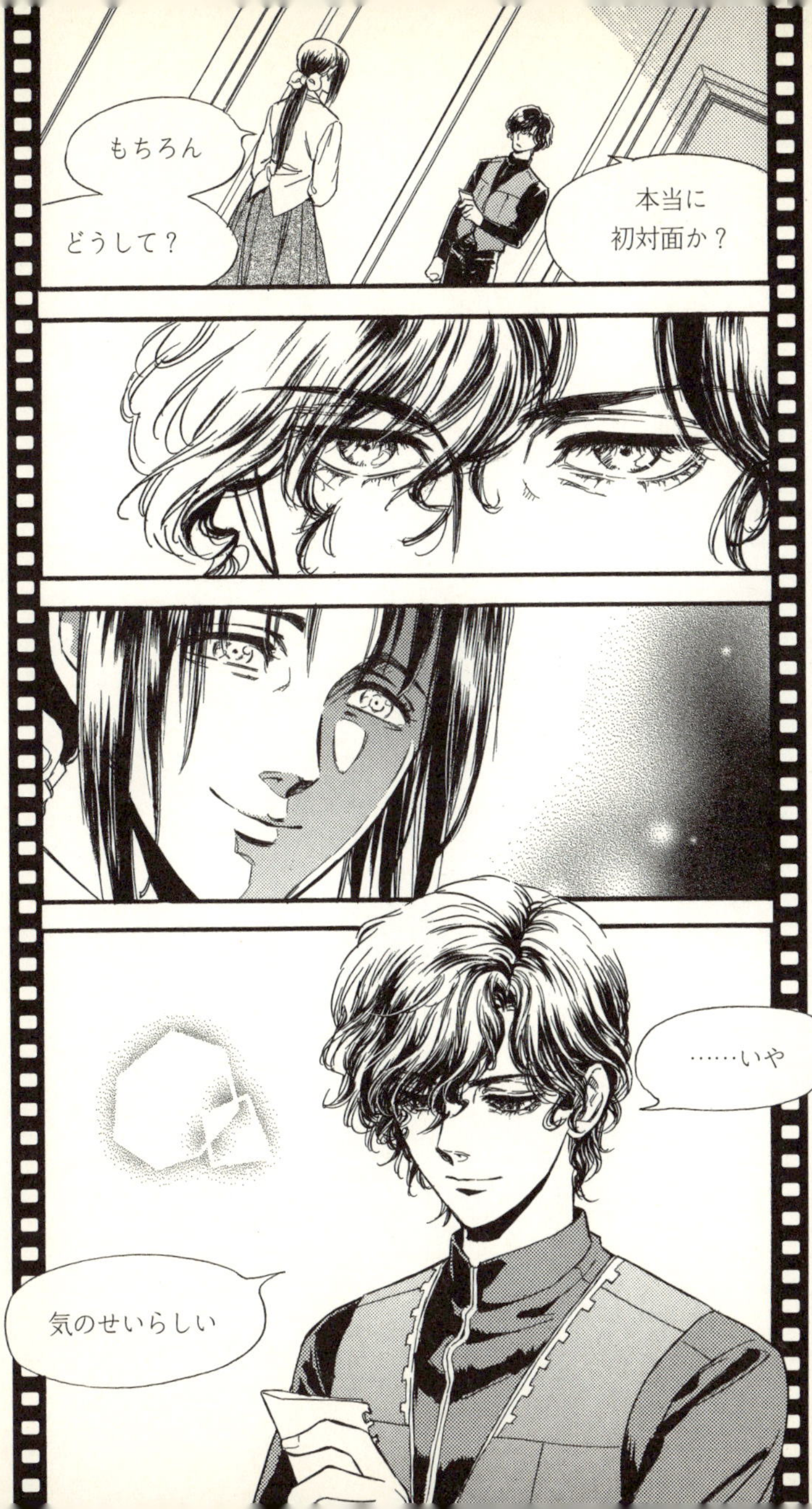
本当に
初対面か？
もちろん
どうして？
……いや
気のせいらしい

ソーニャ「婚約おめでとう、リリアン」

リリアン「ありがとう。あなたに祝福してもらえるのが夢だったのよ、ソーニャ」

ソーニャ「あなたったら、すっかりきれいになって、見違えるくらいよ！　うらやましいわ。

それもみんなジョージのおかげね」

リリアン「ええ、本当に夢みたい。信じられないわ。幸せって、こういうことを言うんだって、
初めてわかった。あなたがトミーのことを話す時って、こんな感じなのかしら？」

ソーニャ「彼はジョージほどすてきじゃないけど。結婚式にはぜひ夫婦で来てちょうだい」

リリアン「ソーニャ。わたし時々、不安になるの。わたしには両親も親戚もいないでしょう。

ジョージはあんなに立派な家の人なのに、わたしなんかでつりあうのかと思うと、
心配なのよ。お義父さまやお義母さまに気に入ってもらえるように頑張らなきゃ」

ソーニャ「あらあら、ごちそうさま」

※

女友達一「見なさいよ、あの得意そうな顔」

女友達二「たいした神経よね。ここにいる女たちの半数は本気でジョージを狙っていたのに。

知らないわけでもないでしょうにね」

女友達三「ジョージもジョージよ。あの女の正体も見抜けないなんて。幻滅だわ」
女友達一「彼は男だもの」
女友達二「ソーニャのおまけにくっついて、場違いなところに顔を出している庶民だとばかり思っていたら、とんだダークホースだわ。ジョージは優しいから、社交辞令で気を使ってやっていたんでしょうけど……」
女友達三「いったいどうやって彼を籠絡《ろうらく》したのか、参考までに聞かせてもらいたいわね」
女友達一「家柄も財産もないんだから、使えるものは一つしかないんじゃない？」
女友達三「本物の恥知らずよ。ああいう女はなりふりかまわないんだから」
ソーニャ「――ちょっと、負け惜しみもいい加減にしなさいよ。あなたたちだって知ってるでしょう。ジョージのほうがリリアンに惹かれたのよ。リリアンが本当に純真な、素敵な人だから愛したんだわ」
女友達二「ソーニャ、まだそんなこと言ってるの？　人がいいにも程があるわよ。そんなの、リリアンの手に決まってるじゃない」
女友達三「純情ぶるのも大概《たいがい》にしろって言いたいわ。あの白々しい顔をみると吐き気がする。どう？　涙ぐんだりしちゃって」
女友達二「内心ではしてやったりと思ってるくせに。ジョージもご愁傷さまよね」
女友達一「どうせすぐに化けの皮が剝《は》がれるわよ」

女友達三「同感。リリアンが好きなのはジョージの地位と財産だけなんだから。二人がいつ別れるか、賭《か》けない？」
女友達一「賛成。——乾杯しましょうよ」
女友達二「二人の結婚生活の早急な破綻《はたん》を願って、乾杯！」
※
リリアン「ありがとう。今日はみんな、本当にありがとう。みんなに祝福されて、こんなに嬉しいことはないわ」

しかめっ面で脚本に眼を通していたジャスミンは、とうとう続きを読むのを断念して苦い息を洩《も》らし、呆れたような眼を長年の友人に向けた。

「あまりおもしろい話ではなさそうだな」

「確かに、あなたの好みではないでしょうね」

ジンジャーは曖昧《あいまい》に笑っているが、ジャスミンは脚本を投げ出して顔をしかめている。

「こんな役、おまえが演じるまでもないと思うがな。ソーニャは単なる友人の役だろう？」

「わたしが演《や》るのはリリアンのほうよ」

ジャスミンは今度こそ青灰色の眼を丸くした。

「それは配役失敗《ミスキャスティング》というんじゃないか？」

「リリアンが十八歳以下の少女という設定だったら、そうかもしれないわね。小さな子どもや少女だけは、わたしにはどうしても演じられないもの」

それ以外に演れない役などないと暗に言い切った

ジンジャーに、ジャスミンは苦笑した。

「もっともな話だが、役者には他にも向き不向きというものがあるだろう？　これはあまり、おまえに向いているとは言えない役なんじゃないか」

「ええ。ずいぶんいろいろな女性を演じてきたけど、こういう役は経験したことがない」

あっさり認めて、ジンジャーは微笑した。

「だからやってみようと思ったのよ」

ジャスミンはさらに呆れて肩をすくめた。

「仕事熱心は結構なんだが、こんな甘ったるい女に共感できるのか？」

「全然。わたしにはさっぱり理解できない人だわ。だけど、それとこれとは話が別。そういう意味ではやりがいのある役だと思う」

ジンジャーは真面目な顔で脚本を手に取った。

「前半の彼女はいわゆる『突然の幸運を得た人《シンデレラ》』よ。容姿も劇的に変わるわ。地味で野暮《やぼ》ったい女教師が恋人の手で磨《みが》かれて、見違えるほど美しくなる」

「それでそんなに肉を落としたのか？」

ちょっと責めるような口調で言うジャスミンに、ジンジャーは含み笑いを洩らした。

普段の彼女はどちらかと言えば健康的な肉体美を誇る女優だが、今は透き通るようにほっそりとして、古典舞踊《クラシックバレエ》の踊り手《バレリーナ》のような雰囲気である。

それに伴って顔つきも変わった。もともと小さな顔が今はさらに細面《ほそおもて》に見える。頬骨が高くなって、顎《あご》も幾分細くなったような印象を受ける。

かすれた低い声は意識して変えているのだろうが、いつものジンジャーの朗らかな声とはまったく違う。

何より雰囲気が大違いだった。

どこにいても人目を集めずにはおかない大女優の輝きと存在感は見事に消え失せ、今の彼女はどこにでもいるごく普通の若い女性の一人にすぎない。

黒く染めた頭をゆっくりと振って、ジンジャーはわざとらしいため息を吐いた。

「まったく、あなたときたら。これだけ徹底すれば今度こそ絶対に見破られっこないと思っていたのに。何か秘訣《ひけつ》があるなら聞かせてほしいわ」

「いや？　さすがに一目ではわからなかったぞ」

「嘘ばっかり。わたしはずっと気づかれないように眼を伏せていたのよ。それなのにまっすぐこっちに歩いて来たのは誰？」

二人がいるのは喫茶店のテラスだった。

腰を下ろしていても眼を見張るほど身体の大きな赤毛のジャスミンと、今は黒髪のほっそりと痩せたジンジャーが同じ机《テーブル》で親しげに話している様子は、いやでも眼を引いた。道行く人のほとんどが驚いて二人を眺めていくが、その黒髪の女性が共和宇宙に名高い大女優とは誰も気づいていない。

ジャスミンはジャスミンで不満そうな顔である。

「おまえの変装は見慣れているが、今回のはいくら何でもやりすぎだ。まるで木乃伊《ミイラ》じゃないか」

「あなたの基準で言ったらファッション・モデルはみんな木乃伊になるわ。絞《しぼ》ったと言ってちょうだい。七キロ落としたのは本当だけど……」

「七キロ！」

ジャスミンは眼を剝《む》いた。

「もともと肥《ふと》っていたわけでもないのにか⁉　骨が浮いて見えるわけだ」

「ステイシーは二十キロ増量して、また戻したのよ。わたしに七キロが増減できないはずないでしょう」

「歳を考えろ」

大女優の青い眼が鋭くジャスミンを睨《にら》みつける。彼女以外、誰もジンジャーには言えないことだが、赤い髪の女王は真顔で続けた。

「そんなところで若い女優と張り合ってどうする？　肥るのと無理に減らすのとではわけが違うんだぞ」

「別に張り合っているつもりはないわ。この役には必要だからやったまでよ。最後まで言わせなさいよ。七キロ落としたのは本当だけど、体力まで落としたつもりはないんですからね」

演技に対するジンジャーの真摯な姿勢はそれこそ

若い頃から変わらない。

ジャスミンは、あまり態度に出したことはないが、ジンジャーの演技を愛するファンの一人だったので、苦笑して肩をすくめた。

「脚本の出来はともかくとして、おまえが主役なら何とか見られる映画になるかな？」

「出来は悪くないわよ。悪かったらやりたいなんて思いませんからね、わたしは」

ジンジャーは笑いながら、ジャスミンに向かって机の上の脚本を押しやった。

「あなたの好みじゃないのはわかるけど、ちょっと我慢して最後まで読んでみなさいよ」

「遠慮したいな。完成したら真っ先に見に行くから、それで勘弁してくれ」

ジャスミンも笑って脚本を押し返した。

「いつ公開なんだ？　そこまで入念に役作りをして撮影に入っているのに、芸能欄も一般報道も、まだおまえの最新作には一言も触れてない」

「当然よ。発表していないもの」

「公開までは秘密なのか？」

「いいえ、公開後もよ」

これには首を傾《かし》げたジャスミンだった。

「公開してしまえば秘密にする意味がないだろう？　映画のどこかにリリアンを演じたのはジンジャー・ブレッドだという字幕《クレジット》が入るんだから」

「いいえ、入らない。代わりにこういう字幕が入る。リリアン役・アイリーン・コルトってね」

ジャスミンは呆気にとられた。

まじまじと眼を見張って、今は別人のような姿の友人を見る。その無言の問いにジンジャーはどこか挑《いど》むような眼で応え、声をひそめて断言した。

「あなたの眼だけはやっぱりごまかせなかったけど。今のわたしを見てわたしだと気づく人はまずいない。よほど熱狂的なわたしのファンでも気づかない」

ジャスミンは思わず身を乗り出し、こちらも声を低めて忙《せわ》しく問い質した。

「まさか……知らないのか？　監督も、共演者も？　おまえがおまえだってことを？」

「アイリーン・コルトは元掃除婦なの。気まぐれで初めて受けたオーディションで幸運にもサイモンの眼に止まって主役に抜擢されたってわけ。もちろん映画に出るのは今回が生まれて初めてよ」

　ジンジャーはおもしろそうに笑っている。

「関係者《スタッフ》も共演の俳優陣も不慣れな素人だと思って親切丁寧《ていねい》に撮影用語を教えてくれるし、時には演技指導もしてくれる。なかなか新鮮な気分だわね」

　ジャスミンの表情が別の意味で一気に険しくなり、ゆっくりと首を振った。

「ジンジャー、それは駄目だ。それこそやりすぎだ。おまえは自分の影響力を軽く考えすぎる。いったい、後で彼らがこのことを知ったらどうなると思う？」

「そんな心配はしなくていいわ。撮影が終わったら黙って消えるつもりだから。大丈夫。彼らにとって、わたしはアイリーン・コルトのままよ」

「どこが大丈夫なのかわたしには理解しかねるぞ。おまえまさか、わたしが眠っている間に、たびたびこんなことをしてたんじゃないだろうな？」

「たびたびじゃあ、いくら何でも身体がもたないわ。正真正銘、今回が初めてよ」

「映画界の女帝がそんな真似をする理由は何だ？」

「言ったはずよ。リリアンをやってみたかったって。脚本が気に入ったの」

「この脚本がか？」

「ええ。派手な特撮も視覚効果もない。最新技術を駆使するわけでもない、至って小規模で地味な話よ。大手筋《メジャー》なら間違いなく足踏みする。話題にならない、利益が見込めないという理由でね。現にサイモンはずいぶんあちこちに企画を持ち込んだみたいだけど、どこからも相手にされなかったのよ。最後にやっと、あんまり名前を聞いたことのない制作会社《プロダクション》が出資を約束してくれたわけだけど」

「おまえが主役をやるといえば大手どころは競って

手を挙げたはずだぞ。なぜそうしない？」

「ちょっと遅かったのよ。この脚本を知った時には、その制作会社とサイモン自身が制作者《プロデューサー》だったの。そうなると、出演料《ギャランティ》が問題になる。連邦俳優協会に所属する役者は人気に応じて出演料が決まっている。だけどサイモンにもその制作会社にも到底わたしの出演料は払えない。それだけでこの映画の制作費がふっとびますからね」

「おまえはもう充分すぎるほど稼いでいるんだから、今回に限っては出演料は安くていいと言ってみたらどうなんだ？」

　共和宇宙きっての大女優は真顔で首を振った。

「だめなのよ。わたしがいいと言っても、それではサイモンにはとてもかわいそうなことになる」

「どういう意味だ？」

「自分で言ったでしょう？　わたしの影響力の話よ。出演料を低く抑えてまでわたしがサイモンの映画に出たがったとわかったら、世間が黙っていないわ。彼は必要以上に注目されて派手に書き立てられるに決まってる。『ジンジャーの秘蔵っ子登場！』とか『中央映画界に奇才現る！』とか何とかね」

「それじゃいけないのか？」

　願ってもない宣伝じゃないかと言うジャスミンに、ジンジャーは難しい顔で考えている。

「歓迎はできないわね。サイモンには確かに才能がある。だからこそ、つまらないことで潰《つぶ》れて欲しくないのよ。調子のいい時にはこれでもかとばかりに持ち上げて、ちょっとでもうまくいかなくなったら途端に掌《てのひら》を返して徹底的に叩きまくるのが彼ら《マスコミ》のいつものやり口ですからね」

辛辣《しんらつ》な口調だった。

　その力の恐ろしさも凄《すさ》まじさも、右へ左へ簡単に振《ふ》れる愚《おろ》かしさも、ジンジャーはよく知っている。

　今のジンジャーならそんなものには惑わされない。何を言われようとびくともしないが、そこまで強い心を持てるのはほんの一握りの人だけだ。

「サイモンには無理よ。子どものような人だもの。きりきり舞いさせられるのは眼に見えてるわ」

自分はあの大女優に認められたのだと思い込んで舞い上がり、天狗になるかもしれない。逆に重圧に押しつぶされて立ち直れなくなるかもしれない。

どちらもジンジャーの本意ではなかった。

「この映画のことは完全にわたしの気まぐれなのよ。もともと小作品には大作にはないおもしろさがある。でも、今のわたしではそんな映画には関われない」

「おまえ自身がやりたいと言っているのにか？」

「ええ。十年くらい前に、新人賞を取ったばかりの若い監督に『今度一緒にやりましょうね』と言ったことがあるのよ。派手さはないけど、とても素朴な映画をつくる人で、それがとてもいい味だったのに。見てくれたかしら？　『アイル』の監督よ」

「あれなら見たが、おまえの出演作の中ではあまりおもしろくはなかったぞ」

「そうなの。わたしの不用意な一言のせいで周りが勝手に動き出してね。大がかりな予算は組まれるわ、多忙を極める役者たちやスタッフの予定《スケジュール》が次々に押さえられるわ、いつの間にかその人の持ち味とは正反対の超大作になっていたわ。しょうがないから主役をやったけど。駄作もいいところよ」

ジャスミンは多大な同情の眼で友人を見た。

「……大物になるのも善し悪しだな」

ジンジャーも苦笑いしている。

「本当にね。わたしはただ久しぶりに昔に戻って、若い人たちと仕事をしてみたくなっただけ。それでサイモンは映画を完成させられる。わたしも自分の好奇心を満足させられる。お互い損はしない話だわ。だから、いい？　そのためにもアイリーンの正体は絶対に秘密よ。ばれたらおしまいですからね」

ジャスミンはやれやれと頭を振った。

「今のおまえは本番の演技に入る前に、既に別人を演じているわけか。疲れないか？」

ジンジャーは大真面目に頷いた。

「それがもう一つの理由よ。リリアンを演じるにはありのままのわたしからすぐに入《はい》るのは少し厳しい。間《あいだ》に一段階置く必要があったのよ」

「で？　素人としてオーディションを受けたのか。受からなかったらどうする気だったんだ？」

ジンジャーは大げさに眼を見張った。

「あなた、わたしにそれを言う？」

「知名度《ネーム・バリュー》は無視できない要素だぞ。今のおまえは無名の新人なんだ。他の参加者と条件は一緒だろう。そうなれば、実力以上に選ぶ側の好みというものが優先される場合もあるんじゃないのか？」

「だから、わたしにそれを言う？　言われなくてもわたしは自分を選ばせるように仕向けたわよ」

思い出し笑いを浮かべたジンジャーだった。

「オーディション会場で初めてサイモンに会った時、彼がリリアン役にどんな女を欲しがっているのか、何を求めているのか、手に取るようにわかったわ。だからその通りに演じてみた。制作会社は、あんな地味な女に主役は無理だと反対したみたいだけど」

「そこだ。よりにもよって、なんで掃除婦なんだ？こんなに若くて美人の掃除婦は普通いないぞ」

「そうでもないわよ。うちで使っていた人はみんな器量よしだったもの。若い人も少なくなかったから、これなら演《や》れると思ったの」

ジンジャーは笑って肩をすくめた。

「何しろ世間とは程遠い暮らしをしてますからね。若い女の子の生活なんてわからなくって」

「自覚はあるんだな」

普段のジンジャーはそれこそ荘厳な宮殿に暮らす女帝そのものだ。若い女の子の質素な生活どころか、一般市民の感覚からも程遠い日常である。

「この役のために彼女たちに先生になってもらって、ちゃんと掃除の仕方だって勉強したのよ」

「彼女たちも気の毒に……」

「何か言った？」

「いいや、何も」

単なる清掃なら自動機械が完璧《かんぺき》にやってくれる。

それなのに、なぜ人間の掃除婦がいるかと言えば、機械にはない暖かみがあるからに他ならない。

政治家や芸能人の大豪邸では特に人間の従業員が喜ばれる傾向がある。

ただし、その場合、身元がしっかりしていること、同じく保証人の身元が確かなことが求められる。

そうなると、いわゆる普通の清掃業とは違って、お給金もかなりいいいし、高学歴の人も珍しくない。

「人によって掃除婦の好みも違うみたいね。元気な若い子がいいと言う人もいれば、地味で目立たない中年女性が一番と言う人もいる。だけど、共通して求められるのは『控えめで感じがいいこと』そして『信用できること』何より『口が堅いこと』よ」

「間違いなく必須項目だな」

それならジャスミンにも理解できた。

「撮影の様子を覗きに行ってもいいかな。わたしはおまえの元雇《やと》い主《ぬし》なんだろう？」

「ええ。もちろん来てちょうだい。実はそのことで話があったのよ」

遅ればせながら、ジンジャーはジャスミンを呼び出した本題に入ったのである。

「せっかく注文通りの家具を用意してもらったのに、あの家は使わないことになりそうだわ」

「監督のお気に召さなかったのか？」

「いいえ。ちょっと別の事情ができたのよ。それでお願いなんだけど」

ジンジャーはにっこり笑って言った。

「ログ・セールの西岸に、似たような家をもう一軒、買ってくれないかしら？」


土曜の午後、ヴァンツァーは自分で車を運転して、アイリーンに渡された連絡先の住所を訪れた。

サンデナン西岸のノークショーというその街は、牧草地と森の中に広がっていた。

街というより村といったほうがふさわしいような

田舎《いなか》の風景である。

廃校になった学校は、長年この街の中学校として使われていたという。

古びた趣《おもむき》のある佇《たたず》まいだった。

校門は開いていたので、ヴァンツァーはそのまま車で入り、校庭の片隅に車を止めた。

奇妙なことにどこにも人気がない。

さぞかし大勢が働いているのだろうと思いきや、昼下がりの校舎はひっそりと静まり返り、空っぽの校庭ともども日だまりに沈んでいるように見える。

新たな車が校庭に入って来た。

ヴァンツァーの車とは桁違《けたちが》いに大型で、流線的な型《フォルム》が美しい。真っ赤なスポーツカーはその本来の性能からすると慎ましやかなくらい静かに停車した。

真っ赤な髪を腰まで流した大きな人が車を降りて、ヴァンツァーに笑いかけてくる。

「やあ」

ヴァンツァーは無言で会釈《えしゃく》を返した。


知らない顔ではなかったが、どう接したらいいか判断に悩む相手なのも確かなのだ。

ジャスミンのほうはそんな葛藤《かっとう》には縁がない。

突っ立っているヴァンツァーに不思議そうな眼を向けてきた。

「入らないのか？　見学に来たんだろう」

そう言って、さっさと校舎の中に入っていく。

ヴァンツァーも後に続いたが、ジャスミンも撮影場所を知っていたわけではないらしい。少し辺りを窺って、人の声がするほうに歩き出した。

奥の教室の一角で撮影が行われていた。

さまざまな機材と数人のスタッフがアイリーンと相手役の少年を取り囲んでいる。

髪を束ねたアイリーンは質素《しっそ》なスーツを着ていた。

十代に見える少年はグレーのジャケットに臙脂《えんじ》のネクタイを締めていた。一見して制服姿だ。

きれいな顔立ちの少年だった。色白で眼が大きく、印象は優しくやわらかい。体つきはかっちりと細く、少女めいていると言ってもいいくらいの容貌だが、茶色の眼はきらきらと大胆に輝いて、向こう見ずな若さが表情に窺える。

ジャスミンとヴァンツァーが教室を覗いた時は、少年が何やら訴えているところだった。

「今の演技だと、少し素っ気ないんじゃないかな。リリアンがちょっとはレックスに気のある素振りをしてくれないと、こっちもやりにくいよ」

「でも、この時点では、リリアンはまだレックスをそれほど意識していないと思うのだけど……」

アイリーンは困惑顔だが、少年は譲らない。

「少しは気に掛けているはずだよ。——アイリーン、頼むからさ。芝居はぼくのほうが先輩なんだから、合わせてくれないかな」

ジャスミンの表情が恐ろしく奇妙に歪《ゆが》んだ。

吹き出すのをかろうじて堪えたように見えたので、ヴァンツァーは不思議そうにジャスミンを窺った。

この剛胆無比の女性がここまで我慢を強いられるものなど、自分には感じ取れなかったからだ。

アイリーンは少年の言葉に腹を立てる様子もなく、躊躇いがちに監督を窺っている。

「変えたほうがいいかしら？　サイモン」

「いや、きみはそのままでいい。いいかい、デニス。今のリリアンは結婚式を目前に控えているんだぞ。リリアンにとってレックスはまだ一人の生徒なんだ。そこを忘れないでくれ」

「リリアンに恋をしろって言うなら簡単ですよ」

「それも違う。確かにレックスはリリアンに興味を持っている。ただしそれは普通の恋心とはまったく別の種類の関心なんだよ」

「だからぼくは年上の美人教師に惹かれる高校生を演じているつもりだけど？」

現場の雰囲気がちょっと気まずくなりかける。

絶妙のタイミングで、アイリーンがジャスミンを見つけて嬉しそうな声を上げた。

「ジャスミン！　いらっしゃい」

「やあ、アイリーン。邪魔をしたかな?」

「とんでもない。よく来てくれました」

「敬語は必要ない。おまえはもううちの使用人じゃないんだからな」

「ごめんなさい。なかなか癖《くせ》が抜けなくて……」

「謝るな。わたしが悪者みたいじゃないか」

ジャスミンが教室に入ってくると、スタッフ一同、その堂々たる迫力と圧倒的な存在感に息を呑んだ。

特に監督のサイモンは眼を丸くしてジャスミンの姿に見入っており、その陰にいるヴァンツァーにも気づかない様子だった。

アイリーンは故意にヴァンツァーを後回しにして、ジャスミンをサイモンに引きあわせたのである。

「紹介するわ。この人はミズ・ジャスミン・クーア。わたしの元の雇い主で、ペーターゼン郊外の屋敷を貸してくれた恩人よ」

「よろしく、サイモン」

サイモンはまだ呆気にとられていた。

女性にしては桁外れに大きいジャスミンの体軀《たいく》を上から下まで眺めて感嘆の叫びを発した。

「ミズ・クーア! あなたなら大宇宙を股《また》に掛ける女海賊と古代の女戦士がやれますよ!」

ジャスミンが吹き出した。

「おもしろい人だな、あなたは」

「本当ですよ! 今はまだアクションを撮る予定はないけど、すごい! あなたを見てるといくらでもイメージがふくらんできそうだ! 配下の男たちを大勢従えて、連邦軍すら手玉に取る大宇宙の魔女! 最高だ! あなたにぴったりです!」

ジャスミンは苦笑して、興奮する相手を牽制《けんせい》した。

「そこまでだ、サイモン。いくら絶賛してくれてもわたしは決して映画には出ないぞ。わたしにとって映画《あれ》は出演するものではなくて見るものだ」

「ええ、もちろんわかってます」

頷いて、しかしサイモンは夢中で続けた。

「何か運動《スポーツ》をしてますよね。すごく鍛《きた》えた体つきだ。

あなたなら女戦士《アマゾネス》の扮装も剣戟《ソード・アクション》も、絶対さまになりますよ。髪はそのままで——その赤毛がすごくいい！　流しっぱなしで、もっと荒れた感じにして、茨《いばら》か何かの冠《かんむり》を乗せてもいいかな？」

　ヴァンツァーが口を開いた。

「要するにあんたの『わかっている』は、人の話を何も聞いていないという意味なんだな」

　サイモンはぎょっとした。初めてヴァンツァーの存在に気づいて、慌てて後ずさった。

「来てくれたのは嬉しいけど、近づかないでくれよ。きみと口をきいたら国外退去なんだ！」

「人の話を聞かないだけじゃない。あんたは文書も読めないらしいな。あの誓約書には『本人の意思を無視して』という但し書きが明記されているんだぞ。ここにいるのも、あんたとこうして話しているのも俺の意思だが、ことと次第によっては俺はいつでも自分の権利を行使する用意がある。忘れるなよ」

「きみねえ……それじゃ脅迫《きょうはく》だよ！」

　サイモンの抗議をヴァンツァーは鋭い視線だけで黙らせた。

「あんたは人を誘拐《ゆうかい》しようとしたんだぞ。よりにもよって初対面の相手に向かって『車に乗れ』とはな。あの場で警察に突き出さなかった俺の判断と、倫理委員会への訴えを取り下げた善意に感謝こそすれ、文句を言う資格などあんたにはないはずだ」

「わかってるよ。反省してるってば！」

「信用ならない。あんたの言う『わかっている』は『わかっていない』という意味だ。こちらの女性に対する今の態度からも明らかだ」

　ジャスミンは今度こそ楽しげに笑って、黒い頭の上からヴァンツァーを見下ろした。

「手厳しいな。少年。男の子の負けん気は好ましいものだが、そう尖《とんが》るな。大人にも失敗はあるんだ。その不注意に子どもがつけ込んでやっつけるのは、見ていてあまり気持ちのいいものじゃない」

　そこまでだ。赤い髪の女王の眼はそう語っていて、遺憾《いかん》ながら、ヴァンツァーはそれを悟れないような子どもではなかった。

「わたしなら気にしていない。映画人とはだいたいこんなようなものだからな。わたしはジャスミン・クーア。きみは？」

「ヴァンツァー・ファロットです」

二人が何食わぬ顔で挨拶をする間、アイリーンはぽかんとなった関係者に事情を説明し、一同は興味津々《しんしん》の眼をヴァンツァーに向けたのである。

なるほどサイモンの意図するレックスはこういう少年なのかと、みんな大いに納得して頷き合った。

特にデニスはそうだった。

世にも珍しい奇妙な生き物に出合ったような眼でヴァンツァーを見つめていた。

物憂げでどちらかと言えば甘く見えるのに冷たく整った美貌、怜悧《れいり》な鋭い頭脳、毅然《きぜん》とした態度。

ジャスミンは少年の負けん気と言ったが、とてもそうは見えなかった。ヴァンツァーの口調は冷静で、論理的で、自《みずか》ら引くことも心得ている。

頭でっかちの少年が口先だけで大人をやりこめて、鼻高々になるのとは次元が違っていることくらい、デニスにもわかる。

芝居を離れたデニスは人見知りをする質《たち》のようで、ややはにかんだ表情でヴァンツァーに話しかけた。

「ほんとに高校生？」

「ああ、プライツィヒの一年だ」

「見えないね。きみも芝居をしてるの？」

「いいや」

ヴァンツァーはヴァンツァーでデニスのことを、今の自分と同じ年頃に見えるなと思いながら尋ねた。

「監督は俺に、きみの見本になってくれと言ったが、具体的に何をすればいい？」

「来てくれただけで充分だよ」

言ったのは気を取り直したサイモンである。

複雑な表情を浮かべながらも、彼は慎重に言葉を選んでヴァンツァーに謝罪した。

「先日のことは、本当に申し訳なかったと思ってる。映画となると夢中になるのはぼくの悪い癖なんだ」

ジャスミンが頷いた。

「何度も言うが映画人とはそういうものだろう。昔ちょっと知っていた制作者《プロデューサー》がいるんだが、その人もしきりとわたしに映画出演を勧めてきたからな」

サイモンがきっぱりと言う。

「それは当然でしょう。あなたを見て何も感じない映画人なんかいないはずです」

話が盛り上がっているところに夫役のトレミィ・シンガーがやってきた。

彼はデニスとは対照的に肌は浅黒く、彫りが深く、それでいて甘い顔立ちだった。

三十七歳だというが、年よりずっと若く見える。

いわゆる陰影の深い顔で、黙っていると悪役顔に見えるくらいの迫力だが、笑うと目尻に皺《しわ》が入って優しい笑顔になる。

彼もまた訪問者二人を見て驚いた。

ジャスミンの大きな体軀を見上げて眼を見張り、ヴァンツァーを見て大げさに納得して頷いた。

「なるほど。きみが監督の思い描くぼくの恋敵か。これなら奥さんを取られるのも無理はないかな」

口を開けば至って言葉のやわらかい、感じのいい気さくな男だった。

ジャスミンは、トレミィとデニスに、二人の顔を知らなかったことを素直に打ち明けて弁解した。

「申し訳ない。わたしはそれほど映画や娯楽番組を見ないものだから」

トレミィが笑って首を振る。

「無理ないですよ。ぼくが主に出ているのは地方《ローカル》の、いわゆるB級映画ですから」

アイリーンが熱心な口調で共演者を紹介した。

「この人は個性的な役を演じさせたら天下一品です。『ジェイド』の怪人Zは髪の毛が全部蛇《へび》で、口から緑の体液を吐いて主人公を攻撃するんだけど、あれ、合成じゃないんでしょう？　それを聞いて驚いたわ。

子どもたちが怖がって泣き出したのは有名な話です。その後で『黒鳥』を見たけど、見事に印象が違って、最初はあの怪人だってわからなかったもの」

ジャスミンが訊く。

「その映画では主役だったのか？」

「いいえ、この人の役は主役の男性に思いを寄せる同性愛者の踊り手《ダンサー》です。相手役の女性を押しのけて自分が主役の彼と踊りたいと悶《もだ》えるところなんか、恋する乙女そのものでした」

「うわ、よりによってすごいのばかり見られたな」

悪い気はしないらしい。トレミィは笑っているが、ジャスミンは別の意味で眼を丸くした。

「意外だ。あなたはこんな男前《おとこまえ》なのに。変わった役ばかりやっているのは何か理由でも？」

トレミィは破顔した。

「これは嬉しい。今時の若い女の子は、ぼくの顔は濃すぎて気持ち悪いと言いますからね」

「それはまた見る眼のないお嬢さんたちだ」

あくまで真面目に誉めるジャスミンにトレミィは苦笑しながら、感謝の意味を籠めて目礼した。

「確かに。怪優《かいゆう》って言われることが多いんですけど、正直あんまりピンと来ないんですよ。役者ですから、どんな役でも全力で演じるのが当然だと思ってます。やるからには最高の演技をしたいですからね」

魅力的な笑顔を浮かべながら、睫《まつげ》の濃い目元には感慨《かんがい》深げな光が浮かんでいる。

見た目は派手でも、トレミィは役者という仕事に真摯な態度で取り組んでいるようだった。

「どんな役もいい機会だと思って挑戦してますけど、個性的な役が多いのも本当ですから。今回のように高そうな背広を着てる実業家は逆に珍しいんです。そういう意味では新鮮ですね」

奥さんがアイリーンでよかったとトレミィは笑い、若い共演者を紹介してくれた。

「デニスはまだ若いけど、この世界で十五年以上のベテランです。惑星アルザンの名子役で、地元ではみんな知ってるスターなんですよ」

「いいよ。言わなくて。昔の話だから」

素っ気ない態度は照れているわけではない。

それはデニスにとって既に過去の栄光でしかなく、何とか脱却しようとあがいているところらしい。

この少年は少なくとも自分には似ていない。

ヴァンツァーはそう判断してサイモンに言った。

「差し支えなければ脚本を見せてもらいたい」

「いいとも」

ヴァンツァーが訪ねてきてくれたことで有頂天のサイモンは気づかなかったが、今のヴァンツァーは滅多にないほど深く己《おのれ》を恥じていたのである。

こんな素人に『稀代の犯罪者』と表現されるとはもっての外《ほか》だ。いくら現役を離れて久しいとはいえ、言い逃れようのない大失態だ。

モンローの校門を出た時の自分はそれほど異質な気配を発散していたかと、あれから何度も自問した。

同時にヴァンツァーはサイモンを警戒した。

今の自分の姿と立場では即座に口を封じるというわけにはいかない。そうしたかったのは山々だが、あくまで穏便に処理する必要があった。

こんな危険因子はさっさと遠ざけるに限ると思い、この星から追い出そうと画策したが、それはうまくいかなかった。しかし、よくよく考えてみれば——考えるまでもないが——彼はそれほど聡い人間には見えないのである。

あれは単なる偶然だったのか、それとも無意識にこちらの実態を言い当てる恐ろしい目利きなのか、今日はそれを見極めるために足を伸ばしたのだ。

もう一つ、確かめたいこともあった。

校庭で作業を始めたスタッフからの連絡を受けて、サイモンがトレミィに声を掛けた。

「よし、来てくれ、トレミィ。まずジョージが車でリリアンを迎えに来る場面だ」

「了解。——それじゃ、失礼します。そこの窓から撮影しているところが見えますよ」

トレミィに続いてデニスも彼らから離れていき、教室の中にはアイリーンと客人二人だけが残された。

校庭で撮影準備をしているスタッフの様子を見て、ジャスミンが言う。

「ずいぶんこぢんまりした撮影班《チーム》なんだな」

「低予算映画だもの。こんなものよ」

関係者が近くに一人もいなくなったのを確認して、アイリーンは小声でジャスミンに注意した。

「いちいち反応しないでよ。変に思われるわ」

先程の遠慮がちな敬語が嘘のような口調だった。

デニスがアイリーンに、自分のほうが先輩だから合わせてくれと言った時のことらしいが、言われたジャスミンはまた吹き出した。

「おまえも大人になったもんだと思うとおかしくて。昔はあんな若い子にあんな生意気な口をきかれたら、容赦《ようしゃ》しなかっただろう？」

「デニスにとってわたしが後輩なのは本当だもの。それどころかぽっと出の新人なのよ。――あの子もちょっと威張ってみたい年頃だしね。あのくらいで済んでいるなら可愛いものだわ」

ジャスミンは今度こそ腹を抱えて大笑いした。

ヴァンツァーは二人の横で脚本を読んでいたが、顔を上げて、真正面からアイリーンを見つめると、答えのわかっている質問をした。

「やっぱりエマ・ベイトンだな？」

「あなたもよ。その名前は言わないでちょうだい。どのみちそれは本名じゃない」

「では、本名はなんと言うんだ？」

「アイリーン・コルトよ。――今はね」

ヴァンツァーは眼でジャスミンに確認を求めたが、女王は笑って肩をすくめている。

「本人がそう言うんだからそうなんだろう」

サイモンが小走りにこちらへ走ってくるのが見え、校庭から話しかけてきた。

「ミズ・クーア！　あの車はあなたのですか？」

「ああ、そうだ。邪魔ならどけようか？」

「いえ、あの……」

　サイモンは言い淀《よど》んだ。

「厚かましいお願いで恐縮ですが、もしよかったら――使わせていただけませんか？　もちろんすぐにお返ししますから！　ジョージの車が登場するのはこの場面だけなんです」

「かまわないが、撮影の小道具にするにはちょっと汚れてるぞ。洗って出直そうか？」

「いえ！　それでしたらちょうどいい。トレミィに洗車に行かせます。この車にも慣れてもらいたいし、彼はA級免許《ライセンス》を持ってますから、間違っても傷をつけたりしません」

「そうか。では頼む」

　ジャスミンは教室の窓から鍵を投げてやった。

　反射的に受け取ったものの、サイモンは戸惑った。

「――え？　生体認証は？」

「掛けてない。それで動くから好きに使ってくれ。洗車代はわたしが持つ」

「ありがとうございます！」

　気前のいい後援者《パトロン》にサイモンは大喜びである。

　トレミィも嬉しそうだった。

　撮影用に用意した車より、この車のほうが遥かに高価で洗練されているし、堅苦しいだけの高級車と違って遊び心も満載されている。

　上流階級の出身ながら野心も備えている自信家のジョージなら、こちらを選ぶに違いないからだ。

　トレミィ自身の収入では恐らく手の届かない車に臆することなく乗り込んで、彼は満足げに頷いた。

「いいねえ。これこそほんとの王様気分だ。じゃあ、行ってくる。すぐ戻るよ」

　真っ赤なスポーツカーが軽快に校庭を出て行くと、サイモンはアイリーンを振り返った。

「トレミィが戻るまでにデニスとの場面を撮るよ」

「ええ、今行くわ。――ごめんなさいね」

　二人に断ってアイリーンは教室を出て行った。

　ややあって眼の前の校庭にアイリーンが現れて、

何やらスタッフと打ち合わせを始めている。

その頃にはヴァンツァーは脚本を読み終えており、何とも言えない表情で小さな息を吐いた。

「おもしろかったか？」

ジャスミンの問いにヴァンツァーは首を振って、手にした脚本に疑問の眼を向けた。

「なぜこれをわざわざ映画にするのか理解できない。どこにでも転がっている平凡な話だ」

「そうか」

「あんたは読んでいないのか？」

「メロドラマも三角関係もどうも苦手でな」

その点はヴァンツァーもまったく同感だが、彼は顔をしかめながらも真剣に考えていた。

この脚本を読む限り、レックスの性格は自分とは似ても似つかないように見えるからだ。

ならば、あの監督は、この少年と自分のいったいどこに共通点を見出したのか。

その疑問を見抜いたようにジャスミンが言った。

「アイリーンに訊いてみたらどうだ。彼女は脚本《それ》を読み込んでる。監督の意図もたぶん理解してるぞ」

ヴァンツァーは教室の窓から外に眼をやった。

スタッフに囲まれたアイリーンが見える。

横にはデニスもいてサイモンの指示に頷いている。

撮影となるとサイモンは妥協を知らない。

集中力も半端ではない。

それは役者陣も同じことだ。次から次へと必要な画《え》を撮っていく。

眼を転じれば、教室の中には自分とジャスミンの二人きりだ。こういう立場は初めてだと思いながら、ヴァンツァーは言った。

「あの女はあんたの友人なんだろう？」

「ああ。長いつきあいだ」

ヴァンツァーは言葉を発する前にじっくり考える性質だった。しかし、その彼にして他に言いようがなかったので、極めて率直な物言いをした。

「クーア財閥二代目総帥のジャスミン・クーアは、

四十年前の九五一年に死亡したことになっている」

「ああ。実際には死ななかったわけだがな」

「それがあんたなら、あの女は何歳《いくつ》になる？」

「さあ？」

悪戯っぽい口調だった。

ジャスミンはジャスミンで興味を持った顔つきで、ヴァンツァーを見下ろしていた。

「きみはわたしの夫同様、一度はこの世から去った身だと聞かされたが、本当か？」

「ああ、本当だ」

「死因は？」

ずばりと訊かれて、ヴァンツァーもさすがに返す言葉に詰まった。驚いてジャスミンを見返したが、ふざけているわけではないらしい。

「生きている人間に本人の死因を訊ける機会なんか滅多にないからな。まして、死亡時のきみの年齢は二十代だろう。その若さでどうして死んだんだ？」

「…………」

考え込んだヴァンツァーだった。

一口にはとても説明できない。個人的な事情など話しても仕方がない。ただし、死因に関しては別段隠すようなことでもなかった。それは確かだ。

「出血多量か内臓損傷か、はっきりとは言えないが、恐らくそんなところだ」

「そうなった直接の原因は？」

「刃物で腹を刺された。背中まで貫通したはずだ」

「きみは誰かに殺されて死んだわけか？」

「そうだ」

「誰に殺された？」

「王妃にくっついているあの銀色に」

その答えに今度はジャスミンが眼を見張ったが、そこはこの人もただ者ではない。一瞬引き締まった口元に次に浮かんだのは微笑のように見えた。

「きみはそれで平気なのか？」

「平気とは？」

「自分を殺した相手だぞ。間近に顔を突き合わせて何とも思わないのか?」

言葉こそ詰問口調だが、静かな声には別のものが滲《にじ》み出ている。

だからヴァンツァーも首を振って、ありのままの言葉を返した。

「俺たちはそんな理由で戦ったわけではないからな。怒りも憎しみも怨みも、俺には無縁のものだった。そんなものを感じたことはないし、今も感じない。あの銀色も同じはずだ」

「一対一の戦いだったのか?」

「そうだ」

「怒りも憎しみも怨みもなかったのに?」

「そうだ」

「因果な話だな」

吐息のようなジャスミンの言葉に、素直に頷いたヴァンツァーだった。

「俺もそう思う」

あの時の自分には必要なことだった。どうしても必要だったが、銀色には違っただろう。

「あんたはどうなんだ?」

「何が?」

「眼を覚ましたら、一晩の間に四十年が過ぎていた。あんたにとってはそういうことだろう?」

「ああ、そういうことだ」

ジャスミンの口調はさばさばしていた。

とっくに死んだことになっている女と、とっくに死んだはずの自分が何を話しているのかと思ったが、ジャスミンと言葉を交わすのは不思議と快《こころよ》かった。

「現在のこの世界は、あんたの知っている世界とはまるで違うはずだぞ」

「そうだな。よちよち歩きの子どもが中年男になり、昔の友人たちはみんな遥かに年上の人生の先輩だ。わたし一人がそこから取り残された」

「…………」

「何も感じないかと言われると少々答えに詰まるが、これが現実だからな。数こそ少なくなったが、昔の友達と会えたことは素直に嬉しいと思っている」

「アイリーンもその一人か?」

「そうだ。——何よりあの男がいたからな。あれで本当にわたしがいない間の三十五年を生きたのかと首を傾げるくらい、見事に変わっていない」

ヴァンツァーは校庭であれこれ指示を出しているサイモンに眼をやった。

想像力の豊かすぎるあの監督がジャスミンの夫に会ったら果たしてどれほど興奮して騒ぎ立てるか、ちらりと興味が湧いた。


その頃、トレミィは隣町へ向かっていた。

ノークショーには洗車場がなかったからである。

実際に動かしてみてトレミィは密かに感心した。

とてつもないパワーと運動性能を誇る代わりに、操作性は犠牲にしてある。運転者の技倆によっては手足同然に動かせるが、誰でも簡単に乗れるという車ではなかった。まして初心者には絶対に無理だ。

言ってしまえば、ひどく扱いにくい車である。

女性が日常の足に使うような代物でもないのだが、あの大迫力の人には似合いかもしれない。

人の姿も他の車もないのを確認して、トレミィは田舎道を流れるように飛ばしていった。

隣町の洗車場では人間の職員が迎えてくれたが、彼らも滅多に見ない高級車に眼を見張った。

生体認証が掛かっていないことにも驚いていた。

それでは盗難に遭っても所有者義務違反が問われ、保険はまず下りない。

しきりと登録したほうがいいと勧めてくれたが、まさか自分の個体情報を登録するわけにはいかない。

トレミィはあえて詳しい事情は説明しなかった。

ちょっと悪戯心を起こしてジョージの演技《ふり》をして、職員との雑談に応じていた。

「登録すると、いろいろ面倒くさいことが多くてね。あんまり好きじゃないんだ。まあ、盗難は怖いけど、車はこれだけじゃないからね。何かあったら、その時はまた買えばいいんだからさ」

「すごいですねえ。他にもお持ちなんですか」

職員はすっかりトレミィを裕福な人間だと思って、しきりと感心し、羨《うらや》ましそうな眼を向けてくる。

その間に赤い車は念入りに洗われて、ぴかぴかに磨き上げられていた。

覗き込めば赤い車体に顔が映る。

「うーん。残念」

しみじみと呟いたトレミィだった。

これだけの車だ。もう少し楽しみたいところだが、これは借り物で、何より今はまだ撮影中である。

「仕事に戻らなくちゃだね」

苦笑して、再び運転席に乗り込んだ。

ところが、車を発進させようとした彼の進路を、唸《うな》りを上げて遮《さえぎ》ったものがある。

反射的に急停止を掛けて、トレミィは息を呑んだ。

眼の前に立ちふさがったのは自動二輪車だった。

それも最大級の馬力を誇る大型車である。

こうなるともう乗り物というより、機械仕掛けの巨大な暴れ馬と言っていい。

よほどの乗り手でなければ振り落とされる。

その怪物を軽々と操ってトレミィの横にぴたりとつけた乗り手は何とヘルメットも被っていない。

「失礼、兄さん」

ゴーグルを上げて話しかけてきた相手の顔を見て、トレミィは再度息を呑んだ。

仕事で同性愛者を演じたことはあっても、彼にはそうした嗜好《しこう》はない。至ってまともな男だったから、同性に眼を奪われるという経験はあまりない。

が、単に顔立ちの美しさではなく、その存在感で他を圧倒する男というのは確かにいるのだ。

自動二輪車にまたがっていても一目でわかるほど長身の男は物騒な笑みを浮かべて言った。

「これは女房が乗ってた車のはずなんだが、あんた、誰だい？」

3

サイモンはケリーを見ても騒がなかった。

ぽかんと口を開けて、自分の顔より遥か上にある相手のそれを凝視しているだけだ。

ケリーを見た相手が何かしらの反応を示すことは珍しくない。むしろそれが普通だった。

男性ならその背の高さに驚き、次に精悍《せいかん》な容貌《ようぼう》に嫉妬《しっと》する。

女性ならたちまちそれらに眼の色を変える。

しかし、不躾《ぶしつけ》なまでに視線を固定して微動だにしないという反応は実は珍しかったので、ケリーは真面目に問い返した。

「俺の顔に何かついてるかい？」

サイモンは首を振ったが、やっぱりケリーの顔を食い入るように見つめ、見事な体軀《たいく》に眼を這《は》わせて真剣に考え込んでいる。

「あなたなら何ができるだろうと考えてたんですが、困ったな……何だろう？　手下が大勢いるのは何か違うような気がするし……おかしいな？　どこからどう見ても王者の風格なのに……貫禄《かんろく》も充分なのに、一匹狼《おおかみ》にも見えるし、無法者《アウトロー》のようでもあるから、中世の腕利きの傭兵《ようへい》？　暗黒の戦士？　いや違うな。世界征服を企む独裁者？　これも違う。うーん……何かなあ？」

人の姿を見ながら大真面目に唸《うな》るので、ケリーは苦笑して両手を上げた。

「わかった。その辺で勘弁《かんべん》してくれ」

「そうだ！　いっそのこと何世紀も世間をさすらう不老不死の美貌《びぼう》の怪人なんていいかもしれない！」

笑えない。

ヴァンツァーとアイリーンは同時にそう思ったが、当のケリーが吹き出し、ジャスミンも大笑いした。

迫力満点の大型自動二輪車がトレミィの赤い車に併走して校庭に現れた時、撮影班は呆気《あっけ》にとられて作業の手を止めた。まさに『映画のような』登場の仕方だったからだ。

ケリーは校庭の隅に二輪車を止め、硬直している撮影班にゆったりと近付き、屈託《くったく》なく笑いかけた。

「よう、アイリーン。悪かったな。危うくおまえのご主人を車泥棒でとっ捕まえるところだったぜ」

あくまで昔の使用人に対する言葉遣いを崩さない。

校舎から出てきたジャスミンはそんな夫に苦笑を嚙《か》み殺しつつ、顔をしかめて文句を言った。

「それはわたしに対する侮辱だぞ。いくらこちらの紳士が男前でもだ。わたしがそうやすやすと車から引きずり降ろされると思うのか」

「男前はともかくだ、正直そいつは考えなかったが、あんたが車を離れた隙に乗り込んで逃げるだけなら誰にだってできるはずだと思ったのさ。とにかく、ミスタ・シンガーには申し訳ないことをした」

「トレミィで結構ですよ。ミスタ……」

「俺もケリーでいい」

新たな客人に眼を奪われたのはサイモンだけではなかった。女性スタッフはみんな仕事を忘れそうな有様で、ケリーを見つめてぼうっとなっているし、デニスもトレミィも感心して見入っている。

もっとも彼らの視点は女性スタッフとは違って、あくまで役者としてのものだった。

良くも悪くもこの男は素人《しろうと》には見えない。

この男の妻もそうだが、華がある――というよりありすぎるのだ。顔の造作や姿とは関係なしにだ。

それは芝居《しばい》をするものにとっては喉《のど》から手が出るほど欲しいものでもある。

トレミィがそっとアイリーンに囁《ささや》いた。

「この人の家で働くのは大変だったんじゃない？」

「いいえ。ご夫婦揃《そろ》ってとてもいいご主人だったわ。それに――」

アイリーンはちょっと釘を刺す調子で続けた。

「言いたいことはわかるけど、わたしたち掃除婦は個人的な感情を職場に持ち込んだりしないのよ」

「きみが潔癖《けっぺき》でも、彼はどうかな？　ぼくの眼から見てもほれぼれするくらいだ。美しいご婦人たちが彼を放っておくはずがないと思うけど」

お盛んだったんじゃない？　と、悪戯《いたずら》っぽく笑うトレミィにアイリーンも笑って首を振った。

「だめよ。仕事先で見聞きしたことは口外できない決まりなんだから。でも、一つだけ教えてあげるわ。あの人、あれで奥さまをとても愛してるのよ」

「いやいや、それは関係ないでしょう。そりゃあ、ミズ・クーアはとてもすてきな人だけどね」

「気をつけて、トレミィ。お世辞でもそんなことを言うと押し倒されるわよ」

「その通りだ」

当のジャスミンが物騒に笑いかける。

「夫が女性にもてるのは当たり前だからな。むしろ、わたしとしては夫に近づく男を警戒したい」

十センチ以上背の高い女性に頭の上から迫られて、トレミィは大げさに震え上がってみせた。

「誤解です。ミズ。あなたに負けず劣らずご主人がとても魅力的な人なのは認めますが、ぼくとしては恋愛は異性としたいんです」

「では、わたしと恋愛するか？」

「ケリー！　後生《ごしょう》ですから助けてください！」

トレミィの哀れな芝居は一同の笑いを誘った。

その後、あらためて、ジョージが颯爽《さっそう》と赤い車で登場してアイリーンを迎えに来る場面を撮り終え、車は本来の持ち主に返還されたのである。

アイリーンの顔も見たので、大型夫婦はそろそろ引き上げることにした。

その帰り際、ケリーは予定の台詞《せりふ》を、アイリーンのみならず全員に聞こえるように言った。

「近くの海岸沿いの街に家を買おうと思ってるんだ。もうじき手続きが完了するから、撮影の合間にでも訪ねてきてくれ」

アイリーンがちょっと呆《あき》れて、でも眼を輝かせて、二輪車にまたがったケリーに訊《き》いた。

「またお買いになるんですか。ペーターゼン郊外に別荘があるのに……。今度はどんな家ですか？」

「おう。実はそこに愛人を囲おうと思ってるんでな。サンデナンの家と比べるとなかなか可愛い家だぜ」

この冗談に、当然のようにサイモンが食いついた。息を呑《の》んで身を乗り出した。

「ケリー、もしよかったらあの……」

「その先は言わなくていいぞ、サイモン」

赤い車の運転席からジャスミンが笑いかける。

「アイリーンは大切な友達だからな。わたしたちにできることがあれば何でも言ってくれ。とりあえず、その愛人用の家は好きに見ていい。使えるようなら喜んで撮影に提供する」

「感謝します！」

小躍りしそうな有様のサイモンを残して、夫婦がそれぞれの乗り物を発進させようとした時だった。

黒い車《セダン》がしずしずと校庭に進入してきた。

ジャスミンのスポーツカーが流行《はやり》の最先端なら、これはまさしく古典《クラシック》的な高級車である。

行き先を間違えたのかと思ったら、本当にこんな廃校に用があったらしい。校庭の中央に車が止まり、中から四十絡みの男が二人降りてきた。

一人は背が高く、もう一人はずんぐりしている。サイモンたちに近づいてくると、背の高いほうが丁重に話しかけてきた。

「ミスタ・デュバルはこちらにおいでですか？」

「ぼくですけど？」

「初めまして。こういうものです」

差し出された名刺を見てサイモンは眼を剝《む》いた。

「Ｇ　Ｃ　Ｐ《ギャラクシー・クラスタ・ピクチャーズ》⁉」

声が滑稽《こっけい》なほどひっくり返っている。

サイモンだけではない。スタッフの間にも大きな衝撃と驚愕《きょうがく》が走った。

「第四開発事業部のビル・ロジャースと申します。

アーツプロダクションさんからお話を伺《うかが》いまして、あなたが撮っている映画のことで参りました」

ずんぐりした男も名刺を出して自己紹介する。

「GCPの顧問《こもん》弁護士を務めておりますクイント・ソーンベルクと申します。少しお時間をいただいてお話ししたいのですが、よろしいですかな?」

「も、もちろんです! どうぞ!」

まだ声がひっくり返っている。

サイモンは眼の前の校舎に二人を案内した。

幸い、空いている教室なら山ほどある。

固唾《かたず》を呑んで三人の後ろ姿を見送ったスタッフの間から、吐息のような歓声が洩《も》れた。

「GCPだって!」

「すっげえ!」

ジャスミンとケリー、それにヴァンツァーだけは事情がわからない。

アイリーンが説明してくれた。

アーツプロダクションはサイモンの企画を通したこの映画の出資者で制作者でもある映画制作会社。

ギャラクシー・クラスタ・ピクチャーズも映画の制作会社だが、あまり名前を聞かないアーツと違い、共和宇宙でも十指に入る巨大映画会社だという。

ジャスミンが訊いた。

「実際、会社の規模としてどのくらい違うんだ?」

「GCPが象《ぞう》ならアーツは子ネズミ以下ですね」

それならサイモンの驚愕も興奮も理解できるが、ジャスミンはさらに首を傾《かし》げた。

「そんな大手どころが何の用かな?」

「アーツ絡みで来たのなら、普通に考えれば、この映画に出資するためだと思いますけど……」

それはすなわち自分たちの映画が大手映画企業の眼にかなったということだ。

サイモンやスタッフの喜びようも理解できるが、アイリーンだけはどういうわけか戸惑い顔だった。

女性スタッフがそんなアイリーンを激励《げきれい》する。

「やったわね! アーツプロダクションは局地的な

配給権しか持ってないけど、ＧＣＰが絡んでくれば他星系での上映だって夢じゃないわよ！」

「ええ。だけど、何だか実感が湧かなくて……まだ決まったわけじゃないでしょう？」

監督が席を外してしまったので、スタッフたちは一度、控え室に使っている教室に引き上げて行き、成りゆきが気になったので、ジャスミンたち三人も一緒についていった。

広い教室の中に、各人の荷物やら携帯端末やらがごちゃごちゃと点在している。

フリップは真っ先にその一つを起動させて手紙を調べていたが、ほっと明るい笑顔になった。

フリップの様子に目聡く気づいた他のスタッフが、からかうように声を掛ける。

「おふくろさん、島流しから解放されたって？」

「笑い事じゃない。島の人間には死活問題なんだ」

言い返すフリップの口調がきつい。

客人三人が関心の眼で自分を見たことに気づいて、フリップは慌《あわ》てて「個人的なことなんですけど」と弁解したものだ。

「故郷のほうでちょっと事故があったもんですから。——見ますか？」

それほど興味があったわけではないが、三人とも何となく端末画面を覗《のぞ》き込んだ。

事故直後と思われる映像は上空から撮ったもので、海の中に巨大な瓦礫《がれき》の山が長く横たわっている。

元の姿が想像できないほどの残骸に、首を傾げたケリーが尋ねた。

「こいつは——橋だったのか？」

「ええ。ボルトン橋です。惑星ユリウスのセドラス半島にあるレイバーン市の橋でした」

「レイバーン？　聞かん名前だな。トラウニックやアリデワ、エフロンなら知ってるが……」

「レイバーンはそんな都会とは縁のない田舎《いなか》です。ボルトン橋はストー島とネリントン区を結ぶ橋で、ぼくはストー島の出身なんですよ。サイモンも昔はネリントン区に住んでたんです。だからこの映画もレイバーン市が舞台なんですよ」

「しかし、この有様はひでえな。何があったんだ。爆撃でもされたのか?」

フリップは大げさに両手を開いて見せた。

「それがもう信じられない話で、制御不能になった近海型宇宙船が落ちてきて橋を薙《な》ぎ倒したんです。しかも、宇宙船はそのまま海底に沈没ですよ」

船乗りのケリーも大げさに呆れて肩をすくめた。

「乗客を乗せたままか? どんな故障をやらかせばそんなばかげたことになる?」

フリップもしかつめらしく同意した。

「この映像を地方報道《ローカルニュース》で見た時はほんとに何事かと思いましたよ。両親がストー島にいるもんですから、気が気じゃありませんでした。幸い、島には被害はなかったんですけど、島の住人は完全に半島と隔離されてしまったんです。動力や生活供給《ライフライン》などは島が独自に確保してるんで、すぐに生活に困るわけじゃないですけど、そういう問題じゃないですからね」

トレミィがしみじみと首を振った。

「島の人たちには申し訳ないことを言うようだけど、橋の場面を撮り終えておいて本当によかったよね」

「まったくだよ! ジョージがリリアンに橋の上で求婚するんです。サイモンは凝り性だから、舞台がレイバーン市なら、ボルトン橋でなきゃ駄目《だめ》だって言うに決まってますからね」

ジャスミンも事故の映像に顔をしかめていた。

「犠牲者も少なくなかっただろうな」

「それが死傷者は一人も出なかったんです」

話を漏《も》れ聞いていた他のスタッフが首を傾げた。

「あれ、そうだったっけ? どこかで死者一名って聞いた気がするけど」

とたんフリップの語調が荒くなった。

「それがさ! その死体は事故の犠牲者じゃなくて、前から橋の中にあったっていうんだ! 俺、何度もあの橋渡ってるんだぜ!」

死体の上を歩いていたなんてとフリップは盛大に嘆《なげ》いているが、ヴァンツァーが大真面目に尋ねた。

「その遺体は架橋工事の人柱《ひとばしら》にされたのか?」

「怖いこと言わないでくれよ!」

震え上がったフリップだったが、若いスタッフの中には意味が摑《つか》めず、きょとんとしている者もいる。

「人柱とは工事の完成を祈願して生き埋めにされる犠牲《いけにえ》のことだ。それとは違うのか?」

ヴァンツァーの説明にスタッフは眉《まゆ》をひそめる者、好奇心に身を乗り出す者さまざまだった。

「まさか、本当に生き埋めにされたの?」

「わからないよ。それはまだ調査中なんだ」

この時、廊下をけたたましく走ってくる音がして、頰《ほお》を紅潮させたサイモンが教室に駆け込んできた。

「フリップ! 聞いてくれ! GCPがこの映画を配給したいって言うんだ!」

「ええっ!」

フリップは飛び上がった。他のスタッフもだ。

歓声を上げて互いに手を取り、抱き合った。

「やったな! サイモン!」

「今すぐ契約したいって! 一緒に来てくれ! こういうことはきみの担当だろう!」

「もちろん!」

スタッフはもう大騒ぎである。

熱狂的な喜びに満ちた教室で、アイリーンだけが何やら複雑な顔をしていた。

ちらりとクーア夫妻を一瞥《いちべつ》した。

今は別人のような姿でも、言葉を使わなくても、そこは長いつきあいである。

二人とも笑って進み出ると、ジャスミンは力強くサイモンの肩を叩いた。

「おめでとう。サイモン。未来の名監督の初作品に立ち会えて嬉《うれ》しく思うぞ。よかったら、その契約に我々も同席させてくれないか?」

ケリーはフリップに話しかけている。

「あんたたちにも立会人がいたほうがいいと思うぜ。

俺たちは弁護士じゃないが、こういう契約ごとにはちょっとばかり詳しいし、慣れてるんでね」

それはそうだろうとヴァンツァーは思った。

あのクーア財閥の二代目と三代目の総帥二人なら、下手《へた》な弁護士の五人や十人より頼りになる。

サイモンもフリップも快《こころよ》く承知してくれたので、四人はロジャースたちを待たせている教室に行って、サイモンがジャスミンとケリーを紹介した。

ロジャースもソーンベルクも、ちらりと戸惑いの眼で二人を見たが、すぐに如才《じょさい》ない笑顔に戻った。

「では、ミスタ・デュバル。説明も済みましたので、こちらにご署名をお願い致します」

ソーンベルクはにこやかに微笑しながら契約書を差し出し、サイモンは大喜びでペンを取った。

尻尾があったらぶんぶん振っていたに違いないが、名前を書こうとした直前、横からジャスミンが手を伸ばして、有無を言わさず書類を取り上げた。

ケリーはソーンベルクに要求していた。

「同じものを一部ずつ用意したはずだな。そっちの書類を見せてくれ」

呆気にとられる他の面々の前で、二人はしばらく無言で書類に眼を通した。

ほとんどが専門用語で難解な表現を使っていたが、彼らには慣れたものである。

先にジャスミンが口を開いた。

「ミスタ・ロジャース。この契約によると、映画の権利は映画が完成した時点でGCPに移り、さらに上映時期と上映期間はGCPに一任されるとあるが、具体的にはいつ頃上映する予定なのかな？」

「それは完成を待った上で決めたいと思います」

ジャスミンはサイモンを見て訊いた。

「撮影は順調なのか？」

「ええ、おかげさまで」

「撮影終了日とその後の編集作業にかかる日数は？おおよその見当はつくのか？」

「はい。いつも予定通りに行くとは限りませんけど、だいたいのところは……」

「ミスタ・ロジャースはそれをきみに確認したか」

「いいえ」

ロジャースがやんわりと割って入った。

「その点については既にアーツさんに確認済みです。あえてお尋ねすることもないと思いました」

ジャスミンはロジャースに眼を戻して言った。

「それはどうも変な話に聞こえるな。あなたがたは映画を上映しないという選択もできることになる」

その横でケリーも書類に眼を通しながら言った。

「この契約が締結した時点をもって、現時点までに撮影済みの映像《フィルム》の権利もGCPに生じるものとする。これまた変な条項だな。しかも契約金が高すぎる」

顔を上げたケリーはロジャースとソーンベルクに意味ありげな眼を向けた。

「俺は映画の相場にはあんまり詳しくないんだが、こいつは少々お高すぎるお値段だって気がするぜ。言っちゃなんだが、この監督さんはそれほど大物の監督ってわけじゃない。まったくの新人だろう」

ジャスミンも頷《うなず》いた。

「破格の条件と言えば聞こえはいいが、裏を返せば、それこそ何か『裏』があるんじゃないのかな？」

ロジャースは摑み所のない微笑を浮かべながら、軽く手を組んで身を乗り出した。

「多少の誤解があるようですな。我々は若い才能に投資することも重要な事業の一環と考えております。映画の公開は我々がもっとも適していると判断した時に行いたい、言うなれば時節を図《はか》りたいと思っているだけなのです」

ジャスミンは手にした契約書を机に投げ出した。

「では、新しい契約書をつくって持ってきてくれ。この契約書には署名できない」

「ミズ・クーア！　待ってください！」

悲鳴を上げたのはもちろんサイモンだ。

勝手なことをしないでくれと言いたげだったが、その抗議をジャスミンは一睨《ひとにら》みで封じ込んだ。

「きみは何のために映画をつくるんだ、サイモン。大勢の人に見てもらうためじゃないのか？」

「も、もちろんそうです！」

「それなら、この契約書に署名はできないはずだ。これに署名したら、きみの映画を煮るのも焼くのも、闇《やみ》に葬るのも、ＧＣＰの思うままだからな」

怒気すら感じさせるジャスミンの言葉とは裏腹に、ケリーがとことんのどかな口調で言う。

「女房の言うとおりだぜ、監督さん。この書類にはかなりはっきり御蔵入《おくら》りにするって書かれてるんだ。この破格の契約金はその慰謝料か口止め料っていう性質の金なんじゃねえのかな。もっとも、これだけ多額の慰謝料を払ってくれるんだ。ＧＣＰってのは気前のいい会社には違いないが」

「わたしはアイリーンの演技を劇場で見たいんだ。上映未定も延期もありがたくない」

ロジャースがわざとらしいため息をついた。

「ミスタ・デュバル。本当によろしいのですかな。千載一遇の機会を棒に振っても？」

「いえ、あの、その……」

しどろもどろのサイモンだった。

救いを求める眼でフリップを見たが、フリップも声がない。ひたすら戸惑い、面食らっている。

それはサイモンも同じだった。

きょときょととロジャースとソーンベルクを見て、単刀直入に質問した。

「結局あの……どういうことなんですか？」

「悪い話ではないはずですよ、ミスタ・デュバル。こう申しては失礼ですが、これだけの契約金を払う配給会社は他には現れないでしょうから」

「それはそうです。ありがたいと思ってますけど、実際のところはどうなんですか？　ＧＣＰ《そちら》は本当にぼくの映画を配給する気があるんですか？」

そこがはっきりしなければ署名はできないというサイモンに、ロジャースは苦い顔になった。

「仕方がない。腹を割ってお話しするとしましょう。

きみは何のために
映画をつくるんだ
サイモン——
大勢の人に
見てもらうため
じゃないのか

確かに、こちらのお二人のおっしゃるとおりです。

我々はあなたの映画の権利を欲しいと思っています。そのために破格の契約金を払う心づもりもあります。しかし、あえて忌憚《きたん》のない表現を使わせてもらえば、作品から二次的利益を得ようとは思っていません。端的に言うなら配給する予定はないのです」

「どー―どうしてですか⁉」

サイモンが仰天《ぎょうてん》したのも無理はない。

配給会社が映画の権利を欲しいと言って来ながら配給はしないというのだ。

「だってそれじゃ何のためにぼくの映画を⁉」

絶叫したサイモンを、ジャスミンが眼で抑えた。

ケリーがおもしろそうに笑って言う。

「潔《いさぎよ》くて結構。では次に理由を聞こうか」

「ここだけの話――ということでお願いします」

「そいつは話の内容によるな」

「夫の言うとおりだ。さっさと話してもらおうか。我々もそれほど暇ではない」

大型夫婦に見据えられて、ロジャースはしばらく躊躇《ためら》っていたが、思い切ったように切り出した。

「詳しいことは申し上げられませんが、現在当社の企画に上がっている作品があると思ってください。もうじき撮影が開始される予定です。これは完全に当社制作の映画でして、社としても力を入れている作品でもあります。ですが、その内容が、あくまで部分的になのですが……ミスタ・デュバルの映画に似通っているところがありまして……」

「ほう？」

ジャスミンはいかにもわざとらしく眼を丸くして、ケリーはますますおもしろそうな顔で質問した。

「そこんところだけは確認しなきゃならんだろうな。その企画はサイモンの脚本を盗んだものなのか？」

「とんでもない。あくまで偶然です。多少似ている部分があるというだけのことです。それでも、先にミスタ・デュバルの映画が公開されてしまいますと、後から公開する我々の映画に、我々の本意ではない批判が向けられる恐れがあります」

「だからサイモンの映画を高値で買って御蔵入りにしようってか？」

「呆れた話だ。お宅の会社がどんな会社かわたしは知らないが、やることがずいぶんせこくないか？」

　サイモンは愕然としていた。

　もしこの場にクーア夫妻が同席していなかったら、サイモンは間違いなく契約書に署名していた。

　そしてロジャースは映画が完成するまで配給する予定がないことを黙っているつもりだったのだ。

　事実に気づいたサイモンが話が違うと抗議したら、契約書を振りかざして、完成した映画《フィルム》を取り上げるつもりだったのだ。

　権利を譲渡する契約書に署名してしまった以上、自分の撮った映画であってもそれは既にサイモンのものではない。ＧＣＰの所有物なのである。

「誉《ほ》められた手段でないことは承知の上です」

　開き直りとも思える態度でロジャースは言った。

「ミスタ・デュバル。事情はお話ししたとおりです。どうでしょう。ここは譲っていただけませんか？」

　サイモンはますます呆気にとられてロジャースを見返した。

　口調こそ丁寧《ていねい》で穏やかだが、とんでもないことを強要されている。

　相手が何を話しているかはわかるし、自分に何を求めているかもわかっている。

　少なくとも言葉の意味は理解できる。

　それでもサイモンには自分の眼の前で何が起きているのか、まるで実感できないでいた。

　人間あまりに突拍子もない言葉を聞かされると、事態を認識しようとする機能が麻痺《まひ》してしまうのだ。

　逆にロジャースは、これ以上の説明は必要ないと思っている顔だった。

「その代わりと言っては何ですが、別の映画を一本制作するのに充分なだけの契約金をお支払いします。悪い話ではないと思いますが……」

「どこがですか？」

反射的に問い返したサイモンだった。

「どこが悪くないのか、ぼくにはわかりません」

「ミスタ・デュバル……」

「ミズ・クーアの言う通りです。何のために映画をつくるのか？　大勢の人に見てもらいたいからです。それを――ここは譲ってくれと言われても……」

怒りは感じなかった。

まだ頭が正常に働いていなかったからだ。

鈍ったサイモンの頭が感じていたのはただ一つ。

なぜそんなことをしなければならないのかという疑問だけだ。

ソーンベルクが悠然《ゆうぜん》と構えながら話しかけてきた。

「これは商取引法に基づく正当な契約です。我々はあなたが品物を――映画を完成させるための資金を提供します。その代わり、完成後には権利を譲ってくれと申し出ているのです。あなたは品物を提供し、我々はその代価を払う。何ら違法性はありません」

「上映されないってわかっているのに⁉」

半信半疑の悲鳴を発したサイモンは、激しく首を振った。

「できませんよ！　だめです。そんな契約。いくら違法じゃないって言ったって……」

「ミスタ・デュバル。ご忠告させてもらいますが、あまり依怙地《いこじ》になるのはどうかと思いますよ。本来、我々はあなたに配慮する必要などないのです。ただ、あなたにまったく損をさせるのもお気の毒だと思い、円満に問題を解決するために伺ったのですから」

ソーンベルクがやんわりと脅迫的《きょうはくてき》な口調で言い、ロジャースも高圧的に最後通告を突きつけてきた。

「お尋ねしますが、監督としての将来とこの映画、秤《はかり》に掛けてどちらを選ぶのですかな？」

フリップが顔色を変えてサイモンを窺《うかが》った。

巨大映画会社のＧＣＰを敵に回して、映画業界で生き残りを目差すのは無謀としか言いようがないが、今のサイモンはまったく保身を考えていなかった。

悪く言えば愚直だった。

「ぼくが今撮りたいのはこの映画なんです」

「お言葉ですが、その映画の上映は不可能ですよ。この場でお断りしておきますが、我々が阻止します。それでは結局のところ、誰にも見てもらえないのと同じことです」

「そんなことは——ないと思いますよ」

躊躇いながらもサイモンは真顔で言った。

「GCPさんと喧嘩《けんか》してもぼくたちに勝ち目なんかないのはわかってますけど、大劇場だけが劇場じゃありませんし、最初から大きな劇場で上映するのは無理だと思ってましたから。完成した映画がぼくの手元にあれば何とでもなります。自主映画祭だってあるし、競技会《コンペ》とか、学園祭に持ち込んでもいい」

思いのほか融通《ゆうずう》の利かない相手に、ロジャースは難しい顔になった。

「ミスタ・デュバル。心意気は立派ですが、我々は既にアーツさんとは話をまとめて来ているのです。この意味がおわかりですかな?」

「いいえ」

「ご返答次第では、我々は今すぐ制作費を打ち切ることもできると言っているのです」

フリップがますます青くなる。

「しかし、なるべくならそんなことはしたくない。あくまであなたに自主的に引いてもらいたいのです。この作品の権利を我々に譲り、契約金を受けとって、これとは別のまったく新しい映画をつくる。それがあなたのためでもあると我々は確信しています」

我々に逆らってこの世界でやっていけると思っているのかという立派な脅迫である。

しかし、こういう脅《おど》しは相手が同じ土俵に立っていなければ成立しないものだ。

サイモンはまだ土俵入りもしていない新参だった。平たく言えば怖いもの知らずだったのだ。

「ロジャースさん。すみませんが、お話がさっぱりわからないんです。ちょっとお返事ができないんで、今日のところはお引き取り願えますか？」

ロジャースとソーンベルクは顔を見合わせた。

これ以上は無駄だと思ったのか、もったいぶって立ちあがった。

「残念です」

堅苦しく一礼して二人が出ていくと、サイモンとフリップは揃って大きな息を吐いて椅子に沈み込み、サイモンは心底不思議そうにフリップに問いかけた。

「どういうことだと思う？」

「ぼくに訊くなよ……」

どちらも茫然《ぼうぜん》自失の体である。

一方、ケリーとジャスミンも納得できない様子で首を捻《ひね》っていた。

「いったい何がしたかったものやら……」

「同感だ」

二人の声には別の響きがあった。

さっきのロジャースの説明はどうも嘘《うそ》くさいと、大型夫婦は揃って考えていたのである。


なぜなら子ネズミが象の顔色を窺うのは当然だが、象が子ネズミの機嫌を取る必要はないからだ。

仮に後から公開されるGCPの映画がサイモンのそれと酷似していたとしても、『あくまで偶然』と言い張ってしまえば済む話のはずである。

もっともサイモンとフリップも同じことを感じていたようで、サイモンがしみじみ首を振った。

「参ったなあ。GCPみたいな大手になると、変なところにまで気を回すんだな……」

「言えてる。俺たちの映画なんかGCPにとっては足元で虫が這いずり回っているようなもんだろうに、わざわざ潰《つぶ》しに来るか、普通？」

「現に来たよ。信じられない……」

若い二人はGCPの言い分を信じているようだが、クーア夫妻は違った。

潰すつもりなら金を払う必要などないからだ。

円満な解決を目差したと彼らは説明していたが、そこがそもそも妙なのである。

大企業とはそんなに気前のいいものではないと、夫妻は実体験で知っていた。

「なあ、サイモン」

フリップが意を決したように言い出した。

「本当に断ってもよかったのか。考え直したほうがよくないか？　別に何も、今撮っているこれだけが映画ってわけじゃないんだぞ」

「今のぼくにはこれだけが映画だよ」

サイモンはきっぱりと言い切った。

「お金がいらないとは言わないけど……正直言えば、すごく欲しいけど。いくら大金を払ってもらっても、これを完成させられなかったら意味がないんだ」

「気持ちはわかるさ。だけど、現実的にどうなんだ。アーツと話はついてるって言うんだろう。アーツが手を引くって言い出したら……」

フリップの表情は暗かった。

サイモンもそうした可能性には気づいていたので、表情を曇らせたが、引き下がりはしない。

「そうしたら金策に走るよ。ぼく自身の持ち出しは底をついたから、また出資者を捜さないと……」

ジャスミンが言った。

「そういうことなら少しは力になれると思うぞ」

「ほんとですか？」

たちまち身を乗り出したサイモンを、フリップが慌ててたしなめる。

「サイモン。おまえも少しは考えろよ。そんなこと、アーツを無視して決められると思ってるのか」

「そうなんだよな……」

頭を抱えてしまった二人を励《はげ》ますようにケリーが言った。

「ま、決めつけるのは早いだろう。アーツとやらが何を言ってくるのか出方を待ってもいいと思うぜ。とりあえず他の連中には奴らの言い分は黙っといたほうがいいだろうな」

「わたしもそう思う。ちょっと書類に不備があって署名できなかったとでも言っておくといい」

「そうですね。――みんなに隠し事をするのは気が進まないけど……」

「こんなことを言ったら大騒ぎになるだろう?」

「そうですよね……」

もう一度言って、若い監督と助監督は立ち上がり、スタッフのところに戻っていった。

契約が流れたと聞いたスタッフの落胆ぶりは言うまでもない。

特にデニスは傍目《はため》にもがっかりしていた。

GCPが関わってくれれば、この映画も大々的に取り上げられたのにと思っているようだった。

アイリーンはそんな仲間たちからそっと離れると、廊下の端にいる大きな友人たちに近づいた。

ヴァンツァーもそれに倣《なら》う。

ジャスミンがロジャースの言い分を説明すると、アイリーンは鼻で笑った。

「ずいぶんおかしな世迷い言をぬかしたわね」

「やっぱり嘘か、あれは?」

「連中の持ってきたのがまともな契約じゃないってどうしてわかった?」

ジャスミンとケリーの質問に、アイリーンは首を振った。

「わかったわけじゃないけど、変だと思ったのよ。この映画はGCPが欲しがるような映画じゃない。しかもまだ撮っている最中で完成もしていないのよ。それを今すぐ契約したいだなんて、ありえないわ」

ヴァンツァーも話に加わった。

「何が狙いかは知らないが、GCPの社員を名乗る贋者《にせもの》かもしれないぞ」

「いいえ、それはない。ビル・ロジャースは確かにGCPの人間よ。それもかなりの大物だわ」

「知っているのか?」

「顔くらいはね。GCPには五人の副社長がいるの。中でも次期社長間違いなしと言われている切れ者がテオ・ダルビエーリ。ロジャースはテオの腹心よ」

「それならサイモンの映画を買い取ろうというのは

副社長の意思なのか？」

　その疑問には答えず、アイリーンは逆にケリーに尋ねた。

「彼らは映画を完成させてほしいと言ったのね？」

「ああ、妙な話だぜ。象と子ネズミの喧嘩だろう？　GCPはサイモンに配慮なんかせず、圧力を掛けて制作中止に追い込めばいいはずだぞ」

「でしょうね。本当にサイモンが邪魔なら、彼らはそうするはずよ。それなのに完成した映画の権利を買い取りたい？」

　独り言《ひとりごと》ちて、アイリーンは眉をひそめた。

「わけがわからないわね。何が狙いなのかしら？」

「副社長のテオというのはどういう人間だ？」

「一言で言えば選良《エリート》でしょうね。それも筋金入りのおぼっちゃまだわ。父親はミディア・カンパニーのロレンツォ・ダルビエーリよ」

　ケリーがはたと頷いた。

「そうか。ダルビエーリ。どっかで聞いた名前だと思ったらミディアの倅《せがれ》か」

　ジャスミンとヴァンツァーも口々に言った。

「ミディアならわたしも知っている」

「俺もだ」

　実際、知らない人間のほうが少ないだろう。

　共和宇宙全域で出版、放送、通信、音楽、映画と幅広く事業展開する複合媒体企業である。

　ロレンツォはその基盤を父から受け継いだ。

　彼の父も報道王として名を馳せた人物だったが、ロレンツォは父の事業を何倍にも拡大・発展させて、現在の巨大企業へと伸《の》し上げた立役者である。

　七十六歳になる現在も、ロレンツォはミディア・カンパニーの代表取締役として実権を握っており、共和宇宙の情報産業に絶大な影響力を持つマスコミ王として君臨している。

「ＧＣＰはミディア・カンパニーの子会社だけど、実質的にはミディアの一部門と言えるでしょうね。テオが社長になればなおさらよ」

「その倅、出来のほうはどうなんだ?」

「有能なんじゃないかしら。五人の副社長の中でも野心家で、派手好きで、やり手だと言われているわ。莫大《ばくだい》な制作費を掛けて大規模な広告を打つ超大作を好むタイプね。言い換えれば利益の出ない映画には見向きもしない。――だから変なのよ。サイモンの映画の獲得にロジャースが出てくるなんて」

ジャスミンも首を捻っている。

「配給する気がないんだから、アイリーンの正体に気づいたとも思えないしな?」

「ありえないわ。それならロジャースはサイモンを飛ばして直接わたしのところに来るはずよ」

ケリーも頷いた。

「それ以前にロジャースに任せたりしないはずだぜ。副社長自らお出ましになるだろうよ」

ヴァンツァーは黙っていた。

彼だけがアイリーンの正体を知らないが、ここで問い質すような真似はしなかった。

訊いても無駄だと直感したせいもある。

長居をしすぎたので帰ろうとした時、サイモンがヴァンツァーの傍《そば》に駆け寄って笑顔で話しかけた。

「今日は来てくれてありがとう。助かったよ」

「礼を言われることは何もしていない」

サイモンは力強く首を振った。

「とんでもない! あれからデニスの演技が劇的に変わったんだよ。すごくよくなった。百聞は一見にしかずって言うけど、あれは間違いなく本当だよね。実際にきみと会って話しただけで、デニスには充分感じるところがあったんだよ」

眼を輝かせて言ったかと思うと、急におずおずとヴァンツァーの顔色を窺ってくる。

「それであの、あくまできみ次第なんだけど、もしよかったら、また来てくれないかな……? 今度はここじゃなくて、うまくいけば、きみの学校に近いところで撮影ができるかもしれないんだ。もちろんまだ決まったわけじゃないけど」

ほとんどしどろもどろだが、その態度に卑屈さや媚《こ》びがないのがいっそ不思議だった。

ヴァンツァーは（彼には非常に珍しいことだが）関心を抱《いだ》いた自分を感じていた。アイリーンにも、無意識ながら妙に眼が利くこの監督にもだ。

「では場所が決まったら、渡した名刺の連絡先まで知らせてくれ」

思った通り、サイモンは顔を輝かせた。

「連絡してもいいのかい⁉」

「場所を知らないでどうやって訪ねろというんだ」

素っ気ない口調で言ったヴァンツァーだったが、ちょっと沈黙して、口元に微笑を浮かべた。

「あんたは俺を野兎《のうさぎ》の中に紛《まぎ》れた狼だと言ったが、違うな」

「そうかい？」

「本当に兎の中で暮らしている狼を俺は知っている。あれに比べれば俺などまだまだだ。――もう一匹、致死量の猛毒を持ちながらその毒牙をうまく隠して、無害を装っている毒蛇《どくへび》も知っている」

とても人間を語っているとは思えない表現なのに、サイモンは興味津々《しんしん》の様子で尋ねた。

「その子たちも高校生なのかい？」

「一人はまだ中学生だ」

「きみがそこまで言う子たちに、ぜひ会いたいって……言ったらいけないんだろうね？」

「いや、話すだけは話してみよう。ただ、その場合もれなく犬も一匹ついてくるがな」

「いぬ？　あんまり騒がしいのは困るんだけど」

「心配ない。しつけは行き届いている。主人が傍にいれば猫を被って大人しくしているはずだ」


その日の夜。フリップはスタッフが泊まっている宿泊所で惑星ユリウスの報道を見ていた。

レイバーンという田舎で起きた事件にも拘《かか》わらず、ボルトン橋の事件が大きく取り上げられている。

「――ニュースをお知らせします。ボルトン橋から発見された遺体は、市警察の鑑定の結果、二十四年前から行方不明だったレイバーン市のアレックス・オルドリッジくんと判明しました。当時十七歳の高校生だったアレックスくんは学校から帰宅する途中、友人と言葉を交わしたのを最後に行方がわからなくなっていました。両親からの捜索願を受けて、当時、警察は事故と事件の両面から捜査を続けましたが、有力な手掛かりは摑めず、アレックスくんの行方は杳《よう》として知れませんでした。しかし、今回、遺体が発見されたことで、レイバーン市警察はあらためて殺人事件として捜査を開始する模様です。市警察の発表によると、アレックスくんは行方不明になった直後に何者かによって殺害され、遺体は当時建設中だったボルトン橋の基礎部分に埋められた可能性が高いということです。アレックスくんの両親であるオルドリッジ夫妻は現在もレイバーンにお住まいで、アレックスくんがボルトン橋の内部から発見された事実に強い衝撃を受けています」


画面が切り替わり、老境に入った夫婦が映った。

「橋の下にいたなんて……」

真っ白な髪の、品のよさそうな夫人が涙ながらに語っている。

「あんなに捜して、国中《くにじゅう》を捜して……それなのに、あの子がいなくなってから二十四年、何度も何度も渡ったボルトン橋に埋められていたなんて……！」

泣き崩れる夫人の肩を抱き寄せた大柄《おおがら》な紳士が、声を震わせながら一言一言嚙みしめるように言った。

「この星《ユリウス》では殺人罪に時効はありません。我々にとってそれが唯一の救いであり、希望でもあります。たとえ犯人が外国に逃亡したとしても、ユリウスの司法は決して見逃しはしません。必ず息子を殺した犯人を突き止め、真相を明らかにし、相応の報いを受けさせてくれると信じています」

4

集合場所はログ・セール西海岸。

ただし海からは少し離れた小高い丘の上だった。

サンデナンからはるばる車で来たリィとシェラは丘から少し離れたところで車を降りた。家の周囲で撮影をしているかもしれないので、乗りつけるのはやめたほうがいいと判断したのだ。

野道を歩いていくと、すぐ近くから自転車で来たレティシアと丘の下でばったり顔を合わせた。

リィは平然としていたが、シェラはレティシアの顔を見て、いやそうに言ったものだ。

「おまえも来たのか?」

「まあな、ヴァッツが俺を誘うのは珍しいからな。映画の撮影だって? おもしろそうじゃん」


大きな家だった。晴れた青い空に真っ白な外観が映え、丘の緑が美しい。天井は奇妙な茶色の物体《オブジェ》になっていて、白い外壁に無数に切り取られた大小の窓のうちいくつかは色硝子《がらす》が嵌《は》め込まれている。

見る人によっては近代的で勇壮な建築だと言い、別の人はお洒落《しゃれ》な可愛い家だと言うだろう。

家のかなり手前に若い男が一人、手持ちぶさたの様子で立っていた。三人に話しかけてくる。

「きみたち、ヴァンツァーの友達?」

「そうだけど?」

「ちょっとここで待ってて。今、下で撮影なんだよ。もうじきトレミィが玄関から出てくるから」

男が言い終わる前に玄関が開いた。出てきたのは高級そうな背広を着た浅黒い肌の男だ。

扉を閉めて歩き出す。

するとほとんどすぐに別の男が顔を出して、先に出た男を家の中に呼び戻した。

それを見て、リィたちを抑えた男も言った。

「いいみたいだ。行こう」

玄関は見上げるほど大きな木製の扉だった。

一応、「お邪魔します」と声を掛けて中に入ると、そこには燦々《さんさん》と陽の差し込む明るい居間があった。

居間の端には螺旋《らせん》を描いて二階に続く階段があり、中央を見れば浮き彫りを施した硝子の机と、それを取り巻く白い革張りの長椅子が列《なら》べられている。

その奥に見慣れない撮影機器がずらりと整列し、大勢の人間が小さな画面を覗《のぞ》き込み、何やら真剣に話し合っている。さっきの背広の男もいる。

「よし。これでいい。次は二階だ」

機材を抱えた人たちが階段へ向かおうとしたが、そうなると当然、玄関に眼が行く。

少年たちの中でも金銀天使のような二人を見て、全員の足が止まってしまった。

呆気《あっけ》にとられて、いったい何が現れたのだろうと、ぽかんとした顔で見つめている。

居間の奥からヴァンツァーが立ちあがった。

彼は別の長椅子を占領し、大型端末を見ていたが、三人に向かって歩きながらサイモンに声を掛けた。

「友達が来た。紹介する」

みんな興味津々《しんしん》の顔だったが、そんなスタッフをフリップが容赦《ようしゃ》なく二階へ追い上げた。

「ほら、あがってあがって。まずは仕事だ」

しかし、そう言うフリップ自身は下に残った。

金銀天使の美貌《びぼう》にあらためて感嘆して眼を見張り、そんな自分に照れたように苦笑してヴァンツァーに話しかけた。

「驚いたなあ。まさかこんな可愛い子が来るなんて思わなかったよ」

勘違いしているのは明白だったので、親切丁寧《ていねい》に教えてやる。

「見てくれは可愛くても男だぞ」

「えっ⁉」

ヴァンツァーは手短にリィとレティシアを紹介し、最後にシェラを紹介しようとしたが、それを遮《さえぎ》って、サイモンが待ちきれない様子で訊《き》いたのである。

「——で、どっちが狼《おおかみ》でどっちが毒蛇《どくへび》？」

あまりにもあっけらかんと笑顔で言われたので、みんな絶句した。

ヴァンツァーも眼を丸くして、次に吹き出した。

シェラはびっくりした。それこそ我が眼を疑って思わず頰《ほお》をつねりそうになったくらいだ。彼が声を立てて笑うところなど、初めて見たからである。

それは件《くだん》の『狼と毒蛇』も同様だった。

二人ともぽかんと眼を丸くしている。

「……黒すけが笑った」

「……明日は雪だぜ」

古典的な表現を茫然《ぼうぜん》と呟《つぶや》いたレティシアを指して、ヴァンツァーは笑いを嚙《か》み殺しながら言った。

「とりあえず、そっちが毒蛇だ」

サイモンはレティシアをじっくりと見つめると、大いに納得したように頷《うなず》いたのである。

「なるほど。よくしたもんだなあ。稀代の犯罪者の友達はやっぱり稀代の犯罪者なんだね！」

表情一つ変えなかったレティシアはさすがと言うほかない。三人とも密かに感心したが、いくらこの死神でも内心穏やかであろうはずがない。

「いやだなあ、監督さん。どういう意味だい？」

気味が悪いくらいにっこり笑って問いかけたが、サイモンは聞いていなかった。

自分の感じた印象を、思いつくままに言葉にして、次々に列べていった。

「あ、でも、タイプが全然違うな。ヴァンツァーは一人で黙々と計画を練る感じだけど、きみはもっと賑《にぎ》やかにぱーっと華々しく、世間を騒がせるような大犯罪を企むタイプだ。爆弾テロとか、中央管制の乗っ取りとか、そういう大がかりな犯罪《やつ》。もちろん罪悪感なんか感じない。おもしろければそれでいい。だけどきみは偏執病《パラノイア》でも狂信者でもないんだ。手は血まみれなのに、心はあくまで健全で洗練されてる。しかもすごく頭がいい。あの殺人鬼を捕まえろってむきになってる政府の要人をらくらく手玉にとって、自分を捕まえようと躍起《やっき》になって追い回す警察とのやりとりや知恵比べを楽しむ感じだ。——ある意味ものすごく質《たち》の悪い凶悪犯だよね」

「……喧嘩《けんか》売ってる？」

サイモンは楽しげに笑って首を振った。

「ごめんごめん！　本当にそんなことをやるなんて言ってるわけじゃないんだ。きみならそういう役がぴったりだなって思っただけなんだよ」

あいにく、やろうと思えば本当にできてしまうが、サイモンはそんなことは知る由もない。

今度はリィに眼をやって、感嘆の声を発した。

「すごいなあ！　きみはまるで光の戦士だね！」

横にいたフリップが文句を言った。

「戦士はないだろう。こんな可愛い子を捕まえて。それを言うなら天使の間違いだぞ」

「いいや、この子は救国の英雄だよ。救世主かな？　世界が暗闇《くらやみ》に包まれて崩壊しそうになっている時、その闇を打ち払う少年が聖なる剣を携《たずさ》えて降臨し、人々を苦しめる魔を倒し、世界を救う！　いいね！　この子にはそれができるだけの力と強さがあるよ。天使は天使でも戦いの天使さまだな。単にきれいなだけじゃない。近寄り難いほど神々しくて美しい」

「おまえ、この前の女の子にもそんなようなことを言ってたじゃないか」

「あの時も本当にそう思ったんだ。見ればわかるよ。あの舞台のベティはすごかったんだから」

リィは思わず尋ねていた。

「ベティって、ベティ・マーティン？」

「そうだよ。きみたち、ベティの知り合いかい？」

「前にちょっと会ったことがある」

「あの子はいいよね！　本物の天才だよ！　あれでまだ十四歳だっていうんだから将来が楽しみだ」

破顔したサイモンはここで何か思い出したらしい。

「あれ？　だけど犬はどこだい？　もれなくついて来るんじゃなかったっけ？」

シェラが殺気の籠《こ》もる壮絶な眼でヴァンツァーを睨《にら》んだのは言うまでもない。

「それは恐らくわたしのことでしょう」

サイモンはあらためて、金銀天使の一対のようなシェラに視線を注ぐと、力強く首を振った。

「犬には見えないな。リィが光の戦士なら、きみはその戦士を守る守護聖獣だよ。つかず離れず主人に従い、主人を守る。一見するときれいで優しいけど、主人が疲れたり傷ついたりした時には、その本性をむき出しにして命懸けで主人を守る。だけど主人に声を掛けてもらって撫《な》でてもらうと、安心してまたおとなしくなる。とても強くて忠実な友達だ」

決まり悪いやら恥ずかしいやらのシェラだった。

思い当たる節が山ほどあるだけに礼を言うべきか、そんなことはないですよと笑って首を振るべきか。

複雑な顔で黙り込んだシェラにフリップが苦笑し、夢の世界に入り込んでいる友人をたしなめた。

「ほら、困ってるじゃないか。そのへんにしとけ。まったくおまえの想像力には感心させられるよ」

少年たち四人は無言で眼を見交わしていた。

ここまでくると、果たしてこれを単なる想像力で片づけていいものかどうか疑問だったのだ。

リィが微笑してサイモンに言う。

「後でもう一人来るんだけど、いいかな？」

「もちろんだよ。友達かい？」

「年上のね。今日は運転手を買って出てくれたんだ。ちょっと車を置きに行ってる」

リィが言った折も折、玄関の扉が開いた。

「こんにちは。お邪魔します」

入って来たのはもちろん黒い天使である。

金銀天使に比べれば目立たない容姿だが、ルウを紹介された時のサイモンは、今まででもっとも強い反応を示した。

大きく喘《あえ》いで、驚嘆の声を絞り出したのだ。

「……大地の精霊だ」

「はい？」

ルウには意味がわからない。

　きょとんと相手を見返したが、サイモンは夢中で自分の感じたイメージを表現していった。

「大地だけじゃない。森の妖精、風の精、海の精霊、自然界のすべての息吹がきみの中にあるみたいだ！　映画では妖精や精霊はもちろん人間がやるんだけど、あれってやっぱりどこか人間くさくて本物の妖精に見えないんだよ。そりゃあごく稀《まれ》には本当に『人間離れ』して見える例外もいるけど、普通の役者にはその境地に達するのは無理な相談なのに、きみは！　きみはそこに立っているだけで奇跡だ！　すごい！　賭《か》けてもいい！　きみならおよそ人間以外のありとあらゆる役を演じられるよ！」

　ルウはものすごーく疑わしそうな眼でサイモンを見つめると、リィに向かってはっきり訊いた。

「この人、頭だいじょうぶ？」

　フリップが慌《あわ》ててとりなした。

「申し訳ない。こいつ本当に見境ないもんだから。これでも悪気があって言ってるわけじゃないんだ」

「悪気があったら大変だぜ」

　殺人鬼とずばり言い当てられたレティシアが苦い顔で言った時、アイリーンが階段を下りてきた。

　ヴァンツァーの他に見目のいい少年四人が居間に立っているのを見て、青い瞳《ひとみ》が驚きに見開かれる。

　軽く会釈《えしゃく》して、未知の人に対する親しみと礼儀正しさの籠もった笑顔で話しかけた。

「いらっしゃい。ヴァンツァーのお友だちよね？　アイリーン・コルトよ」

「こんにちは」

「よろしく」

「お邪魔してます」

　金銀黒の天使たちはすかさず事態を呑《の》み込んで、にっこり笑って初対面の挨拶《あいさつ》をしたのである。

　レティシアだけが遅れたのは単に回数の問題だ。

　一度会っただけなので咄嗟《とっさ》にはわからなかったが、間近で顔を見れば違《たが》えようがない。

「何だ、姐《ねえ》さんか。ずいぶん様変《さまが》わりして――」

たから気づかなかったぜ――までは言えなかった。

リィが自然に、しかし強烈にレティシアの爪先《つまさき》を踏み、ルウがレティシアの背に手を回して容赦なくつねったからだ。

同時に激痛が走ったはずだが、もちろん表情にも態度にも彼はそんなものを出しはしない。

不思議そうに瞬《また》きしてアイリーンの顔を見つめ、慌てて手を振った。

「悪い、間違えた。知り合いに似てたもんだから」

アイリーンは笑って言った。

「ヴァンツァーにもそう言われたの。何だか光栄ね。その似ている人に会ってみたいわ」

「それは無理だと思うぞ」

ヴァンツァーが真面目に言う。

レティシアもしかつめらしく頷いた。

「俺たちもそう親しいわけじゃないからな」

シェラはヴァンツァーが向かっていた大型端末に眼をやって、さりげなく尋ねた。

「あそこで何をしていたんだ？」

「勉強だ。この週末に最低三本の小論文を仕上げて週明けには提出しなければならん」

すかさずレティシアがからかった。

「相変わらず熱心だねえ」

階段の上からスタッフの一人が顔を出した。

「おーい、ちょっと来てくれないか」

「ああ、今行く」

サイモンとフリップが二階に上がるのを待って、その場に残ったアイリーンは小さく呟いた。

「困ったわね。わたしのプライドはずたずただわ」

そう言いながら彼女は笑っている。

踏まれた爪先を抱え、わざとらしく背中をさするレティシアに、アイリーンは小声で囁《ささや》いた。

「あなたも眼が利く人なのね」

「そうでもねえよ。あんた本当に全然印象違うから一目じゃわからなかったぜ」

レティシアも小声で言った。

「けど、これだけ近くで見れば間違えようがねえ。姿形はどんなに変わっても眼が一緒だからな」

「そう。黙っていてくれてありがとう」

「そりゃあ言えねえって」

強引にレティシアを黙らせた金と黒の天使たちは呆《あき》れたように言ったものだ。

「ここで何してるんだ？」

「もちろん、映画を撮ってるのよ」

「今回はずいぶん徹底してるね。そこまで見た目を変えて、名前も変えてるの？」

「その話は後でしましょう。わたしも行かなきゃ」

二階に上がった彼らは手の空いているスタッフに紹介され、トレミィとデニスにも引き合わされた。

映像産業に関わる人々だけに、みんな並々ならぬ興味と熱意の籠もった眼で揃《そろ》いも揃って見端《みば》のいい『ヴァンツァーの友達』を迎え、その中でもリィとシェラに対しては惜しみない賞賛の言葉を口にした。

「ほんとに男の子？　見えないなあ！」

「映画に出るつもりはないとしても、モデルはどう。やってみる気はないの？」

リィとシェラは顔を見合わせて微笑した。

「お誘いはあったんだけどね。おれはそういうのに興味なくて。おれの保護者も子どもの外見を商売にすることに反対なんだ」

「わたしも人前に出るのは苦手なものですから」

「着せ替え人形になるのも遠慮したいしな」

「ですよね」

笑いながら頷き合う二人に、一同の間から落胆のどよめきが洩《も》れる。

「その容姿を活かさないなんてもったいない！」

「そうだよ。絶対売れっ子になれるのに！」

「どうかな？　世の中そんなにうまくいくもんじゃないって、おれみたいな子どもでも知ってるよ」

「そうですよ。顔立ちのきれいな人なら他にもっといるんですから」

「いやあ、単にきれいなだけじゃないでしょう」
言ったのはトレミィだった。
四人の姿をつくづくと見渡して、納得したように
ヴァンツァーに言ったものだ。
「類は友を呼ぶとはよく言ったもんだよね。きみの
友達はきみも含めて雰囲気のある子ばっかりだ」
レティシアが悪戯《いたずら》っぽく笑った。
「それって誉《ほ》めてくれてんの？」
「もちろん。ぼくたちの間では華があるとか、光る
ものがあるって言い方をするんだけど、きみなんか
特にそうだよ。眼に力があるし、すごく光ってる。
本格的に芝居《しばい》を始める気はないのかい？　きみなら
きっと舞台映えするのに」
「うっわ、べた褒《ぼ》め。照れるねえ。けど、だめだめ、
俺なんか大根もいいところだって」
白々しくよく言うものだが、それは他の顔ぶれも
同じことだ。
笑って話を合わせ、撮影が始まる前に部屋の中を
ちょっと覗かせてもらった。
一見して裕福な家庭の子息の勉強部屋である。
アイリーンが説明してくれた。
「ここはレックスの部屋だけど、南の寝室と一階の
居間と玄関、台所はジョージの家っていう設定なの。
部屋ごとに内装や印象が違うからできることよね。
手間が省《はぶ》けるってサイモンも大喜びよ」
こういう場所ではおしゃべり好きの少年を自然に
装っているレティシアが感心したように言った。
「映画ってのは組み立てた模型《セット》の中で撮るもんだと
思ってたけど、こんな普通の部屋でも撮るんだな」
「おかげで狭くてね」
撮影機を担当するスタッフが苦笑している。
ルウが尋ねた。
「これって、どういう映画なの？」
「台本見てみる？」
アイリーンが渡してくれた台本に、ヴァンツァー
以外の四人はざっと眼を通した。

リリアン「レックス。もう終わりにしましょう」

レックス「どうして？　ぼくはきみを愛してる」

リリアン「わたしだって愛してるわ。心からあなたを愛してる。

　だけどわたしにはジョージがいるのよ」

レックス「ぼくたちにはそんなことは関係ないよ」

リリアン「いいえ。だめよこんなこと。いつまでも続けられることじゃないもの。神さまがお
　許しにならないわ」

レックス「違うね。神さまなんかこの世にいないし、ぼくは終わりにするつもりなんかないよ。

　考えてごらんよ、リリアン。きみがいて、ぼくがいる。他に何が必要なんだい？」

リリアン「だって……レックス。わたし苦しいのよ。これ以上はもう……耐えられない。

　他にどうすればいいっていうの？」

レックス「馬鹿だな、簡単じゃないか。ジョージにいなくなってもらえばいい」

リリアン「レックス……だめよ、やめて。まさか本気じゃないんでしょう？」

レックス「別にそう難しいことじゃないよ。大丈夫。ぼくに任せて。いいね？」

リリアン「……お願いよ。やめて」

レックス「ねえ、リリアン。怖がることはないよ。何も心配することはない。

　　　　　これが一番いいことなんだよ」


古典的だ——と、四人は同時に思った。

　レティシアが首を傾《かし》げる。

「殺される役の旦那《だんな》は出てこないじゃん？」

「そう。この場面ではぼくの出番はなし。この後、すぐ隣で別の場面の撮影なんだ」

　録音担当のスタッフが少年たちに向かって申し訳なさそうに言ってきた。

「悪いけど、きみたちは下で待っててくれるかい？　機材が古くて、近くでうっかり物音を立てられると、余計な音を拾っちゃうかもしれないんだ」

　ここにはうっかり物音を立てるような不心得者は一人もいないが、わざわざ申告することでもない。

　ヴァンツァーを含めた五人は素直に階段を下りて

奥の長椅子に納まった。

　リィが笑って言う。

「あの監督さん、おもしろい人だな」

「エディはなんて言われたの？」

「光の戦士。シェラはその守護聖獣だってさ」

「へえ、うまいこと言うねえ」

　ルウも感心しているが、稀代の犯罪者と言われたレティシアは顎《あご》だけで二階を指して言った。

「片づけといたほうがよくないか、あれ？」

　部屋か何かを片づけるような気楽な口調だったが、無論そんな可愛いものではない。

　レティシアはヴァンツァーが最初に感じたように、サイモンを排除することを本気で考えていた。

蟻《あり》の穴から堤も崩れるの譬《たと》えもある。

それを考えれば、あそこまでずばずばとこちらの実態を突いてくる相手を放置できるはずがない。

ファロットの二人がサイモンにどう評されたかを聞いたルウはますます感心したようだった。

「人間にも時々、鋭い人っているんだよね。だけど大丈夫。放っておいてもあの人は害がないから」

「ほんとかよ?」

「彼はね、事実だと思ってないから言えるんだよ。あれはあくまで彼の頭の中だけにある空想なんだ。本当だと思ってたら、いくら何でも初対面の相手を凶悪犯だの殺人鬼だのと言えないよ。掛け値なしにほんとのことだから危険だと思うのはわかるけど」

そう、まさにそこが問題なのだが、ルウは冷静に状況を分析した。

「第一、今ここでサイモンに何かあったら、事故か何かで急死したらって意味だけど、そっちのほうがたいへんでしょうが。こうしてサイモンに接触した以上、ぼくたちも立派な関係者なんだから。どんな手段で片づけるつもりか知らないけど、きみたちのやり方って基本的に接近戦でしょ? どうしたって標的に近づかないといけないんだから、最悪の場合、こっちまで事情聴取を受ける羽目になるよ」

レティシアは小さく舌打ちした。

「まったく、一般市民も楽じゃねえな」

ヴァンツァーがまじめくさって頷く。

「同感だ。せめて惑星《ここ》から追い出そうとしたんだが、それも挫折した」

「だからそんなことをする必要はないんだってば。第一、今サイモンをどかしたらアイリーンの邪魔をすることになるんだからね」

力を籠めてルウは言い、苦笑して肩をすくめた。

「サイモンに何かあったらアイリーンの主演映画が未完成に終わる。そっちのほうがよほど問題だよ。

——それはだめ。ぼくにはそんな勇気はない」

ヴァンツァーが訊いた。

「あの女は何なんだ?」
「ぼくの友達」
　求めるものとは明らかに異なる答えを返すルウに
ヴァンツァーは不審な表情を浮かべ、レティシアは
顔をしかめてリィに文句を言った。
「あんたもなあ、こういうことなら先に言っといて
くれよな。思いっきり踏んでくれやがって」
「こういうことだとは知らなかったんだ」
「ぼくも」
　ルウが言って二階に眼をやった。
「ずいぶん念入りに役作りしてるみたいだからね。
それだけこの役をやりたがってるってことだと思う。
邪魔なんかできないよ」
「素朴な疑問なんだが……」
　恐れを知らないヴァンツァーが果敢《かかん》に尋ねる。
「赤毛の女王とあの女と、どっちが怖いんだ?」
　すかさず答えたルウだった。
「ジャスミンはぼくなんかよりずっと昔から彼女の
友達だ。彼女の演技のファンでもある。間違っても
邪魔はしないよ」
　役者たちの大きな仕事の一つに衣裳《いしょう》替えがある。
レックスの部屋は今回の映画に頻繁《ひんぱん》に登場するが、
この映画には数ヶ月の時間の流れがある。となると、
自宅にいるレックスがいつも制服ではおかしいし、
女性のリリアンはなおさらだ。
　この頃になるとリリアンは裕福な暮らしに慣れて、
衣服も装飾品も高価なものを身につけている。
　低予算映画でも衣装係はいるのだが、リリアンの
衣裳のほとんどはアイリーンの私物だった。
　富裕層宅を職場にしていたアイリーンは勤め先の
夫人からよく贈りものをもらったのだと説明した。
「中には一度も着ていないものを『あげるわ』って
くださる奥さまもいたわ。こんな高価なもの、身に
つける機会なんかわたしにはないんだけど、お金に
換えてしまうのも失礼だし、ずっと持っていたのよ。

役に立ってよかった」

　アイリーンが持ち込んだ衣裳は上品な訪問着から黒のロングドレスまであり、鞄《かばん》や靴《くつ》、宝飾品などの小物類も充実していて、衣装係は大喜びだった。

　二階の一室を楽屋に使って、アイリーンは化粧も髪型もできる範囲は自分でやっていた。

　何しろ予算がないので、本来専門家《プロフェッショナル》が務める髪《ヘア》も化粧《メイク》も、専門学校を出たばかりの若い女の子が一人で担当しているのである。

　アイリーンは彼女と仲良くなり、逆に上流階級で流行《はや》っている化粧法や髪型を教えてやった。

　だからリリアンの化粧や髪に関してはメイク係の女の子とアイリーンの合作と言っていい。

　レックスの部屋に現れるリリアンは、そのたびに見違えるほど美しくなっていき、最後にはほとんど妖《あや》しささえ感じさせる艶《あで》やかな女性に変貌《へんぼう》する。

　この場面のアイリーンは髪をきちんと結い上げて、上品な黒のスーツに黒の靴という出で立ちだった。

昼の装いのようだが若い愛人との逢い引きなのでブラウスは華やかに、化粧は少し濃いめにしている。

　地味な素顔のアイリーンとは思えないその変身に、スタッフ一同、歓声を上げたものだ。

「化粧ってすごいな。まるで別人だ」

「言えてる。あなた、才能あるわよ、アイリーン。自分の見せ方を心得てるもの」

　男性スタッフも女性スタッフも感心して言ったが、一番驚いていたのは相手役のデニスかもしれない。

　サイモンは映画監督としては驚異の早撮りを誇り、四回以上同じ場面を撮ることは滅多になかった。

　役者たちが優秀だからできることだが、この時は演技以外に何か気に入らないことがあったようで、一度撮っただけで首を捻《ひね》った。

「ちょっと待ってくれ。小道具を変えてみる」

　そこで、今までよからぬ相談を練っていた二人は、階段上の空間に移動して準備が整うのを待った。

　待つことも役者の仕事のうちである。

手持ちぶさたに吹き抜けの手すりに寄りかかったデニスが不意に口を開いた。

「アイリーンは女優としてやってくつもり？」

「できればそうしたいと思ってるわ」

「じゃあ先輩として忠告させてもらうけど、あまり調子に乗らないほうがいいよ。この世界はそんなに甘くないんだ。ずっと役者としてやっていけるのはごく一握りの限られた人間だけなんだから」

今度は笑いを嚙み殺すのはルウの番だった。

それもあんまりうまくいかなかった。咄嗟に腹を押さえて階段に蹲《うずくま》ったが、呼吸困難寸前である。

二階の気配が変わったことにはすぐに気がついた。

様子を見ようと思って何気なく階段を登ったら、そこではとんだ場面が展開されていたわけだ。

頭上の会話に耳を澄ませてみると、アイリーンが不思議そうにデニスに尋ねている。

「あなたは違うの？」

「何が？」

「ずっと役者としてやっていく気はないの？」

「そりゃあ……あるよ。だけど、今も言っただろう。現実はそう甘くないんだ」

「ねえ、デニス。わたし、『ハリケーンＢＯＹ』を見たのよ」

デニスは驚いたらしい。

「――どこで？　あれはもう七年も前の番組《ドラマ》だよ。オンデマンド販売だってアルザン限定なのに」

「記録媒体で見たのよ。他にも『ヘルマスター』と『爆走ジャンプ』『それ行け！　ネイザン』も」

「……何だよそれ。わざわざ捜したわけ？」

「一緒に仕事をする人がどんな演技をしているのか、勉強しようと思ったの。だけどあなたは、あの頃の話をされるのはいやみたいだったから……」

デニスはぶっきらぼうに言った。

「だったら知ってるだろ。ぼくが主役をやったのは『ハリケーンＢＯＹ』が最後で、後はずっと鳴かず飛ばずだって」

「あら、それは本来はとてもいい意味なのよ。今はじっと機会を窺《うかが》って将来の活躍に備えるってこと。——あなたはここで終わるつもりなの？」

最後だけは少し口調が違っていた。

ルウがよく知っているジンジャーの言い方だが、自分のことで手一杯のデニスは気づかない。

「誰だって終わりになんかしたくないと思ってるよ。ぼくにはもう後がないんだ」

「あなた、いくつ？」

「二十一」

「その若さで後がないの？」

人生の達人の言葉は、人生を知らない者の心には響かないものである。

「きみにはわからないよ。ぼくの気持ちなんか」

「それはそうよ。だけど、想像することはできるわ。昔は子役として華々しく活躍して、ちやほやされて得意の絶頂にいたけれど、歳を取るに従って出番が激減して焦《あせ》っている。それが今のあなた」

「……言いにくいことをはっきり言うんだね」

「ごめんなさい。あなたが共演者だからよ。一緒に仕事をしているんだから、いいものに仕上げたいとわたしは思ってるの。あなたは違うの？」

「そりゃあぼくだって一度引き受けた仕事なんだ。ちゃんとやりたいと思ってるよ……思ってるけど」

「サイモンが無名の監督なのが気に入らない？」

「きみって、ほんとにはっきり言うね」

デニスの声は呆れているが、同時に思うところもあったらしい。

小さく息を吐いて、意を決したように言った。

「正直な気持ちを言えば、もっと注目される映画に出たいと思うよ」

「でも、サイモンはいい監督だと思うわ。もちろんこの映画もよ」

「わかってる。ただ、これも先輩として言うけど、映画の質より売れるかどうかのほうが大事な場合もあるんだ。むしろそっちのほうが肝心《かんじん》なくらいだよ。

いくらいい仕事をしたって、人に見てもらえなきゃ意味がないんだから」

それがデニスの本音だろう。しかし、彼は同時に今の役を軽んじているわけではないことを強調した。

「最初は摑《つか》みにくかったけど、レックス役に不満があるわけじゃないよ。そんな贅沢《ぜいたく》は言えないからね。どんな仕事が成功に繫《つな》がるかわからないんだから、ぼくは自分の演技をきちんとやるだけだ」

「そうよ、デニス。わたしを見て。わたしには昔はない。過去の栄光なんかわたしには何の意味もない。あるのは見えない明日だけ——そこに何があるかは行ってみなければわからない。そう考えたらどう？　どんなことだってできると思わない？」

デニスはますます呆れたように笑った。

「やっぱりな。きみは経験がないからそんなことが言えるんだよ。だけど、きみって、ほんとに女優の才能があるかもしれないね」

「先輩にそう言ってもらえると嬉《うれ》しいわ」


ルウは再び階段に沈み込んだ。

（お、おかしい……）

痙攣《けいれん》する腹筋と戦いながらも、つくづくデニスが気の毒になったルウだった。事実を知ったら、彼は自己嫌悪に陥《おちい》るくらいでは済まないはずだ。

たとえて言うなら多少の経験はあっても未《いま》だ平《ひら》の水兵が、連合艦隊司令長官その人に向かって得々と海戦術を説くようなものなのだから。

階段に丸まって悶絶《もんぜつ》するルウを、ヴァンツァーが下から訝《いぶか》しげに見上げている。

二階の会話はヴァンツァーの耳にも届いていた。

他の三人は奥の長椅子に座って雑談しているので、さすがに聞こえなかったようだ。上の二人は小さな声で話していたから、普通の人間には階段の下でも聞こえなかっただろうが、ファロットを名乗る彼の五感の鋭さは常人とは比較にならない。

ルウの様子から、ジャスミンが知っていることをルウも知っているのだとヴァンツァーは判断した。

訊きたいことがあったが、問題はその訊き方だ。

この相手にはよほど質問を絞らないと、まともな答えはまず返ってこない。

もともと口を開く前にじっくり考える習慣があるヴァンツァーはそこまで考えて言葉をつくった。

「今はアイリーン・コルトと名乗っているあの女を、あんたは普段、何と呼んでいるんだ？」

上出来の質問である。

ルウは目元ににじんだ涙をぬぐいながら、何とか呼吸を整えて階段に座り直した。

それでも上を気にして囁くような声で答えた。

「いつも使っている名前はジンジャー・ブレッド」

「あの女はなぜその名前で映画に出ない？」

「それはねえ……」

ルウはちょっと考えて言った。

「サイモンの前でジンジャーの名前を出してみればわかると思うよ」

玄関の扉が開いた。

揃いの制服を着た若い男が二人、顔を覗かせて、控えめに声を掛けてくる。

「フードサービスです。お食事をお届けに来ました。——上がってもいいですか？」

もっと威勢よく入ってくればいいのにと思ったら、彼らはここで映画を撮っていることを知っていて、気を遣っているらしい。

昼食が届いたことをルウが二階に知らせてやると、フリップが答えてきた。

「わかった。サイモン。先に昼食にしよう」

「面倒だ。ここで食べるよ」

「おーい、二階まで頼む！　みんな、飯だぞ！」

威勢よく言って、フリップはルウにも声を掛けた。

「きみたちの分も頼んだから食べていきなよ」

「ありがとう。いただきます」

二人の男が二階に上がって人数分の弁当を置く。

サンドイッチと惣菜に果物がついた簡単なものだ。

別々の部屋で仕事をしていたスタッフが現れて、

自分と仲間たちの分を取っていく。

女性スタッフは二階の台所で手早く珈琲《コーヒー》を淹《い》れて、欲しい人は取りに来るように声を掛けている。

広い家だし、みんな思い思いの場所に座り込んで食べ始めてしまうので、一人ずつに配って歩くのは労力の無駄なのだ。

リィたちも二階に上がり、サイモンやフリップと一緒に広々とした書斎に落ちついた。

そこには他にも数名のスタッフがいて、さっそく食事にしている。

女性たちも監督には珈琲を運んで来てくれたが、盆を持ってきたのはアイリーンだ。

サイモンが呆れて言う。

「アイリーン。それは女優の仕事じゃない。きみはこんなことをしなくていいんだ」

「あら、大勢の人が働く職場では暇な人が動くのが鉄則でしょう」

彼女は平気な顔でサイモンに珈琲を渡すと、他のスタッフにも配っている。

少年たちも珈琲をもらって座る場所を探したが、その前にヴァンツァーがサイモンに話しかけた。

「ジンジャー・ブレッドという女を知っているか？　女優だと思うんだが」

座ろうとしていたサイモンが絶句した。

フリップは口に運んだ鶏《とり》の空揚げを取り落とし、スタッフの一人が飲みかけの珈琲を噴き出した。

揃いも揃って激しい驚きとともに心底呆れた眼をヴァンツァーに向けてくる。

自分は何やら非常にまずいことを言ったらしいとヴァンツァーが悟った時には、ものすごい顔つきのサイモンが眼の前に立ちはだかっていた。

「ちょっと待ってくれ……」

地獄の底から響くような声だった。

あまりの迫力に金銀黒天使も弁当に伸ばしかけた手を止めて様子を見守った。レティシアもだ。彼は一足先に食べ始めていたが、サンドイッチをそっと一囓《ひとかじ》りしただけで大人しくしている。

サイモンは、彼にこんな気魄《きはく》があったのかと眼を疑うような形相でヴァンツァーに迫った。

「質問の意味を確認したい。——女優だと、思う？　まさか——きみはまさか、ジンジャーを知らないと言うんじゃないだろうな？」

ますますまずいことになるのはわかっていても、本当に知らないのだ。ヴァンツァーとしては正直に答えるしかない。

「だから訊いている」

「ジンジャーを知らない⁉」

そんな人間がこの世にいるのかと言わんばかりの絶叫だった。

「彼女は——ジンジャーは唯一無二の人だ！　中央映画界の至宝だぞ！　その彼女を知らない⁉」

その至宝は今あんたに珈琲を渡したところだぞと心で呟きながらヴァンツァーは言った。

「有名な女優なのか？」

サイモンは完全に逆上して手を振り回した。

「有名かだって⁉　ジンジャー・ブレッドは有名な女優かだって⁉　正気で言ってるのかそんなこと！　きみはいったいどこの国で暮らしていたんだ‼」

人生でここまで非難されたことはかつてないなと思いながら、ヴァンツァーは素直に自分の履歴書《りれきしょ》に書かれている国名を答えて弁解した。

「辺境だからな、中央の文化や情報はあまり入って来ないんだ」

「ありえない！」

言下の否定である。

「彼女の映画が一本も見られない辺境なんか、この共和宇宙には存在しない！」

そこまで言い切るのか？　という疑問が迂闊《うかつ》にも顔に出たらしい。

サイモンは一転して表情を歪《ゆが》めた。

「それじゃ、それじゃあきみはジンジャーの演技を一度も見たことがないのか⁉」

今まさに生《ライヴ》で見ているところだ——とは言えない
ヴァンツァーは沈黙するしかない。

アイリーンはヴァンツァーに同情の眼を向けつつ、くすくす笑いながら書斎を出て行った。

見事なものだ——と無条件に賞賛を贈る。

自分の名前を不意に出されても、彼女はまったく動じなかった。

それも不自然な無表情を装うような下手《へた》はしない。

よく知られている名前を聞いた時の当然の反応を示し、『あなた、あの人を知らないの？』と誰もが見せる軽い驚きとおかしさを浮かべてみせる。

しかも、『サイモンは彼女のファンなの。そんなことを言ったらたいへんよ』と表情で教えてくる。

名演技だ。

密かに感心する一方、サイモンは泣きそうな顔になっていた。

「きみは……きみはなんてかわいそうなんだ！」

ここまで同情されたことも人生で覚えがないなと再び思いながら、ヴァンツァーは真面目に答えた。

「次に時間が空いた時にでも見てみよう」

「遅い！　きみは間違いなく人生を損してるぞ！」

「わかったから怒鳴《どな》るな」

「誰のせいだ！　これが怒鳴らずにいられるか！」

「……わかった。俺が悪かった」

あまりの勢いに辟易《へきえき》しているヴァンツァーを見て、スタッフが助け船を出してくれた。

「俺たちの頃とは時代が違うんだよ、サイモン」

「連邦大学の生徒は勉強ばっかりしてて映画なんか見てる暇がないんだろう」

「いいから座れよ。午後も予定がびっしりなんだ。早く食事にしようぜ」

やっとサイモンから解放されたヴァンツァーも、ルウの隣に腰を下ろしながら、ぼそりと呟いた。

「あんたは時々、意地が悪いな」

「そう？」

弁当の蓋《ふた》を開けながらルウは平気で笑っている。

「知らなくても別に不思議じゃないよ。サイモンは映画を撮る側の人だから、反応が大げさなだけ」

レティシアがサンドイッチを齧りながら囁いた。

「……俺も知らないって言わなくてよかったぜ」

「おれも。ちょっと前までやっぱり知らなかった」

リィも笑いながらサンドイッチを食べようとして、びくっと手を止めた。

緑の瞳が驚愕《きょうがく》に見開かれる。

もう少しで口の中に入れるところだったそれを、リィは信じられない眼で見つめ、投げ捨てる勢いで器に戻した。

「——食べられない！」

嫌いな食材に出くわした子どものような言葉だが、黒の天使もファロット三人もぎょっとした。

光の戦士は別名生きた毒物探知機であることを、彼ら全員が熟知していたからだ。

リィは隣のシェラの弁当をひったくり、恐ろしい顔で凝視しながら臭《にお》いを嗅《か》ぎ、他の三人の分も次々確かめて絶望的に唸《うな》った。

「だめだ！　全部！」

問題のサンドイッチを二口も呑み込んでしまったレティシアは素早かった。脱兎の勢いで部屋を飛び出し、他の四人も立ちあがって大声で叫んだ。

「食うな！」

「それに触るな！」

「食べないでください！」

これはリィ、ヴァンツァー、シェラだ。

ルウは走り出しながら三人に指示を出していた。

「食べ物を取り上げて！」

言われるより先に彼らは動いている。

ヴァンツァーは摑みかかる勢いで室内にいた人の弁当をもぎ取り、叩き落とした。

リィとシェラも部屋を飛び出して同じことをした。

手から取り上げたのはもちろん咀嚼《そしゃく》中の人には襲いかかって問答無用で吐き出させた。

「おい！」

「いきなり何だよ⁉」

あちこちから抗議の叫びが上がる。

ルウは全力で友達のところに駆けつけた。

アイリーンは女性スタッフ三人と一緒に、二階の台所で昼食にしようとしているところだった。

「お弁当食べた⁉」

普段のルウにはありえない形相に、アイリーンが呆気にとられている。

「いいえ、まだだけど……？」

「絶対触らないで！　触ったなら手を洗って！」

アイリーンは茫然としながらも頷いたが、見れば他の三人は既に食べ物を口に入れている。

いつもなら女性に手荒なことなどしないルウだが、この時はいっさい躊躇《ちゅうちょ》しなかった。

彼女たちの頭を鷲摑《わしづか》みにし、強引に揺さぶって、口の中の食べ物を吐き出させた。

「な、何するのよ⁉」

女性たちは激しい非難の叫びを発したが、ルウは厳しい顔で言い渡したのである。

「これは食べちゃだめ。命に関わるからね。みんな早く口をゆすいで」

台所には衛生用の手袋があった。それを手にはめ、空のゴミ箱にその場の弁当と彼女らが吐いたものを残らず放り込んだ。

引き返して、廊下に散らばった弁当を片っ端から投げ込んでいく。

ヴァンツァーが手伝ってくれた。リィとシェラも別の空箱を見つけて同じようにしている。

「エディ。素手《すで》で触っちゃだめだよ」

「どのみちサンドイッチを触ってる。手遅れだよ」

「わたしもです」

「俺もだ」

「じゃあ、人が吐いたものは触らないで」

せっせと働いたが、昼食を強奪される人たちには彼らの行動は何が何やらわからない。

「いったい何事だよ！」

「弁当がどうしたっていうんだ？」

「食べたけど、別にどこも悪くないぜ？」

「俺もだ。半分は食べたぞ」

そんな疑問と不満があちこちで上がる。

口にした段階で誰にも症状が出ないということは、少なくとも即効性の毒物ではないわけだ。

しかし、異常がないということはありえない。

見た目にどんなに美味《うま》そうでも、すぐには症状が出なくても、リィの野性の勘のほうが確かである。

「どういうことか説明しろよ！」

苛立ったスタッフが声を荒らげた時、呻《うめ》くような声がその疑問に答えたのである。

「……医者……呼んでくれ……」

化粧室から足取りも怪《あや》しく出てきたレティシアが、息も絶え絶えに言ってばったりと倒れたのだ。

「レティー！」

リィがことさら大げさな悲鳴を上げて駆け寄った。

腫《は》れ物《もの》に触るような手つきで抱き起こしてみると、顔は青ざめ、手は震え、脂汗《あぶらあせ》を滲《にじ》ませている。

これまた文句なしの迫真の名演技だ。

レティシアを敵視しているシェラもその点だけは認めざるを得なかった。

茫然としているスタッフに向かって厳然と言った。

「救急隊に連絡してください！　早く！」

やがて駆けつけた救急隊員たちは事情を聞いて、拍子抜けした顔になった。

集団食中毒という通報を受けて急行してみれば、発症した病人は一人だという。

しかも食べた直後に苦しみ出したというのなら、食中毒の可能性は極めて低い。

病人がひどく苦しんでいることは間違いないから、レティシアを搬送するだけで引き上げようとしたが、ルウがそれを遮った。

「他の人も同じものを食べたんです」

「しかし、皆さんには症状が出ていないんですから、

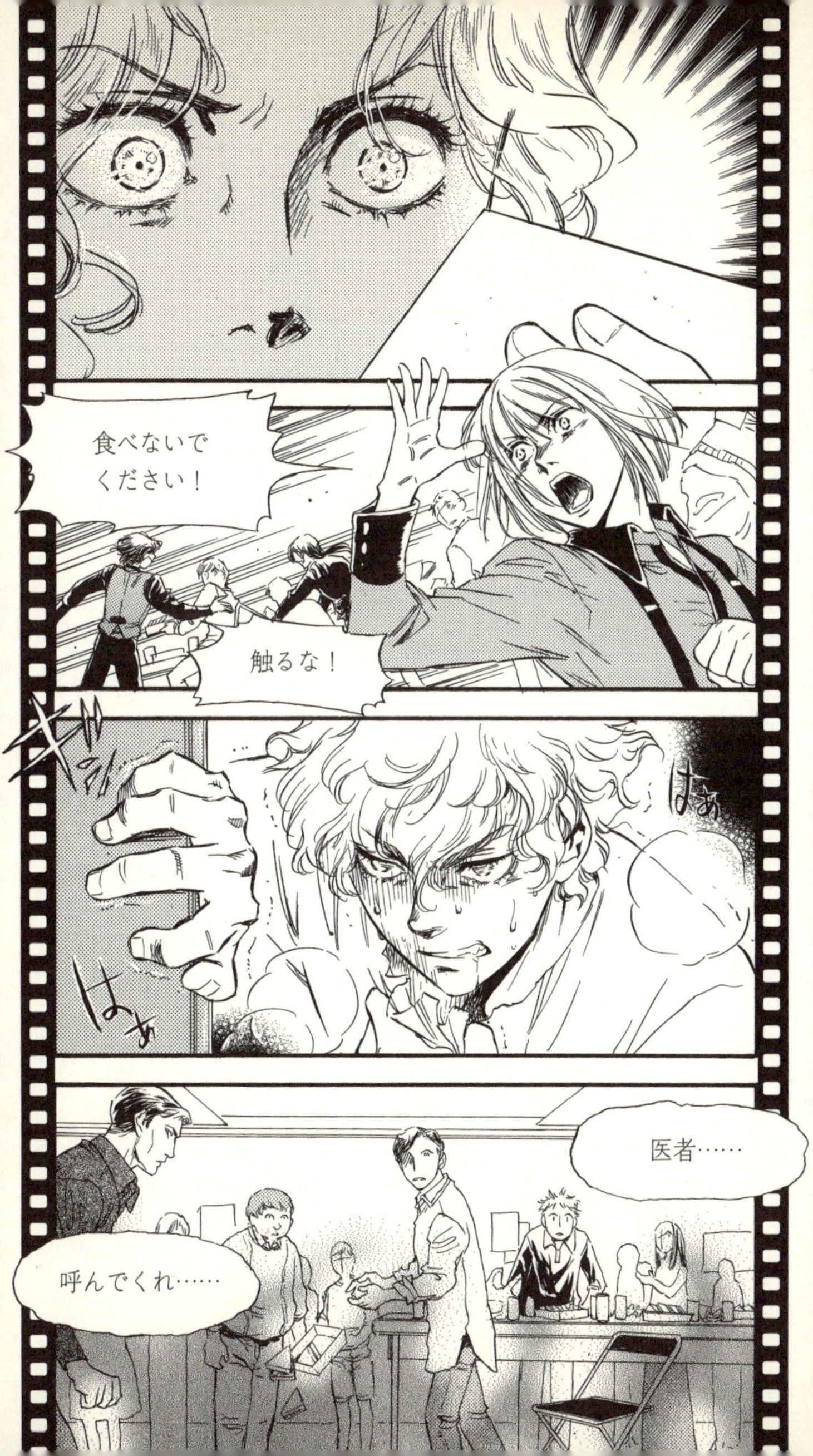
食べないで
ください！
触るな！
はぁ
はぁ
医者……
呼んでくれ……

食べ物が原因ではないと思いますよ。異常を訴えているのはこの少年だけなんでしょう?」

「ええ。今のところは」

微妙に思わせぶりな口調でルウは言った。

「救急隊の人たちなら検査道具《キット》を持ってますよね?　ちょうどいい。このお弁当を調べてください」

「いえ、心配しなくてもその必要はないと思います。こういう症状は食中毒ではありえないんですよ」

「毒物だったらどうします?　たまたま彼は体質の問題ですぐに発症したのだとしたら?」

「いや、あなたね、そんなことは滅多に……」

「とにかく。ぼくたちは心配なんです。同じものを食べたのは間違いないんですから。異常がないってわかればそれで安心できるんですから、調べてみてくれませんか」

「病人を一刻も早く搬送するのが先です」

隊長らしい男はとりあわず、苦しむレティシアに近づこうとしたが、その前にルウが立ちはだかった。

「ねえ、隊長さん」

口調こそ優しいが『いい加減にしてよね』という心の声が聞こえそうだった。

「この子だけを連れて行って、その後でぼくたちが全員倒れたらどうするんです?　二度手間ですよ」

唇《くちびる》は微笑していても、眼は笑っていない。

検査しなければ病人も渡さないという態度に半ば脅《おど》される格好で、救急隊員たちは渋々ながら弁当を調べ始めたのである。

ところが、何も検出されるはずがないとのんびりしていた顔がみるみる引き締まり、隊員たちの間に激しい動揺と強い緊張が広がった。ついには完全に血相を変えた彼らは厳しい表情で言ったのである。

「他にこれを食べた人は?」

スタッフのほとんどが手を挙げた。

隊員二人が慌てて飛び出していき、残った隊長は緊迫《きんぱく》の表情で本部に連絡したのである。

「救急車を十台、至急願います。アロイド菌による集団食中毒です」

　仰天《ぎょうてん》したのはスタッフ一同だ。

「ほんとですか⁉」

「俺たち、なんともないですよ！」

「それは食べた直後だからです。十二時間から三十六時間の間に間違いなく発症します。それからでは手遅れになりかねませんが、幸い摂取して間がない。今ならまだ大事に到らずに済むはずです。――いや、お手柄《てがら》です」

　隊長は思わずルウに言い、サイモンとフリップも驚愕の叫びを発していた。

「なんでそんな！」

「いつも食べてる弁当なのに⁉」

「どこに頼んだものですか？」

「市内のソーシャルフードサービスセンターです。昼食はいつもここに届けてもらうんです」

　隊長は再び本部に連絡を入れ、すぐさま調査隊を派遣するように要請した。

　ひょっとすると、大規模な食中毒事件に発展する恐れすらあった。

「増援が到着するまでここを動かないでください。食べていない人もです」

「ど、どうなるんですか、俺たち？」

「落ちついて。適切な処置をすれば大丈夫です」

　戻ってきた二人の隊員は防護服を着込んでいた。重症の少年だけでも先に搬送しようとしたらしい。

　レティシアはこの時まで居間の長椅子でうんうん唸っていたが、頃合いと見て芝居を止めた。

「あー……あれ？　何か急に楽になってきた。これ、もしかしたら、ただの腹痛《はらいた》かも……」

　しかし、救急隊員は警戒を緩《ゆる》めない。

「きみも弁当を食べたのか？」

「ほんの二口だけ。何か変な感じがしたもんだから、すぐに吐いたけど……」

「では、やはり入院してもらわねばならん」

「あのさ。俺は後でいいよ。食中毒なら、たくさん食べた人を先に搬送するべきなんじゃねえの？」

もっともな話だった。

やがて救急車の大群が到着した。

家の中はまるで野戦病院さながらの様相となった。

救急隊員は弁当を食べた人の名前と身長体重まで申告させた上、何をどのくらい口にしたかを細かく聞き取って、端から救急車に乗せている。

食べていない人ももちろん病院行きである。

その騒ぎの中、レティシアはそっとリィに囁いた。

「これで貸し借りなしな」

「何か貸したか？」

見た目は子どもでも、お互い玄人《くろうと》だ。

それ以上の言葉は必要なかったが、レティシアは自戒の意味を込めて忌々《いまいま》しげに呟いた。

「俺としたことが、ずいぶんと焼きが回ったもんだ。あんたがいるのに……あんたの眼の前であんたより先に食い物に口をつけるなんて」

「こっちの台詞《せりふ》だ。おれとしたことが、手に摑んで口に持っていくまで気がつかなかったなんて……」

二人してどんよりと落ち込んでいる。

救急隊の責任者は家の持ち主と話をしたがったが、ここにはいない。

代わりにサイモンが話を聞いたが、これから家の中に防疫剤《ぼうえきざい》を大量撒布《さんぷ》すると言われて飛び上がった。

撮影機材が痛む！　と断固反対の姿勢を示したが、救急隊としても持ち出しを認めるわけにはいかない。

両者の間で真剣な話し合いが行われた。

食後はまだ誰も機材に触っていないとサイモンは声を嗄《か》らして力説し、救急隊は撮影機材に防護幕《シート》を被せることを約束して、何とか妥協が成立した。

5

街は大騒ぎになった。

救急隊が調査した結果、この日の昼にソーシャルフードサービスセンターが届けたすべての弁当から食中毒菌が検出されたのである。

その出荷数は二百九十三個。

実はこの菌は食中毒の中では極めて致死率が高い。発症した後ではかなりの被害が出たと思われるが、幸い、この食中毒菌には有効なワクチンがある。

それも対処が早ければ早いほど利く。

食中毒発生と聞いて青くなった衛生局の責任者は、詳しい事情を知って思わず快哉《かいさい》を叫んだくらいだ。

「助かった！」

十二時間の潜伏期間中にワクチンを接種すれば、発症は防げるのだから、当局はあらゆる伝達手段を使って大々的に事件を報道し、心当たりのある人は一刻も早く、必ず病院に行くようにと呼びかけた。

救急隊と市の衛生局職員の迅速《じんそく》な対応のおかげで、ほとんどの人が発症前に自分で病院に赴《おもむ》くという、一風変わった食中毒事件になったのである。

だからといって一件落着とはいかない。

警察も動き出していた。

フードサービスセンターを調査した結果、食材や衛生管理には何の異常も見られなかった。そもそも弁当から検出された食中毒菌の増殖は自然発生ではありえないものだと結論づけられたからだ。

人為的に混入された可能性が極めて濃厚となれば、立派な傷害事件であり、殺人未遂事件でもある。

それも無差別のだ。

夕方には市警察は捜査本部を設置して、本格的な原因究明と犯人の特定に取りかかった。

その頃、サイモンはまだ病院にいた。

彼は食べ物を口にしなかったので、必要な検査と処置を受けた後、帰宅しても大丈夫と言われたが、仲間たちが心配で残っていたのである。

もっとも、入院を言い渡されたスタッフは至って元気だった。発症前にワクチンが効いてくれたので身体はどこも何ともないのだ。外もまだ明るいし、病室に閉じこめられるのは退屈で仕方がない。

「食中毒になる前に食中毒って言われてもなあ」

「全然ピンと来ないよな」

「機材が心配だよ。置きっぱなしだぜ」

「まあ、明日には退院できるっていうんだから」

スタッフだけで大部屋に収容されたせいもあって、病室はまるで合宿の雰囲気である。

フリップが心配そうにサイモンに尋ねた。

「なあ、ここの入院費ってどうなるんだ?」

「制作費から出せるようにしてみるよ。とにかく、大事にならずに済んでよかった」

サイモンがため息を吐いた時、ルウがやって来た。

手にした大荷物を見せて言う。

「——持ってきたけど、いる?」

差し出したのは人数分の洗面道具やタオルなどで、みんな喜んで受け取った。

「いるいる。助かったよ」

「こういうのって病院が用意してくれるとばっかり思ってたのに、違うんだもんな」

サイモンがルウに訊《き》いた。

「あの子たちも病院に残ってるのかい?」

「ううん。遅くなっちゃうから中学生の二人は車を呼んで先に帰した。レティーがここに入院したから、ヴァンツァーとぼくはその付き添い」

「そうか。——彼、どう? 大丈夫?」

「すごく元気だよ。あの時の腹痛は何だったのかと思うくらい。本人もちょっと照れてるみたいだね」

笑って肩をすくめながら、実は病室内の雰囲気を観察していたルウだった。

ここにいるスタッフはリィが『食べられない』と

叫んだ後でレティシアが部屋を飛び出したところを見聞きしている。彼らがそれを覚えているかどうか、その時間の食い違いを疑問に思っているかどうか、水を向けて見たのである。

しかし、そこまでは考え到らないようで、彼らの表情はのどかなものだ。

ルウはさりげなくそんな彼らを誘導した。

「だけど、結果的に彼が大騒ぎしてくれたおかげで助かったよね」

「まったくだよ」

サイモンも安堵《あんど》の表情を浮かべていた。

「さっき下のロビーで報道を見て、ぞっとしたよ。これって、かなり致死率の高い食中毒なんだって？　彼にもきみたちにもお礼を言わないと。きみたちがいてくれなかったら、ぼくたちはあの弁当を食べて、夜には本物の病人として入院してたよ」

「それどころか命に関わっていたかもしれないわ」

言ったのはアイリーンだ。

彼女も弁当を食べなかった一人なので、入院した女性たちの世話をしていたのである。

一時は戦場のようだった病院もそろそろ静けさを取り戻しつつあった。

気がつけば日没が近づいている。

「サイモン、わたしたちも何か食べたほうがいいわ。ルウ、あなたも一緒にどう？　ヴァンツァーも」

「そうだね。呼んでくる」

撮影班の中で弁当を食べなかったのはサイモンとアイリーンだけだ。

ルウとヴァンツァーが加わってロビーに下りた時、受付で押し問答をしているのが聞こえた。

「――面会時間は既に終了しているんです。よほど緊急な容態の患者さんの身内の方は別ですが、他の方は病棟にお通しすることはできません」

「俺は関係者だ。サイモン・デュバルはどこだ」

大きな声ではないが、よく響く太い声である。

サイモンが驚いて言った。

「グレグソン社長?」

「おお、サイモン! 元気そうじゃないか」

振り返ったのは五十年配の男性だった。恰幅《かっぷく》がよく、頭の形はがっしりして、大きな眼は炯々《けいけい》と光り、口元は厳しく引き結ばれている。

身なりも金のかかった派手なもので、見るからに灰汁《あく》の強そうな精力的《エネルギッシュ》な男だった。

アイリーンがそっとルウとヴァンツァーに囁《ささや》く。

「バーニー・グレグソン。アーツプロダクションの社長さんよ」

グレグソンはつかつかと歩いてきて、サイモンの肩を摑《つか》んだ。

「驚いたぞ。きみに会いに来たら、食中毒だって? とんだことだったな」

「ええ。ですが幸い、みんなたいしたことはなくて、明日には退院できそうです」

「そうか。それは何よりだ。ところで、大事な話があるんだが、ちょっとつきあってくれないか」

サイモンは困ったようにアイリーンを振り返り、彼女は微笑《ほほえ》んで頷《うなず》いた。

「社長さんと行ってちょうだい。わたしはこちらのお二人と一緒に食べるから」

サイモンがグレグソンの車に乗るのを見送った後、アイリーンは二人を誘って、市内のちょっと洒落《しゃれ》たレストランに向かった。

「本当は大人が奢《おご》るべきだけど、わたしもお財布が厳しいのよ。割り勘でいいかしら?」

ルウはまた笑いを嚙《か》み殺しながら店構えを眺《なが》めて、ヴァンツァーを振り返った。

「このくらいなら大丈夫だよね?」

「ああ」

昼食があんなことになって食べられなかったので、彼らはかなり空腹を覚えていた。前菜からしっかり料理を選んで、せっせと腹を満たし始めた。

食事の合間にルウが尋ねる。

「アイリーンは今どこに泊まってるの?」

「市内の簡易宿泊施設よ。みんな二人部屋だけど、サイモンが気を遣ってくれて、わたしは一人部屋」

　思わず微笑したルウだった。

「――で？　撮影中のお昼はお弁当？　いつもなら専用の移動住宅《トレーラー・ハウス》と料理人《コック》がついてくるのに」

「最初はちょっと戸惑ったわね。あんまり久しぶりだったから。だけど慣れると楽しいわよ」

　ヴァンツァーが呟《つぶや》いた。

「移動住宅？」

　ルウが説明した。

「野外撮影の時なんかに、宇宙船の離着陸や係留が禁止されているところでは移動住宅を使うんだよ。撮影場所の近くに宇宙港があるようなら大型宇宙船そのものが家として使われる。みんなそこで寝起きするんだけど、場合によっては一人で専用宇宙船を使う人もいるみたい」

「女優というのはそういうものなのか？」

「ううん。映画会社がそこまでやるのは、よっぽど有名な俳優の時だけだよ。中には自家用の宇宙船で来る人もいるけど、そんな人はもっと少ない」

　アイリーンがしたり顔で頷いた。

「掃除婦あがりの新人女優にはとても無理な話ね」

　ルウは今度こそ吹き出した。

　アイリーンが軽く友達を睨《にら》みつける。

「笑い過ぎよ、あなた」

「だって、おかしくって……。元は掃除婦っていう設定なんだ？」

　優雅に食器を使っているアイリーンの手指を見て、ヴァンツァーは皮肉に笑った。

「こんなに手のきれいな掃除婦などいないだろう」

　すると、アイリーンはちょっと驚いたようだった。

「あなたのいたところではそうだったの？」

　意味のわからないヴァンツァーが眼で問い返すと、アイリーンはこう説明した。

「わたしの知っている人たちはみんなきれいな手をしていたわ。作業中には手袋の着用義務があるから、年季の入っている人でも手が荒れたりしないのよ。ただ、さすがに爪《つめ》を伸ばしている人はいないから、爪だけは切ってきたけど」

ルウが尋ねる。

「そんなことして後で困らない？」

「大丈夫。優秀なつけ爪があるもの。今も撮影中はつけてるのよ」

ヴァンツァーはひっそりと笑った。

「俺の知っている掃除女とはだいぶ違うな。夏なら指先は汚れで真っ黒、冬なら皹《あかぎれ》が切れているのが普通だった。重労働の水仕事だからな」

微妙な話になりそうだと判断して、アイリーンは賢明《けんめい》にもそれ以上は何も尋ねなかった。

ルウが思い出したように言う。

「あの家はいつから使えるようになるのかな？」

「明日の朝まで立入禁止ですって。午後にはみんな退院できるはずだから、サイモンは夕方から撮影を再開するって息巻いてるわ」

「じゃあ、午前中に手伝いに来るよ」

「えっ？」

「防疫剤を撒《ま》いたんでしょ？　まず掃除しなきゃ、とても撮影なんかできないはずだよ。主演女優でも、ここはアイリーンが昔取った杵柄《きねづか》を披露《ひろう》しないと、変に思われる場面なんじゃない？」

「いけない。そのとおりだわ」

眼を丸くしたアイリーンはちょっと甘えるようにルウの顔を見た。

「手伝ってくれるの？」

「でないと、アイリーンが困るでしょ？」

「嬉《うれ》しい。持つべきものは友達ね」

デザートまでしっかり食べ、食事を終えた三人は一緒に宿泊施設まで歩いた。

アイリーンはわざわざ送ってくれなくてもいいと断ったのだが、ルウは譲らなかった。

しかも、なぜかヴァンツァーまでついてきたので、アイリーンは困ったように言ったものだ。

「早く帰らないと宿題があるんじゃないの？」

「どのみち今日は仕事にならん。書きかけの論文も資料もあの家に置いてきたからな」

「あら……」

「明日、取りに行く」

「端末に入っているなら転送しましょうか？」

「いや、人には触って欲しくない」

アイリーンは今の住処にしている宿泊施設の前で二人と別れ、自分の部屋に戻って一息ついた。

寝台が二つやっと入る狭い部屋に、つくりつけのバスモジュール。すり切れた絨毯《じゅうたん》。

安普請《やすぶしん》の粗末な部屋である。

普段の彼女の生活との違いをルウは揶揄《やゆ》したが、これが今の自分が持っているすべてのものだ。

遠い昔がまざまざと蘇ってくる。

それは決して悪い気分ではなかった。

本当にこういうものしか持てなかった頃の自分と今の自分とは違う。

しかし、ここが出発点であったのも間違いない。

今日は汗を流して早く休むつもりだったが、扉を叩く音がして、サイモンの遠慮がちな声が聞こえた。

「——アイリーン、ちょっといいかい？」

急いで扉を開けてやる。

「ずいぶん早かったのね。社長さんと呑《の》んでくると思ったのに……」

「それどころじゃなかったんだよ」

「社長さんに何か言われたの？」

「ああ……」

サイモンは苦い顔だった。

部屋の中に入れてやると、寝台にどっかり座って不機嫌そうに唸《うな》っている。

アイリーンはサイモンが話すのを黙って待ったが、サイモン自身どこから話せばいいのか迷っている。

「この間、ＧＣＰと契約しなかった時、みんなには書類の不備だって言ったけど……本当は違うんだ」

「知っているわ。ジャスミンが話してくれたから」

サイモンは硬い顔で頷いた。

「きみの意見は？　ＧＣＰの申し出を呑むべきだと思うかい？」

「それはわたしが決めることじゃないわ。あなたがどうしたいかよ、サイモン」

「ぼくは……」

サイモンはきっぱり言った。

「ぼくはこの映画を完成させたい」

「だったら、わたしもそれでいいと思う。それとも、何か問題でもあるの？」

「うん。社長がね……」

言いにくそうに口ごもる。そんなサイモンを見て、アイリーンは意を決したように切り出した。

「ねえ、サイモン。もしお金のことなら、それこそジャスミンに相談してみたらどうかしら？」

「実はぼくもそれを当てにしてたんだけど……」

サイモンの言葉はまたも扉を叩く音に遮られて、二人とも驚いた。廊下から聞こえるのは紛《まぎ》れもなくグレグソンの声である。

「サイモン。ここじゃないのか？」

二人は思わず顔を見合わせたが、まさか居留守は使えない。アイリーンが恐る恐る扉を開けてやると、グレグソンは笑いながら話しかけてきた。

「やあ、お邪魔するよ。アイリーンだったね」

「はい」

答えたアイリーンは緊張に顔を強ばらせている。何しろこの社長は『あんな地味な女が主役か』と面と向かって言い放った人だ。

しかし、今のグレグソンはそんなことなど忘れてしまったように上機嫌だった。

サイモンも立ちあがって思い切ったように言う。

「グレグソンさん。さっきのお話ですが……」

「うむ。わかってる」

話の腰を折られてサイモンがたじろいだ。

グレグソンはなぜか楽しげに笑っているが、彼の笑顔には相手を怯《ひる》ませ、沈黙させるものがある。

「きみの気持ちは理解したつもりだ。こんな時間に悪いが、そのことでアイリーンと話したくなってね。すまんが、ちょっと彼女を借してくれないか」

「それなら、ぼくも一緒に行きます」

「サイモン。きみに言うべきことはさっき話した。俺は制作者の一人として主演女優と話をしたいんだ。きみがいると彼女も自由にものが言えないだろう。察してもらえないかね」

アイリーンは急いで社長に向かって言った。

「わかりました。ご一緒しますわ。——サイモン、わたしなら大丈夫よ」

サイモンはそれでも迷っていたが、グレグソンは有無を言わせなかった。

「そう難しい話じゃない。すぐに終わる。ちゃんと送り届けるから、きみは安心して休みたまえ」

そんなわけで、身支度《みじたく》を整えたアイリーンは再び宿泊施設を出てグレグソンの車に乗り込んだ。

車が向かったのは岸辺に建つクラリッサ・ホテルだった。この街で一番古く格式のあるホテルだ。

塗り直されたばかりの真っ白な外壁はくつろいだ心地よさを醸《かも》し、ちょっとお金に余裕のある家族が二週間や一ヶ月という単位で宿泊するのに喜ばれる佇《たたず》まいで、ＶＩＰもよく利用している。

高層ホテルのバーは最上階にあるのが普通だが、ここのバーは地下にあった。

明るい外観とはがらりと異なる重厚なつくりで、棚には高級酒がずらりと並んでいる。

慣れない人間にはちょっと近づけない雰囲気だ。

アイリーンも恐る恐る足を踏み入れ、ぎこちなく止まり木に腰を下ろすと、躊躇《ためら》いがちに言い出した。

「あの……お酒は困ります」

「では何か、ノンアルコールのカクテルを」

グレグソンは依然として上機嫌だったが、内心はどうだかわからない。強いウィスキーを引っかけて、鋭く光る眼でアイリーンを見た。

「ＧＣＰから話があったことは知っているか？」

「はい。さっきサイモンに聞きました」

「その件できみの意見を訊きたい」

「わたしですか?」

　サイモンと同じことを言い出したグレグソンに、アイリーンは驚いて眼を見張った。

「わたしを推薦してくれたのはサイモンですから、サイモンの意見を尊重したいと思います」

「恩義を感じているというわけか?　結構。きみは今時珍しい子だ」

「はあ……」

　曖昧《あいまい》な返事を返したのは、アイリーンの立場ではこれが精いっぱいだったからだ。

　強引で自信家で独りよがりな性格のグレグソンは自分の意見に反論されるのを好まない。

　相手が若い女性ならなおさらだ。

　言い換えれば、素直に耳を傾ける姿勢を見せれば、一人で勝手にしゃべってくれるということだ。

「サイモンはいい男だ。才能もあるが、残念ながら利口とは言えない。GCPのような巨大映画会社にたてついてまでこの映画を撮りたいというんだから、呆《あき》れてものも言えないが、俺としてはその心意気は買ってやりたいと思っている」

「本当ですか?」

　思わず尋ねた。それほど意外な言葉だった。

　グレグソンはGCPに同調してサイモンに圧力を掛けるはずだとばかり思っていたからである。

「しかし、そこまで今の映画にこだわっているなら、何としても成功《ヒット》させねばならん。わかるな?」

「はい」

「そこでだ、さっきサイモンにも話したが、脚本を大幅に変えようと思う」

「えっ?」

　耳を疑ったが、グレグソンは真剣に話している。

「今の脚本はひどく地味だ。たいした成功は望めん。それではGCPに逆らった意味がないだろう」

「サイモンはそれを承知したんですか?」

「もちろんだ。売れる映画をつくりたいと思わない映画監督がどこにいる?」

「それであの、変更というのはどのように?」

「決まってるじゃないか。濡《ぬ》れ場《ば》だよ」

「………」

「三角関係を描いた映画なのに、きみが脱ぐ場面が一カットもない。こんな馬鹿な話はない。みすみす完成した映画をどぶに捨てるようなもんだ」

グレグソンは恫喝《どうかつ》するような口調で言った。

「きみは美人でスタイルもいい。だが、きみ程度の女なら掃いて捨てるほどいるんだ。その中できみの存在を観客に印象づけるには何か特別なことをする必要がある。このくらいは理解できるな?」

「………」

「新人女優は裸《はだか》にして売るものと相場が決まってる。きみも女優として生きることを決意したからには、まさか裸がいやだとは言わんだろうね?」

アイリーンは消え入りそうな声で答えた。

「それが必要なら。わたしは女優ですから、監督の指示に従うだけです」

「それでいい」

グレグソンは満足そうに頷いた。

いやな感じに笑って身を乗り出してくる。

「しかし、きみは濡れ場を演じた経験は一度もない。そうだな?」

「はい」

「そこでだ、俺がこれからきみに演技をつけてやる。無論サイモンも承知していることだ」

アイリーンは唖然《あぜん》としていた。

演技をつけるというグレグソンの言い分をここで信じる女がいたら頭がどうかしている。

「でも、あの……」

声が震えた。しかし、グレグソンはアイリーンの口から決定的な拒否の言葉が出てこないのを知っているので、勘定《かんじょう》を済ませながら悠然《ゆうぜん》と言った。

「上の階に部屋を取ってある。来たまえ」

戸惑いと躊躇《ためら》い、恐れと疑惑の完璧《かんぺき》な仮面の裏で、ジンジャーはさてどうするかと考えた。

新人女優のアイリーンの立場ではグレグソンには逆らえない。

かといって誘いに乗ってやるのは論外だ。

ほとんどの若い女が取る手段——従うふりをして途中で逃げ出すというのが最善だが、そのくらいはグレグソンも承知しているはずである。

そのグレグソンにしても、まさか自分より年上の女性を口説《くど》いているとは夢にも思っていないだろう。

それでもだ。

ここに至っても、ジンジャーは本当の最後の手段——自分が誰なのかを明かすつもりはなかった。

そうすればグレグソンを撃退できるのはもちろん、アーツプロダクションという三流のちっぽけな制作会社など一息で吹き飛ばせる。

だが、それをやったらサイモンの映画まで一緒に吹き飛んでしまうのだ。

「どうした？　時間がもったいないぞ」

アイリーンとして身体が強ばって足が竦《すく》んでいる様子を装いながら実はとことん冷静なジンジャーは、昼間のレティシアの様子を思い出していた。

あれは実に見事だった。

自分も一瞬ぎょっとしたくらい、どこから見ても本物の病人にしか見えなかった。

演技を学んだものにとって苦しむふりはそれほど難しくはないが、下手《へた》な役者は大げさに痛い痛いと騒ぎたてるだけに終始してしまう。それではすぐに嘘《うそ》の症状だと見破られてしまうが、彼は違った。

熱に浮かされて赤味を増した頬《ほお》や、うつろな眼の様子、自由にならない身体の様子を忠実に表現して、肌まで本物の脂汗《あぶらあせ》に濡らしてみせた。

ジンジャーも長年演技に携《たずさ》わってきた人間だから、頬の赤味や眼の表情は何とでもなる。手足の痙攣《けいれん》も自由自在だが、皮膚《ひふ》が濡れるほどの脂汗となると、生理的な反応をそこまで自在に操れるかとなると、考え込まざるを得ない。

ヴァンツァーは以前、台本の決まっている芝居《しばい》はやったことがないと言っていた。

恐らくレティシアも同じ種類の人間なのだろう。

しかし、映画界の第一人者としてあんな若い子に負けてはいられない。

幸い、昼に食中毒騒ぎがあったばかりだ。ここで自分が異常を訴えて倒れたら、グレグソンも『演技指導』どころではなくなるはずだった。

その物騒な決意は哀れに震える仮面の下に隠して、アイリーンはグレグソンにうながされて立ち上がり、蹌踉《そうろう》とした足取りでバーを出た。

グレグソンは階段を上りながらアイリーンの肩を馴れ馴れしく抱き寄せてきた。

逃がさないように拘束したつもりらしい。

ジンジャーには笑いを誘われるだけの真似だが、小さな苛立ちや不快感を感じたのも確かだった。

しかし、アイリーンとしてはグレグソンの期待を裏切れない。びくっと身体を震わせて、黙って男の手に任せた。

上の階に上がり、人のいるフロントを横手に見て昇降機《リフト》に向かう。傍目《はため》には真っ青になって項垂《うなだ》れているアイリーンが、さて発症するかと意を決した時、見慣れた大きな姿がロビーを突っ切って来た。

「ここにいたのか、アイリーン。捜したぞ」

「ジャスミン……」

「わたしの家が食中毒菌に汚染されたと衛生局から連絡があったんだ。みんな病院に運ばれたそうだが、おまえは大丈夫なのか？」

「ええ。わたしは……食べなかったの」

あながち演技でもない安堵の声が出た。

できれば騒ぎを起こすのは避けたかったからだ。

邪魔をされたグレグソンは獰猛《どうもう》な笑みを浮かべて、口調だけは丁寧《ていねい》にジャスミンに話しかけた。

「失礼だが、この女性にはこれから仕事の話がある。遠慮してもらえますかな？」

ジャスミンはグレグソンを頭の上から見下ろして、露骨《ろこつ》に馬鹿にした笑いを浮かべた。

「わたしはジャスミン・クーア。アイリーンの古い友人だが、そちらは？」

「バーニー・グレグソン。アーツプロダクションの社長です」

「ほう？　それは知らなかった。最近の映画会社の社長は女優をホテルの部屋に誘って商談するのか？どんな仕事の話か聞かせてもらおうか」

「部外者には関係ない話だ。――アイリーン。この人にそう言ってやれ」

女王の金の瞳《ひとみ》に見つめられて引き下がらないのは立派だが、ジャスミンはアイリーンが何か言うのを待ってなどいなかった。

百九十一センチの圧倒的な体格にものを言わせて、殺気の籠《こ》もった声で最後通告を発した。

「わたしの見る限り、遠慮するのはそちらのほうだ。アイリーンを置いてとっとと出て行け。それとも、力ずくでつまみ出されたいか？」

ここで騒ぎになるのはまずいと判断したのだろう。グレグソンは怒りと憎悪に顔を醜《みにく》く歪《ゆが》めながらも、奮然と立ち去ったのである。

その背中を見送って、アイリーンは息を吐いた。

「助かったわ。いいタイミングだった」

「礼なら、おまえと一緒だった二人に言ってやれ」

「……ルウとヴァンツァーのこと？」

「ああ。二人ともずっと宿舎を見張っていたらしい。ヴァンツァーはここまでわたしを案内してくれたぞ。ルウはルウで何かやっているようだな」

「どうしてあの二人が？」

「さてな。――おまえも何だってあんな男の好きにさせてたんだ？」

「だから、ちょうどいいタイミングだと言ったのよ。わたしは食中毒で倒れる寸前でしたからね」

脚本を変更するというグレグソンの主張を話すと、ジャスミンは訝しげな顔になった。

「それに抵抗があるわけじゃないんだろう？」

「もちろんよ。必要とあればどんな大胆な場面でも演じてみせるわ。今のわたしにそれを要求する人はいないけど、自信はある」

アイリーンの顔で恐ろしいことをきっぱり言う。

「だけど、この映画は性を主題にしたものとは違う。そんな場面は不要なのよ。サイモンが脚本の変更を承知するはずがないわ」

「あの社長の独断か？」

「でしょうね。アイリーンは無名の新人ですからね。それでも枕芸者なんかできないわ」

グレグソンの言い分を聞いたジャスミンは即座にアイリーンとともに宿舎に戻り、サイモンの部屋に押しかけた。

その時、サイモンは既にぐっすり寝入っていたが、ジャスミンが扉を打ち壊す勢いで叩きまくったので、さすがに寝ていられずに起きてきた。

しきりと瞬《またた》きしているサイモンを、ジャスミンは厳しい口調で問いつめたのである。

「グレグソンはきみになんと言った？」

「……はあ、何ですか？」

事情がよく呑み込めていないらしい。大あくびをするサイモンに、アイリーンも躊躇いがちに言った。

「社長さんが脚本を変更するっておっしゃったのよ。男女関係を描いた映画だから、もっと濃厚な場面を増やすんだって」

サイモンの眼が真ん丸に見開かれた。

「どういう意味だい、それ？」

「だからあの、新人女優は裸にして売るものだって。社長さんはあなたも承知しているって……」

「しかも、自分が演技をつけてやると言ったそうだ。それも監督は承知の上だとな。——今の映画監督は主演女優を社長に差し出して仕事を得るのか？」

呆気にとられて立ちつくしていたサイモンの顔がみるみる怒気に染まった。

「社長と話してくる！」

飛び出そうとしたサイモンの襟首《えりくび》をジャスミンが片手で摑まえた。

「落ちつけ。まずわたしたちに釈明しろ」

「……その前に何か着たほうがいいと思うわ」

サイモンは、シャツ一枚にボクサーパンツという自分の姿にやっと気がついて慌《あわ》てて奥へ引っ込んだ。

何とか見られる格好になって女性二人を中に通し、さももどかしげに立ったまま切り出した。

「アイリーン、ぼくも映画をつくる人間だ。だから必要なら役者にはどんな際どい場面も演じてもらう。だけどこの映画は——」

「わかってるわ」

アイリーンは言った。

「一見すると痴情《ちじょう》のもつれによる三角関係だけど、あなたの意図するものはそれとは別のところにある。——そうでしょう?」

「きみならわかってくれると思ったよ」

ほっと安堵したサイモンだったが、ジャスミンの鋭い眼に射すくめられて、慌てて病院を出てからの経緯《いきさつ》を語った。

サイモンを食事に誘ったグレグソンは予想通り、GCPの申し出を断った一件に触れてきたという。

「考え直す気はないのか?」

「ありません」

緊張しながらも、サイモンははっきり言った。

内心はひやひやものだった。グレグソンが怒って、資金を引き上げると言い出すことが心配だったが、意外にも彼は鷹揚《おうよう》に頷いたのだ。

「そうか。その気概《きがい》は立派だ。俺も応援するぞ」

ほっとしたが、話はそこでは終わらなかった。

今まで撮影に関してはサイモンに任せていたのに、急に映画の内容について口を突っ込んできたのだ。

「……脚本の変更って話は出なかったけど、確かにあれこれ言ってたよ。演出はどうしているのかとか、もっと仕掛けを派手にしたほうが売れるとか何とか。何を言いたいのかさっぱりわからなかったけど」

要領を得ないサイモンの話から二人が推測するに、グレグソンは今さらながらにサイモンの映画に一枚嚙みたがっているのではないかということだ。

どうやらGCPが関わってきたことでサイモンの映画の価値が高まったとグレグソンは考えたらしい。良くも悪くもGCPが眼をつけて、大金を払って買い取ろうとした映画である。

うまくすれば大成功すると勘違いの色気を出して、自分で仕切りたくなった可能性が高い。

その証拠に彼はこんなことを言ったという。

「俺も制作者の一人だ。演出に口を出す権利がある。今まではきみに任せていたが、こうなったからには積極的に現場に顔を出して意見を言うつもりだ」

「はあ。それで、どんなご意見を……?」

「それは実際に立ち会ってみなければわからんよ。詳しいことはあらためて決めようじゃないか」

玄人《くろうと》の世界に素人《しろうと》が首を突っ込むと起きる現象だ。

本人は手助けしているつもりでも現場の人間にはちんぷんかんぷんで意味が通じない。しかも素人のほうが上位にいるから余計に話がおかしくなる。

かくてサイモンはひたすら首を傾《かし》げながら宿舎に戻ったというわけだ。

「正直、ずいぶん変なことを言うものだと思ったよ。彼は撮影畑の人じゃないし、この映画にもそれほど興味はないはずなんだ」

ジャスミンが冷ややかに指摘した。

「だが、アイリーンには興味があるようだ。きみは本当に知らなかったのか?」

「当たり前です！　知ってたら絶対にアイリーンを一人で行かせたりしません！」

「そもそもそこが問題だ。なぜ一人で行かせた?」

サイモンは気の毒なくらい狼狽《うろた》えていた。

「すみません……配慮が足らなかったと言われたら、その通りです。まさか社長がそんな……」

自らの迂闊《うかつ》さに唇《くちびる》を嚙みしめてサイモンは恐る恐るアイリーンに尋ねた。

「……大丈夫だったかい？」

「ええ。ジャスミンが来てくれたから」

「ごめん。本当に……。社長がそんなつもりだって知ってたら……」

「いいのよ。あなたのせいじゃないもの」

ジャスミンが断固として言った。

「あんな社長が現場をうろちょろすると言うのなら、アイリーンを一人にしておくのは危険極まりない。——ここに空いている部屋はあるかな？」

アイリーンの顔が喜びに輝いた。

「一緒にいてくれるの？」

「当分はな」

「それならわたしの部屋はどう？　ちょうど寝台が一つ空いてるの。あなたには小さいと思うけど」

「気にするな。狭い寝台には慣れてる。邪魔したな、サイモン」

「おやすみなさい、サイモン。また明日ね」

呆気《あっけ》にとられるサイモンの眼の前でばたんと扉から閉められた。


その頃、ルウは星の見える丘の上にいた。

すぐ後ろには立入禁止の帯《テープ》が貼られた家がある。

家の裏手に止めた車の屋根に寝そべって、ルウは夜空を見上げていた。

静かな稼働音が近づいてくる。

小型車がルウの車の隣に止まり、ヴァンツァーが降りてきた。

「あの女は女王と一緒に帰ったぞ」

「そう。それはよかった」

車の屋根から滑り降りて、ルウは助手席から何か取り出した。

「飲む？」

いつ用意したのか、差し出したのは湯気を立てる熱いお茶だった。

香草を使った、いい香りがしている。

ヴァンツァーは逆らわずに受け取って、二人ともしばらく黙って立ったままお茶を飲んだ。

　自分の車にもたれかかっていたヴァンツァーは、ルウを見つめて言った。

「あんたは何でこんなことをする？」

「きみは何でそれにつきあってる？」

　ヴァンツァーは沈黙でその問いに応えた。

　アイリーンを送った後も、ルウは宿舎の傍《そば》に車を止めて動こうとしなかった。

　ヴァンツァーも自分の車で来ている。一人で先に帰ろうと思えばできたのに、そうしなかった。

　やがてサイモンが宿舎に戻ってきた。

　すぐ後にグレグソンがやって来て、アイリーンと一緒に出ていった。

　すかさず、ルウはヴァンツァーの車の窓を叩き、番号を表示させた携帯端末を渡して言ったのである。

「跡をつけて、ここに行き先を連絡して」

「あんたは？」

「丘の家に行く」

　そこで二手に別れ、ヴァンツァーはジャスミンの到着を見届けて再び合流したのだ。

　ルウが言った。

「きみにお礼を言わないといけないね」

「なぜ？」

「昼にも言ったけど、彼女はぼくの友達なんだ」

「あの女もそう言った」

「きみが今日ここにエディを呼んでくれなかったら、彼女は間違いなく、あのお弁当を食べてたよ」

　ヴァンツァーは黙ってルウを見た。

　のんびりした口調と裏腹に黒い天使の表情は真剣そのものだった。

「この食中毒は怖い病気だよ。ワクチンがあるのに致死率が高い。毒素に侵された後も意識がはっきりしていて、なかなか食中毒だって気づかないからだ。ワクチン摂取が遅れたら、五十パーセントの確率で助からない」

「お互いさまだぞ。俺もレティーも王妃のおかげで命拾いした」

「ずっと考えてたんだけどね」

ヴァンツァーの声が聞こえているのかいないのか、ルウは虚空《こくう》を見つめて、ぽつりと呟いた。

「あのお弁当、誰か特定の人を狙ったのかなって」

ヴァンツァーの藍色《あいいろ》の眼が鋭さと疑惑を宿す。

「非効率的なやり方だな。一人を片づけるために、他の人間を巻き添えにするか？　今日の分の弁当は三百近くあった。それでは騒ぎが大きくなるだけで、確実に狙う相手を仕留められる保証もない」

「そう。犯人の狙いが何だったのかまだわからない。サービスセンターに怨みのある人かもしれないし、騒ぎを起こせれば何でもよかったのかもしれない。

——だけど、もしそうじゃなかったら？」

「狙われたのはあの女だと言いたいのか？」

「さあ、どうだろうね」

「…………」

「ただねえ、そうなると、動機がわからないんだ」

ルウは本当に不思議そうに首を捻《ひね》っている。

「ジンジャー・ブレッドを妬《ねた》んでいる人は多いよ。中には殺したいと思っている人もいるかもしれない。だけど、無名のアイリーン・コルトを排除するのに三百人近い人間を巻き添えにする？　無理があるよ。どう考えても理屈が合わない」

「同一人物だと誰かが気づいたのかもしれないぞ」

「それはないよ。サイモンの撮影班には、エディもジャスミンもファロット一族もいないんだから」

見事な論理だが、几帳面なヴァンツァーは論旨の穴を指摘した。

「なぜ旦那《だんな》がいない？」

「えっ？」

「普通、ああいう場面で女を助けるのは男の役目だ。旦那のほうを呼ぶべきだったんじゃないのか」

相手の言いたいことを察してルウは苦笑した。

「ケリーが行ったんじゃ、彼女はあんまり喜ばない。彼女の王子さまはジャスミンだからね」

ヴァンツァーも脳裏に思い描いていた。

男に肩を抱かれていたアイリーンがジャスミンを見た時の顔――あの安堵した笑顔は芝居ではない。

「あの二人は古い友人だとあんたは言ったが……」

「そうだよ」

「本当にそれだけか？」

ルウはおもしろそうに笑ってヴァンツァーを見た。

「なに？　きみが王子さまの役をやりたかった？」

「馬鹿な……」

ヴァンツァーは舌打ちしたが、ルウは笑っている。

「どうして？　いいじゃない。彼女はこれまで九回結婚してるけど、今は独身だからね。口説《くど》いてみる気があるなら手伝うよ」

「いいか。今の俺は未成年だぞ。法学は専門外だが、あんたの言っていることは犯罪の奨励《しょうれい》だ」

「だから、力を貸すってば。彼女を口説く時限定で身体を戻してあげる。それなら犯罪にはならない」

ヴァンツァーは呆れて肩をすくめた。

「……王妃には感心する。あんたと話していてよく頭がおかしくならないものだ」

「そんなに変なこと言ってないでしょ？」

不思議そうに尋ねてくる。こんな相手をまともに取り合うだけ損である。

ヴァンツァーは諦《あきら》めて身体の力を抜いた。

自分は間違いなく小さな苛立ちを感じている。

それならここから立ち去ればいいだろうと疑問を投げてみても、動く気になれないのも確かだった。

夜の帳《とばり》につつまれた黒い天使は昼間とはまた違う顔を見せている。

その白い横顔にヴァンツァーは静かに問いかけた。

「何を待っている？」

「何かが起こるのを」

「何も起こらなかったら？」

「それに越したことはない」

恐らく、これを乗りかかった船というのだろう。

車に乗り込みながらヴァンツァーは言った。

「少し寝る。何かあったら起こせ」

運転席を倒して横になる。

たちまち眠りに落ちたが、長年鍛《きた》えられた感覚は起こされるのを待つまでもなかった。

小一時間ほどでヴァンツァーは妙な気配を感じて、眼を覚ました。

車が近づいてくる音がする。

ここは丘の上の一軒家だ。

間違いなくこの家を目差してやって来る。

ヴァンツァーは音もなく車内から出た。

ルウも猫のような身のこなしで車の屋根から降り、手に摑んだものを一本、投げて寄越した。

伸び縮みするアクション・ロッドである。

ほどなく家の玄関前に車が止まった気配がした。

降りてきたのは足音からして複数である。

何やら重そうなものを運んでいる気配がする。

それとは対照的にルウとヴァンツァーはまったく足音を立てずに玄関に向かった。

覗《のぞ》いてみると、男が二人、立入禁止の帯を破って、鉈《なた》のようなものを振りかざして玄関の鍵を壊そうとしているところだった。

「何をしている？」

「ここは立入禁止だよ」

声を掛けられて、男たちは飛び上がった。

しかし、暗がりから現れたのが少年二人と知ると、与《くみ》しやすしと見たのだろう。

二人とも荒っぽいことに慣れている人間らしく、鉈を振りかざして問答無用で襲いかかってきた。

殺すつもりではなかったのだろう。刃物で脅《おど》して追い払おうとしただけだろうが、笑止千万である。

襲いかかってきた刃物をひらりと躱《かわ》して、ルウもヴァンツァーも一撃で男たちを地面に叩き伏せた。

二人とも見るからに怪《あや》しげな人相風体である。

地元の人間でないことは明白だった。

「訊いてもどうせ知らないだろうけど、一応訊くね。誰に頼まれたの？」

苦悶《くもん》の表情を浮かべながらも男たちは忌々《いまいま》しげに少年たちを睨み付けた。

誰が言うかというふてぶてしい面構えだ。

「あんまり利口な態度じゃないと思うよ、それ」

ルウが笑って、ロッドで『優しく撫《な》でて』やると、二人ともたちまち悲鳴を上げて泣き崩れた。

この家にある機材を壊せば報酬をやると言われて来ただけだと必死に訴えた。

「機材を壊せ？　そう言われたの」

「それだけじゃないだろう。これを見ろ」

ヴァンツァーが示したのは液体で満たした大きな二つの容器だった。男たちが車から降ろしたものだ。

中身は間違いなく油である。

ルウは呆れて言った。

「機材を壊して家に火をつけるつもりだったんだ。徹底してるねえ」

そこまでわかれば充分だったのか、ルウは二人を気絶させて車に積み、ヴァンツァーを振り返った。

「じゃ、帰ろうか」

「ここの見張りはもういいのか？」

「この連中を道端に捨てたら警察に連絡しておく。ぼくも朝になったらまた来るよ」

「わかった」

6

リィとシェラは午後四時にはフォンダム寮のあるペーターゼン市内に戻っていた。

食べ物を口にしたわけではなく触っただけなので、処置を済ませた後、帰ってもいいと言われたのだ。

昼食を食べ損なった二人はお腹がぺこぺこだった。育ち盛りの身では夜まではとても持たないので、街中で軽食を摂《と》ることにした。

休日の今日はどこも生徒で賑《にぎ》わっている。

道路に面したテラスでシェラは慎ましく、リィはとても間食とは言えない食べ物を平らげていると、見知った顔が通りかかった。

「ジェームス」

リィが手を挙げて同じ寮の少年を呼び止める。

「話があるんだ。——いいか？」

自分の横の空いている席を示すと、ジェームスはあっさり答えた。

「いいよ」

彼は数人の少年と一緒だったが、その少年たちはフォンダム寮生ではない。

ちょうど帰り道が分かれるところだったようで、ジェームスは少年たちと別れ、二人と同じ机につき、自分も飲物を頼んだ。

リィはさっそく切り出したのである。

「さっきジェームスのおばあさんに会ってきたけど、いったい何をやってるんだ？」

ジェームスはぎくっとした。

「おばあちゃん？」

「そうだよ。何で名前を変えて映画に出——」

「わあっ！」

ジェームスは奇声を発してリィの言葉を遮《さえぎ》った。

必死の表情で『言うなよ！』と制してくる。

その見幕にはリィもシェラも驚いた。

ジェームスもそんな自分が気まずかったようで、二人の顔色を恐る恐る窺《うかが》い見ながら、途方に暮れた顔つきで尋ねてきた。

「――俺、言ったっけ？」

シェラが答える。

「あの人がジェームスのおばあさんだってことを？　いいえ、言ってない」

リィも続けた。

「言ったのは向こうのほうだよ」

ジェームスはそれはそれは深いため息を吐いた。

十三歳の少年にはふさわしくない諦《あきら》めの表情だが、あんな祖母がいたのでは無理もない。

「それ、誰かに話した？」

金銀天使は不思議そうに顔を見合わせた。

「ジェームスが言わないのに？」

「言いふらしてほしいわけじゃないんだろう？」

ジェームスはぶんぶん首を振って、ようやく少しほっとしたように肩の力を抜いたのである。

そんな様子を見て、リィは訝しげな表情になった。

「ジェームスはジンジャーが嫌いなのか？」

「ヴィッキー、好きとか嫌いとかって問題じゃない。見ればわかるだろ？」

「何を？」

「おばあちゃんをだよ！」

ジェームスは声をひそめて言いながら、しきりと辺りを気にしている。その様子はまるで当の祖母が現れるのではないかと警戒しているようだったが、リィは首を捻《ひね》った。

「全然。ジンジャーはおれにはいい友達だ」

ジェームスはますます複雑な顔になり、ある意味、尊敬の眼差しでリィを見た。

「俺が言うのも何だけど、よくあのおばあちゃんと平気でつきあえるよな……」

シェラが苦笑して言った。

「そうかな？　わたしもいい人だと思うけど」

「俺だって悪い人だなんて言ってないぞ！　だから、そういう問題じゃないんだって」

ジェームスは何やら葛藤《かっとう》しているが、その理由がさっぱりわからなかったので、リィは話を戻した。

「まあいいけど、そのおばあちゃんはどうして違う名前で映画に出たりするんだ？」

「違う名前？」

ジェームスは意味がわからずきょとんとしている。

そこで食中毒事件の顛末《てんまつ》ははぶいて、撮影見学に行った話をしてやると、ジェームスは首を捻った。

「おかしいな。それ、ほんとにおばあちゃんか？　もうそろそろ寝てるはずなのに」

「寝る？」

「うん。おばあちゃんは時々寝るんだよ」

リィとシェラは顔を見合わせた。

「人間なら当たり前だろう？」

「寝なかったら大変じゃないですか？」

「そうじゃなくって。だいたい半年から一年くらい、ずっと寝っぱなしになるってこと」

金銀天使はますます変な顔になって眼を交わした。

「人間がそんなに寝られるもんか？」

「ちょっと眠りすぎですね」

「だから、普通に寝るんじゃないんだって」

ジェームスのほうが疲れた顔になっていた。

男とは思えないこのきれいな友人たちは頭の中も普通の少年とはちょっと違っている。

「人工冷凍睡眠装置に入るって意味だよ」

途端、きらりと光った緑と紫の瞳《ひとみ》に見つめられて、ジェームスはたじろいだ。

一年起きて一年眠る。もしくは半年起きて、半年眠る。ジェームスの知る限り、ジンジャーはそれをずっと繰り返しているという。

「だからあんなに若いんだと思う。もう、ほとんどお化けだよな」

こんな台詞《せりふ》を当のジンジャーに聞かれたら大変なことになる。

シェラは疑問を整理するために言葉にした。

「つまり冷凍睡眠中は肉体の活動を止めているから老化もしない。結果的に歳を取らないってこと？」

リィも首を傾《かし》げている。

「それって、誰でもできるのか？」

「無理だね。ものすごいお金がかかる」

二人が同時に考えたのはジャスミンのことだった。

七十年以上前に生まれたジャスミンだが、途中の四十年を冷凍睡眠状態で過ごした。それはクーアの財力があって初めて可能なことだったらしい。

おまけにルウがちょっと手を加えたので、彼女の肉体の実年齢は三十歳に届いていないはずだ。

ジンジャーも、だからあんなに若いのかと考えて、リィは独り言のように呟《つぶや》いた。

「そんなに頻繁《ひんぱん》に歳を取るのを止めてるとなると、ジンジャーの実年齢はどのくらいなんだ？」

ジェームスはものすごく言いたくなさそうな顔で声を低め、しかし律儀《りちぎ》に答えたのである。

「だからそこが怖いんだって。どう計算しても絶対、五十歳は過ぎてる」

「お若いですねえ……」

シェラは感心したが、リィはまだ疑問の表情だ。

「どうしてそんな面倒なことをするのかな？」

「女優さんですから、やはり若く美しくというのは永遠の主題《テーマ》なのでは？」

シェラの意見に、ジェームスはとことん苦い顔で首を振った。

「俺も訊いてみたんだけどさ。俺が大きくなるまで長生きしたいんだって」

「へえ、意外と孫おもいなんだな」

「ありがたい気遣いですよね」

「そんないいもんじゃない」

思春期の少年にとっては複雑なものがあるようで、ジェームスは身震いしている。

「俺が子どもの頃、おばあちゃんと一緒にいるとさ、そういう時はおばあちゃんだってわからないようにもちろん変装してるんだけど、知らないおばさんにしょっちゅう『きれいなお母さんでいいわね』って言われたんだ。それがこの頃じゃだんだん……俺のお姉さんなんだぜ！」

世にも恐ろしい怪談でも話すような口調だった。

その気持ちはわからないでもないので、さすがに二人とも苦笑せざるを得なかった。

「それはまあ、実際に美しい人だから」

「このままいったら向こうのほうがジェームスより若く見えるようになったりしてな」

具体的な心当たりがあったようで、少年はまたも恐ろしげに身震いした。

「……父さんがそれ、よく話してる」

「やっぱり？」

「……怖いからおばあちゃんには言わないけどさ。少しは老けてくれないと、このままじゃ俺のほうが彼女の父親に見えるようになるぞって」

今でもジンジャーとダンを見て姑《しゅうとめ》と婿《むこ》だと思う人はまずいない。身内だと言われたら、よくて年の離れた夫婦か、あるいは兄妹を想像するだろう。

「おじいちゃんなんかおばあちゃんと一緒にいると、おばあちゃんのおじいちゃんみたいなんだもんな。——もう、頭おかしくなりそうだよ」

少年の言いたいことを察すると、おばあちゃんというものはもっとおばあちゃんらしく、普通に歳を取ってくれということらしい。

もっとも当のジンジャーはこれを聞いたらやはり大きなお世話と言うだろう。

リィはちょっと考えて言った。

「その周期で言うと……ジンジャーは今の時期には寝てるはずなのか？」

「うん。今まではそうだったよ」

「ふうん……」

となると、今までの習慣を変えてまでサイモンの映画に出ていることになる。

それはなぜだろうと疑問に思ったリィだった。

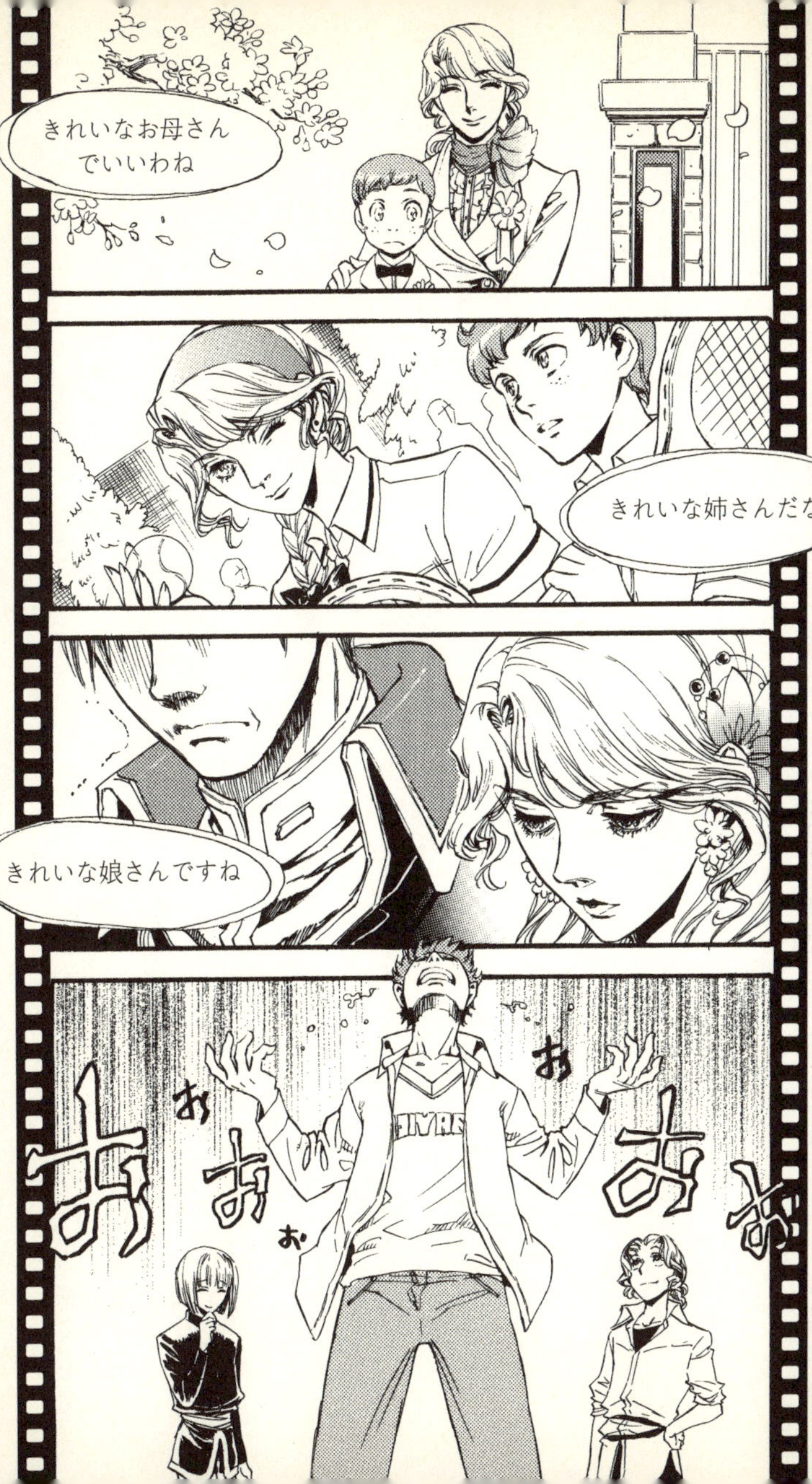

きれいなお母さんでいいわね
きれいな姉さんだな
きれいな娘さんですね
おおおおおおお

翌日、ルウは朝一番でサイモンの宿舎に出向いて、寝ぼけ眼のサイモンから家の鍵を借り受けた。

その足で市当局に行って立入禁止の解除を確認し、一人で丘の家に赴《おもむ》いた。

今日もいい天気である。

持参した手袋やマスク、上っ張りで支度《したく》を調え、扉と窓を開け放って防疫剤の籠《こ》もる空気を入れ替え、機材に掛かっていた防護幕を外して束ねる。

本来ならこの後こそ清掃用の自動機械の出番だが、ルウは実に手際よく、せっせと動いた。

昼が近づいた頃、仲間の様子を見に病院に寄ったアイリーンがジャスミンと連れだってやって来た。

その時には家の中は隅から隅までぴかぴかに磨《みが》き上げられていて、アイリーンは呆《あき》れて言ったものだ。

「わたしの出番なんかなかったわね」

「なくて幸いだ。付け焼き刃がばれるぞ」

容赦《ようしゃ》なく指摘しながら、ジャスミンも初めて見るルウの家事能力に感心していた。

「これを全部、きみ一人でやったのか？」

「うん。撮影中の部屋の家具は動かしてないけど、寝具は洗わないわけにいかないからね。今、洗濯《せんたく》中。——病院のみんなはどうだった？」

「ぴんぴんしている。わたしたちは一足先に来たが、今頃は退院手続きをしているはずだ」

「じゃあ、お昼がいるね」

ルウは掃除を追えたばかりの台所を振り返って、もったいなさそうに言った。

「この台所、ちゃんと使えるんだよね。よかったら何かつくろうか？」

この青年の料理の腕前を知っているアイリーンは眼を輝かせて身を乗り出したのである。

「そうしてくれる？　お給料は払えないけど」

「材料費を出してくれればいいよ。後は奉仕活動《ボランティア》」

「それならわたしも手伝おう」

「ジャスミン、お料理できるの？」

「得意とは言えないが、刃物の扱いには慣れている。食材を切るのは早いぞ」

「だめよ」

アイリーンが真剣な顔で止めた。

「この人を台所に入れたらどんなものを出されるかわからないんだから」

「いつの話をしてるんだ？」

それでもアイリーンは疑いの眼差しを崩さない。

ルウは笑いながら言った。

「食材はぼくが買ってくるよ。それならいいでしょ。ジャスミンは切るところだけ手伝って」

そんなわけでルウは一走りして材料を買い揃《そろ》え、さっそく支度に掛かりながらアイリーンに訊いた。

「撮影済みの映像《フィルム》って、みんなここにあるの？」

「ええ、そうよ。どうして？」

「救急隊の人はちゃんと防護幕を被せてくれたけど、確認してみたほうがいいんじゃないかと思って」

もっともな話である。

それからまもなく退院したスタッフを引き連れてサイモンがやって来た。

映画以外のことには気の回らないサイモンだが、家の中がきれいに磨き上げられているのはさすがにわかったようで、感嘆の声を発した。

「すごいなあ！　助かるよ、アイリーン。これ全部きみがやったのかい？」

「まさか、わたし一人じゃさすがに無理よ。ルウが手伝ってくれて助かったの。それより機材や映像が無事かどうか確認したほうがいいんじゃない？」

アイリーンは平然と言ってのけ、ルウも何食わぬ顔でつけ加えた。

「そうだよ。ちょっとは見られるようになったけど、救急隊の人たちはずいぶん念入りに防疫剤を撒《ま》いてくれてたからね」

サイモンも何よりそれが気になっていたようで、さっそく映像に異常がないかどうか調べ始めた。

ルウとジャスミンも料理を一時中断して、一緒に見せてもらった。

場面の繋《つな》がっていない飛ばし飛ばしの映像だが、今は崩壊してしまったボルトン橋も映っている。

「この映画って、そもそもどういう話なの?」

ルウが尋ねると、スタッフは口々に話してくれた。

「まあ、一口に言うとリリアンの出世物語というか、悪女物語と言うか……」

「きれいな薔薇《ばら》には刺《とげ》があるというか……」

「質素《しっそ》な女教師だったリリアンはひょんなことから資産家のジョージと知り合って結婚するんだ」

「ところが、結婚してまもなくリリアンは高校生のレックスと恋仲になる」

「夫の金と上流階級の趣味に磨かれ、若い恋人との逢瀬《おうせ》も刺激になってリリアンはどんどん美しくなる。そうなると若いレックスはリリアンに本気になって、一緒に邪魔なジョージを殺そうと持ちかける」

「リリアンはレックスの勧めに従って、夫の殺害を承諾《しょうだく》して家に戻るけど、そこにはジョージが待ち構えている。彼は二人の関係に気づいてリリアンを問いつめるんだ」

「するとリリアンはころっと態度を変える。本当に愛しているのはあなたで、レックスのことはただの間違いだったと涙ながらに訴える」

「頭に血が昇ったジョージは銃を持ち出して、逆にレックスを撃ち殺すのさ」

ルウは眼を丸くして聞いていた。

「すごい泥沼だね」

「ここからが本番だよ。ジョージには地位も名誉もあるからね。殺人罪で捕まるつもりなんかなかった。レックス殺害も突発的な犯行には違いなかったけど、ジョージは自分の犯行だとはわからないように気をつけて、もちろん証拠も残さなかった。ところが、レックスを首尾よく殺したとジョージに聞かされたリリアンは、警察に自首してくれと夫に嘆願する。もちろんジョージは受けつけない。みんなおまえのせいだとリリアンをなじり、今度はリリアンを撃ち殺そうとするのさ」

「あれま……」

「そこに警官が現れる。ジョージに自首させようとリリアンが呼んでおいたんだ。逆上したジョージは警官に銃を向けて、反対に射殺される。リリアンは若く美しい未亡人として、莫大《ばくだい》な財産を一人で受け継ぐんだ」

ルウは感心したように言ったものだ。

「それ全部、計算ずくでやったとしたら、ずいぶん悪い女の人だね」

「そのとおり。ただし、一見すると、とてもそうは見えないんだけどね。そこが怖いのさ」

「なにせ題《タイトル》は『彼女の作為』だ」

彼らがそんな話をしている横でサイモンは真剣な表情で入念に映像を調べている。

連邦大学に来た後の映像を確認し始めたところで、ルウは昼食の支度に戻った。

今までのところ、映像に支障はなく、サイモンもスタッフもほっと胸を撫《な》で下ろしているらしい。

昼食の用意が調うと、サイモンたちは確認作業を一時中断して食事を摂った。

ルウが腕を振るった食事はスタッフにもたいへん好評だった。午後からはトレミィとデニスを待って撮影再開のはずだったが、ここで問題が起きた。

携帯端末に出たサイモンが急に泡を食ったように話し出したのだ。

「うわ！　すみません、すぐ行きます！　いえあの、ほんとに大丈夫ですから！」

しきりと言い訳しながら通話を切ったサイモンは困ったように頭を振った。

「参ったなあ、銀行に寄るのを忘れてたよ」

仲間たちを迎えに行ったはいいものの、手ぶらで病院に行ったサイモンは入院費の持ち合わせがなく、すぐに銀行に行って午後には支払うと約束したのに、それをすっかり忘れていたというのである。

スタッフ一同、呆れたが、いつものことだ。

「どうするんだよ。今日、日曜だぜ」

「連邦公共銀行なら開いてるよ。代表口座はそこにあるからちょうどいい。ちょっと行ってくる」

フリップが困ったように言う。

「代わりに行ってやりたいところだけど、あっちの口座はおまえの署名《サイン》でないと下ろせないからな」

「そうなんだよ。すぐに戻る」

そんなわけで、しばらく空き時間が出来た。

ルウは台所の後片づけをすませると、視線だけでジャスミンを誘い、目立たないように家の外へ出て、昨夜の男たちの話をしたのである。

「前金を渡されて、撮影機材を壊して放火しろって言われたらしい。そうしたら残り半金をやるって」

二人は貨物船の船乗りだという。

学問の星といえども外から物資が入ってくる以上、それを運ぶ人間たちもやってくる。

中にはあまりたちのよくない人間もいるわけで、そうなれば、その手の人間が屯《たむろ》する場ができるのも仕方のない流れと言えた。

無論、堅気の人間は決して近づかない場所だ。

昨夜の二人も、そういう荒っぽい船乗りが集まる酒場で呑《の》んでいたところ、見知らぬ男が声を掛けてきたのだという。

ジャスミンは苦い顔で言ったものだ。

「当然、相手の素性はわからないんだな?」

「それどころかろくに顔も見てないみたいだよ」

放火と聞いて二人も最初は難色を示した。そんな危険な橋は渡れないと突っぱねたが、空き家だから器物損壊にしかならないと言われ、多額の報酬にも釣られて、のこのこ出向いて来たらしい。

「それで思ったんだけど、相手はここにある映像が狙いだったのかもしれない」

「相手にとって何かまずいものを撮られたと?」

「そうだとしたらサイモンが連邦大学《このほし》に来る前だ。それを考えたから、さっき見せてもらったんだけど、妙なものは何も映ってなかったしね」

「全部を確認したわけじゃないだろう?」

「うん。それはそうなんだけど……」

ルウはしばらく考えて言った。

「橋が気になるんだよ」

「橋?」

「サイモンはレイバーン出身で、地元を舞台にした映画を撮っていて、ボルトン橋を撮影したすぐ後に、その橋が宇宙船に薙《な》ぎ倒されて落ちたんでしょう。——本当に事故だったのかな?」

「そういうことなら専門家の出番だな」

ジャスミンは自分の端末で、惑星の軌道上にいる《パラス・アテナ》に連絡を取った。

「ダイアナ。あの男はどうした?」

「さっきそっちに降りたところよ。——呼ぶ?」

「いや、おまえがいてくれれば充分だ」

「あらあら、薄情な奥さんね。用件は?」

「惑星ユリウスのレイバーンで起きたボルトン橋の崩落事故について調べてくれ。特に原因をだ」

「ちょっと待って」

ダイアナは確かに専門家だった。

何十光年も離れたユリウスの情報を入手するのは警察のような公共機関でも多少の時間を必要とする。

それがダイアナにかかると、眼の前の戸棚《キャビネット》からひょいと取り出すのと変わらないたやすさだ。

事故の資料にざっと『眼を通した』ダイアナは、呆れた声で感想を述べた。

「職務怠慢もいいところだわね」

「あってはならない事故というやつか?」

「いいえ。この世に起こりえないことはあっても、あってはならないことなんか存在しないわ。それがあったということ自体、現実に起こりうる可能性を多分に含んでいたという証明よ」

機械のダイアナは厳しく指摘して、苦笑した。

「——そうは言っても、これはひどいわ。限りなく発生率の低い事故だったことは間違いないわね」

「わたしが知りたいのはそれが本当に事故なのかだ。

故意に引き起こされた可能性は？」

「今も言ったように可能性は常に存在するものよ。もともと近海型宇宙船は外洋型に比べると、かなり整備が甘い。宇宙船《パーシヴァル》は建造三十年、中古船だけど、この使用年数に問題はない。問題は感応頭脳のほうね。通常、わたし以外の感応頭脳の耐用年数は二十年よ。規定年数を迎えた感応頭脳は航行の安全上、ただちに交換しなければならないと規定で決まっているのに、この会社は障害回復《リカバリー》するだけで製造年月日を偽造して使用を続けていたのよ。橋の一つで済んだのは奇跡と言っていいわね。言い逃れの仕様がない。会社側の全面的な失態だわ」

「――つまり？　故意に仕組まれた可能性は低いと、起こりうるべくして起きた事故だったと考えるのが妥当《だとう》ということか？」

「その可能性が極めて高いと言えるでしょうね」

ジャスミンはルウを見て肩をすくめてみせた。

ルウも当てが外れた顔をしていたが、ダイアナに別の調査を頼んだ。

「それじゃあ、橋から出てきた遺体についてはどう。何かわかるかな？」

「現在の捜査状況を知りたいの？　それとも少年が行方不明になった当時の捜査状況？」

「両方お願い」

「任せて。わかったら連絡するわ」

今度は少し時間が掛かるだろうと思って、二人はいったん家の中に戻った。

ところが、階段を上っている最中に再び通信機が音を立てたのだ。

二人は急いで二階の台所に飛び込み、スタッフの様子を窺いながら通信に出た。

「犯人の特定に繋がる手掛かりは今のところなし。代わりにちょっと興味深いものを見つけたわ」

「何だ？」

「アレックスが行方不明になった時、警察は家族や友人、近所の人に聞き込み調査をしてるの」

ルウが首を傾げた。

「普通するんじゃない？」

「その記録を読んでみると、アレックスの隣の家に住んでいた五歳の子どもがこんなことを言っている。『お兄ちゃんには恋人がいた』ですって」

「十七歳の男の子なら恋人がいてもおかしくないと思うけど？」

「その通り。だから刑事は当然、その恋人が誰だか知ってるかいと訊き、子どもはこう答えているわ。『お兄ちゃんの家庭教師の先生だよ』」

「あれま……」

ルウは苦笑し、ジャスミンは冷静に質問した。

「相手は学生か？　それとも成人か？」

「その両方。ラウラ・マコーミック。当時二十五歳。ストークス大学の法科院生で、既に司法試験に合格、二つの学位を持っていた。優秀な人だったのね」

「しかし、教え子と関係したことが事実なら立派な犯罪だ」

「ところが、刑事がその疑惑をオルドリッジ夫妻に確認してみたところ、夫妻はその話を一笑に付した。小さな子どもだから、何か勘違いしてそんなことを言うのだろうと。先生はそんな人ではないし、第一先生にはちゃんとご主人がいると。警察は必然的にラウラにも事情を訊き、ラウラも子どもの言い分をきっぱり否定した。嘘《うそ》を言おうと思えば言えるけど、アレックスが行方不明になった時間には、ラウラはストークス大学で講義を受けていて、大勢の人間がその様子を目撃している。その後も夜まで研究室の仲間と一緒だった。不在証明《アリバイ》は完璧《かんぺき》よ」

「疑う理由は一つもないってことだね」

「わからんな。それのどこが問題なんだ？」

「問題になるのはラウラじゃないのよ。証言をした子どものほう。優秀なレイバーン市警察の捜査官はそんな他愛ない話をした子どもの名前までちゃんと捜査資料に記載してくれているの。当時五歳だった隣の家の男の子の名前は――サイモン・デュバル」

ルウとジャスミンは揃って息を呑んだ。

思わず顔を見合わせた。

「どういうこと？」

「つながりが見えてきたな」

ジャスミンはおもしろそうに眼を光らせている。

「ダイアナ。ラウラ・マコーミックの所在は？」

「現在は不明。調べたほうがよければそうするけど、さすがに時間が掛かるわよ」

「かまわん。ぜひ頼む」

断言して、ジャスミンはもう一つ尋ねた。

「あの男はどこにいる？」


その頃、サイモンは銀行に向かっていた。

週末の商業区域は半数近くの店舗が閉まっていて、昼下がりという時間も相まって閑散とした雰囲気だ。

しかし、連邦公共銀行だけは標準時で動いている。

三階建ての外壁を大理石で覆《おお》った近代的な建築は堂々と厳《いか》めしく、近寄りがたい威容を放っている。

もっとも、地元の住人はほぼ例外なく地域銀行を使っているので、誰もここには近づかない。

日曜に連邦銀行を訪れる人は自然と限られており、たいていは他星系との商取引を行う実業家だ。

駐車場に停まっている車も高級車ばかりである。

その中にサイモンの運転する潰《つぶ》れそうな中古車がとことこと乗り込んだのだから、いやでも目立った。

駐車場の警備員は礼儀正しく、しかし断固として車の進路を遮り、やんわりと注意したのである。

「当行をご利用でない方の駐車はご遠慮願います」

サイモンはきょとんと言い返した。

「え？　用があるから来たんだけど」

とてもそう見えないから止めたのだが、警備員はさすがだった。

「失礼致しました」と一礼して引き下がった。

そこへ、静かな重低音を響かせる作動音とともに、巨大な自動二輪車が接近したのである。

「よう、サイモン。昨日は大変だったって？」

「ケリー！　ええ、ほんとに参りましたよ」

今のケリーはサイモンとは別の意味で文句なしに目立っている。

訓練された警備員がぽかんと口を開けて、巨大な機械の馬とその並はずれた乗り手を見つめていた。

二人はそれぞれの乗り物を駐車場に停めて、肩を並べて銀行の入口を潜ったのである。

「うちのやつが何か面倒掛けてるらしいな？」

「いえもう、とんでもない！　こちらこそお世話になりっぱなしで……」

サイモンはひたすら頭を掻《か》いて恐縮している。

ロビーは高級感あふれる内装で、行員一人一人の区画《ブース》の前にいかにも高そうな椅子が並んでいる。

サイモンは当然そちらに足を向けるべきなのに、隣を歩くケリーの姿に熱心な視線を注いでいる。

笑いを嚙《か》み殺しながら、ケリーは訊いた。

「この顔がそんなに気に入ったかい？」

「はい」

大真面目に答えたサイモンだが、さすがに自分が何を言ったかに気づいて慌《あわ》てて弁解した。

「もちろん、変な意味じゃありませんよ！　ぼくの映画は役者がいないと始まりませんから……最初の仕事は人間を見ることなんです。あなたも奥さまも、なんて言えばいいのかな。実に見栄えがしますから。こんな素材を使えないなんて悔《く》しいくらいです」

嘆息《たんそく》して、またしみじみケリーを眺《なが》めて唸《うな》る。

「王者の風格と孤高を持することとは両立しないとずっと思ってたんですけど、あなたは立派な例外だ。王者ならそれを慕《した》う人たちが周りに大勢いるはずで、孤高の人は必然的に浮き世を離れた仙人の雰囲気になりがちなのに、どうしてかな？　あなたの中にはその両方が矛盾《むじゅん》せずに共存しているんです」

「そうかい？　孤高の王者《チャンピオン》なんて珍しくないぜ」

「はい。運動選手《スポーツ》にはそんな言い方をしますけど、彼らはその競技をしていない時は普通の人ですよ。その『技《わざ》』で人を魅了することで彼らは王者として君臨するんです。だけど、あなたは違う。奥さまも。こうして向き合っているだけで圧倒されそうになる。こんなことは珍しいですよ。というより異常です。いくら眺めても見飽きないんです」

眼を輝かせながらきっぱり言われては、さすがにケリーも片手で顔を覆いたくなった。

「わかった。ご高説は後で拝聴するから、早いとこ用件を済ませちまえよ」

本題を思い出したサイモンが、あたふたと行員の元に向かうのを見て、ケリーは嘆息した。

「参るね、どうも……」

疲れた声で独り言を洩《も》らし、入口の見える椅子にぐったりと腰を下ろす。

銀行の中にはそれほど多くの客はいなかったが、桁《けた》外れに背の高いケリーが目立たないわけがない。

軽く眼を見張る人も、ひそひそ囁《ささや》き合う人もいる。

それなら慣れているが、あれほど熱烈に、しかも真正面からこちらを賛美してくる相手は珍しい。

その対応にこれほど疲れさせられることもだ。

何か狙いがあって意図的に持ち上げているのなら、どうとでも対処できるが、サイモンはケリーに何も求めていない。ただ、心から感動している。

困ったものだが、それでもあの監督の言うことが気に障らないのはサイモンに他意がないからだろう。

苦笑していたケリーの顔が急に引き締まったのはこの時だった。

反射的に身体を起こしたが、その時には荒々しく行内に駆け込んできた覆面《ふくめん》の男が四人。

ケリーの懐《ふところ》には銃がある。

だが、男たちの向こうには他の客がいる。

射撃の腕には自信がある。しかし、万一外したら無関係な客を撃つことになる。

わずかな迷いがケリーの動きを止めた。その間に、男たちはいっせいに銃を構えて叫んだのだ。

「動くな！」

「手を挙げろ！」

サイモンが度肝《どぎも》を抜かれて振り返るのが見えた。

そのサイモンも他の客も行員たちも、自分が何を見ているか信じられない顔だった。恐怖というより、みんなびっくりして固まっている。

しかし、ケリーはあまりのことに呆気《あっけ》にとられて、動くのを忘れていたのである。

てっきりサイモンを狙ったものだと思ったのに、男たちのこの行動は――。

「……銀行強盗？」

茫然《ぼうぜん》と唸ったのも無理はない。

今時こんなに割の合わない犯罪はないからだ。

しかもここは連邦公共銀行である。

警備の厳しさたるや推《お》して知るべしだ。

さらにその店舗があるこの場所は連邦大学惑星。

セントラルに準ずる優秀な警察と、出入国審査の厳しさを誇る星である。

国外へ脱出することも、盗んだ金を持って国内に潜伏することも、まずできない。

ケリーは思わず男たちに向かって言ったのである。

「おい、やめとけ。そんな馬鹿な真似をしてどこへ逃げようっていうんだ？」

本当に親切心から言ったのだが、男たちの答えは天井に向かって銃を乱射することだった。

行内に銃声が響き渡る。

客と行員たちが初めて悲鳴を上げた。

彼らにもやっと、これが現実だとわかったのだ。

男たちは大声を上げて銃を振り回している。

「立て！　全員両手を挙げて窓際へ行け！」

「おまえもだ！　早くしろ！」

声の調子と構えを見る限り、どうも素人《しろうと》くさいが、相手は四人だ。下手《へた》に刺激するのもまずいと思い、ケリーはおとなしく従うことにした。

他の客たちも震えながら窓際に集められた。

もちろんサイモンもだ。

椅子の脚に蹴躓《けつまず》きながら、あたふたと窓際までやってきた。ケリーはさりげなく動いてサイモンの傍《そば》に位置して立ったのである。

「窓を向いて手をつくんだ！」

客たちはみんな言われたとおりにした。

午後の陽差しを遮るため、硝子《がらす》の窓には日除け《シェード》が掛かっている。

犯人の一人が窓を操作して透明硝子に変えた。

そんなことをしたら窓に手をつかされている客の様子が外から丸見えになるというのにだ。

後ろでは他の男が叫んでいる。

「金を入れろ！」

その時——。

明るくなった硝子の遥《はる》か彼方にケリーは馴染《なじ》んだ気配を感じ取った。

意思とは関係なしに背中の皮膚《ひふ》がざわりと逆立つ、この感覚をケリーはいやというほど知っていた。

銃口を向けられた時の感覚だ。

たとえ眼の前に銃口がなくても、距離があっても、照準に捕らえられれば本能的にわかる。

それを察知できるだけの訓練を積んでいる。

恐怖を感じるより先に身体が勝手に反応した。

条件反射で伏せようとしたが、ほぼ同時に照準はケリーから離れたのだ。

狙われているのは自分ではない。

では誰だ？

事態を察した刹那《せつな》、ケリーは叫んでいた。

「伏せろっ！」

同時にサイモンの頭を抱えて床に押し倒した。

次の瞬間、防弾効果のあるはずの硝子が砕かれ、床に大きな穴が開いた。

さらにもう一発。

行内に新たな悲鳴が響く中、ケリーはサイモンを抱えて窓から飛び離れた。

しかし、その行動は結果として、銀行強盗の前に身体を晒《さら》すことになったのである。

相手は四人。自分は一人。それだけならまだしもサイモンを守らなくてはならない。

こうなっては四の五の言ってはいられない。

四人を片づけるべく懐の銃を抜いたが、そこで、男たちはまたも予想外の行動に出た。

銃弾が撃ち込まれた途端、金を取るのをあっさり諦めて、一目散に逃げ出していったのである。

その行動の意味するところは明らかで、ケリーは舌打ちして腕の通信機に叫んだ。

「ダイアン！　俺の現在地はわかるな。狙撃された。東に約千五百メートル、特定できるか？」

慌ただしい指示に優秀な相棒は即座に応えた。

「不可能。わたしの位置からは建物しか見えないわ。該当するのは市中央病院よ」

「病院だと？」

そんなところから撃ったのかと思わず唸る。

「建物から出てくる人を確認《チェック》することは可能だけど、連邦大学《こ》《こ》の監視衛星の性能では所持品の中身までは確認できない。狙撃手の特定はわたしには不可能」

ダイアナが言い終わる前に、ケリーは別の回線でジャスミンに連絡していた。

「女王、俺だ。サイモンが狙撃された」

「何だと⁉」

「サイモンは無事だぜ。撃手《うちて》は市中央病院にいる。ダイアンに見張らせてるが、ここからは追えん」

「わかった。間に合わないかもしれんが行ってみる。おまえはサイモンについていろ」


その市中央病院では、レティシアが退院しようとしているところだった。

お世話になった医師や看護師に律儀に礼を言ってロビーに降りてみると、ヴァンツァーが待っていて、レティシアは『感涙にむせぶ』体《てい》を見せたのである。

「迎えに来てくれたんだ。優しいねえ」

ちっとも思っていないくせに嬉《うれ》しげに言う毒蛇に、ヴァンツァーは生真面目に応えた。

「連邦大学《こ》《こ》の生徒はほとんど親元を離れた寮生活だ。こんな時に知らん顔をすると、一般市民の感覚では友達甲斐《がい》がないと非難されるらしいからな」

「へへえ……俺も覚えとこう」

これは本気の台詞である。

会計を済ませると、レティシアはヴァンツァーと一緒に病院の外に出た。

病院専用の駐車場は建物を右に回った奥にあって、ヴァンツァーの車はいつもの小型のレンタカーだ。

「なあ、あの家に寄ってくれるか。自転車を置いてきちまったんだよ」

「俺も資料を取りに行くところだ」

ヴァンツァーは慣れた手つきで車を発進させると、安全運転で出口に向かった。しかし、何を思ったか、まだ敷地を出もしないうちに黙って車を止めた。

助手席のレティシアも何も言わなかった。

もし、この時、車の窓を閉めていたら、二人ともさすがに気づかなかったかもしれない。

だが、外は好天気だ。窓は全開にしてある。

そこから空気を伝わって、二人には無視できない何かが流れ込んできたのだ。

毒物探知機としての性能はリィに一歩を譲っても、ヴァンツァーもレティシアも殺気探知機としてなら抜群の高性能を誇っている。

笑みを消したレティシアが呟いた。

「今、何かやったな」

ヴァンツァーも慎重に気配を探って言った。

「どうやら、上だな」

「当然、次は下に降りて来るぜ」

「ああ、そうなる」

阿吽《あうん》の呼吸で応えると、ヴァンツァーは出てきたばかりの駐車場に静かに車を戻した。

男はあってはならない事態に舌打ちしていた。

遠距離から標的を狙う場合、最大の問題は機会《チャンス》をいかにしてつくるかである。

いつ、どこで、どこから狙えば仕留められるか、それを見極めるのがもっとも難しい。

狙撃に適した場所を探すだけで一苦労する場合も多いのだが、それを思えば今回は楽だった。

お膳立《ぜんだ》てはすべて依頼主が整えてくれるという。自分はただ、指定された時間に指定された場所で引き金を引けばよかった。

簡単な仕事のはずだったのに、二発も撃ち込んで仕留められなかったとは大失態もいいところである。

撤退の準備をしながら、男はたった今、照準器に捕らえた精悍《せいかん》な顔を思い出して苦い表情になった。

あれは——あの男はどう見てもただ者ではない。その証拠に、あの男は標的を咄嗟《とっさ》にかばった。

あんな男が現場に居合わせたのは純然たる偶然か、それとも依頼主の手抜かりか……。

まさか、自分の仕事《こと》が向こう側に筒抜けになっていたのではとさえ疑ったが、そんな詮索をしている場合ではない。

失敗した以上、長居は無用である。

男は右手にギプス包帯をはめて三角巾で吊ると、左手に銃を入れた鞄《かばん》を持って病室を出た。

男がいたのは最上階の病棟で、空の個室だった。

退院する患者本人やその付き添いが大きな荷物を持っているのは病院ではごく普通のことだ。廊下ですれ違った看護師が『お大事に』と会釈《えしゃく》してくる。

男も如才《じょさい》なく目礼を返した。

一階のロビーに降りて病院を出る。

駐車場には向かわない。銀行が狙撃されたことで検問が敷かれている可能性があるからだ。

それよりは市内を網の目のように走っている交通機関を使ったほうが早くて安全である。

男はゆったりした足取りで正門から出て、近くの駅を目差した。

男の右側には病院の塀《へい》が続いている。

左側には通りを挟んで古びた礼拝堂がある。

この礼拝堂の敷地を突っ切って裏手に抜けると、駅への近道になることを男は知っていた。

早朝には礼拝や聖歌隊の合唱が行われているが、

昼下がりのこんな時間には誰もいない。

余裕で逃げられる。

男が草を踏み分けながら礼拝堂の裏門に近づくと、楽しげな笑い声が聞こえてきた。

見ると、高校生らしい少年が二人、門にもたれて談笑している。

話に興じているようで男に気づく様子もない。

街中ではごく普通に見られる光景だ。

男は気にせずに二人の傍を通りすぎようとしたが、その時だ。

急に話を止めて、背の高いほうの少年が男の前に立ちふさがったのである。

「何を撃った？」

一瞬、言われた意味が男には理解できなかった。

「鞄の中身は銃だろう。それも銃身の長い狙撃用だ。

——何を撃った？」

男の反応はさすがに素早かった。

右手のギプスを払い落として、握っていた拳銃の銃口を少年に向けたが、引き金は引けなかった。

何かがその腕をすごい力で押さえつけたからだ。

「派手な偽装だぜ。これじゃあ右手に何か仕込んでますって白状してるようなもんじゃねえか」

今まで門に寄りかかっていたはずの小柄な少年が、いったいどうやって距離を詰めたのか、がっちりと男の右腕を拘束して放さない。

男はなお抵抗を試みたが、その前にレティシアの拳《こぶし》が男の鳩尾《みぞおち》を容赦なく抉《えぐ》っていた。

外見は小柄な少年でも、それは暗殺を生業《なりわい》とする一族きっての腕利きの拳である。

ひとたまりもなかった。男は一瞬で意識を失い、呻《うめ》き声すら立てずに地面に頽《くずお》れた。

ヴァンツァーは指紋が付かないように気をつけて、男が持っていた鞄を開けてみた。

思った通り、銃身の長い狙撃銃が出てきた。

レティシアは倒れた男を見下ろしながら腕を組み、真剣に考え込んでいる。

伏せろっ！
一般市民への道は険しいねえ……
同感だな

「これって、やっぱり殺しちゃまずいのか？」

「まずいだろうな」

「そこは病院だ。死体なんざ珍しくない場所だぜ。紛《まぎ》れ込ませちまえばわからないんじゃねえの？」

「やめておけ。おまえがあの病院の医師で、文句のつけようのない死亡診断書を書くというなら別だが、この状況では無理があるぞ。外部から持ち込まれた死体だとすぐに発覚する」

　レティシアは深々と嘆息した。

「一般市民への道は険《けわ》しいねえ……」

「同感だな。殺しの修行よりよほど難しい」

　大真面目な顔で冗談を言う。

　レティシアがそんなヴァンツァーに呆れたような眼を向けた時、激しい怒りとともに草を踏み分ける足音が近づいてきた。

7

銀行強盗事件の発生で、現場に居合わせた行員や客たちは警察の事情聴取を受けることになった。

もちろんサイモンとケリーもだ。

銀行で銃を抜いたケリーには警察も驚いていたが、許可証は（実は偽造だが）ちゃんとしたものなので、お咎《とが》めはなし。

現場から逃走した銀行強盗はまだ見つからないが、そもそも強盗の被害は何もないのだ。

銀行の外から銃弾が撃ちこまれた一件にしても、ジャスミンが『偶然にも』狙撃犯を捕まえたことで、事件は一件落着の様相を見せていた。

ただ、この男が連邦警察から指名手配されている大物の殺し屋だったので、市《まち》の警察はセントラルに連絡を取るやら何やらで大騒ぎである。

サイモンが銀行強盗に巻きこまれたと知らされて、フリップは慌《あわ》てて警察署に駆けつけた。

その時は既に事情聴取も済んでいて、サイモンはぐったりしながら部屋から出てきたところだった。

「昨日は食中毒で、今日は銀行強盗に巻きこまれて……何かに祟《たた》られてるのかな？」

「逆だろう。おまえはものすごく運がいい。昨日は弁当を食べなかった。今日だって無事に帰れたんだ。犯人は銃を振り回してたっていうんだろう？　一つ間違ったら死んでるところだぞ」

「そうなんだよな」

サイモンは真顔で頷《うなず》いた。

「事実は小説よりも奇なりって言葉があるけど……事実はまるで映画みたいだったよ」

「呆《あき》れた奴だな。こんな時でも映画かよ？」

「そう言うけど、ほんとにそんな感じだったんだよ。全然現実感がなくてさ……」

「身体に穴が開いてたら言えないぞ、そんな台詞《せりふ》」

警察署は大勢の人でごった返していたが、二人を捜して若い刑事が近づいてきた。

「デュバルさん。あなたにお客です」

見ると、薄いグレーの背広を着た五十年配の男がやってきて会釈《えしゃく》した。

短く刈った金髪に青い眼、苦み走った好《い》い男だ。背が高く、年の割に引き締まった細い体軀《たいく》である。

こんな時だというのにサイモンは例によって、

(名脇役の顔だ。こういう役者が一人いると映画がぐんと引き立つんだよな……)

などと考えていた。

今でも充分魅力的なのだから、若い頃はさぞかし美男だったろうと思われる男は身分証明書を見せて、穏やかに名乗った。

「レイバーン市警察のギル・ドナヒュー警部です。事件に巻きこまれたばかりのところをすみませんが、少しお話を聞かせてもらえますか?」

「レイバーン警察の方なんですか?」

「ええ。こちらの市警察に挨拶《あいさつ》に来たところです。そうしたら、あなたがこちらにいっしゃるという。助かりましたよ」

「ですけど、レイバーンの人がぼくに何の用で?」

ドナヒュー警部は曖昧《あいまい》な笑みを浮かべた。

「あなたはレイバーンのご出身だそうですね」

「このフリップもですよ。幼馴染《なじ》みなんです」

「それはそれは……。では、お友だちもご一緒に」

警部は廊下の端の休憩所に二人を誘った。

背の高い観葉植物に囲まれて、向き合って座れるようになっている場所だが、すぐ横を人が行ったり来たりしているところだ。そのことから、それほどあらたまった話でもないらしいと二人は思った。

しかし、警部は淡々とした口調で、意外に厳しい話を切り出したのである。

「わたしは殺人事件の捜査をしていましてね。もうずいぶん昔の、二十四年前に起きた殺人事件です」

「二十四年前？」

「地元の方ならボルトン橋はご存じだと思いますが、先日、あの橋が崩落して、基礎部分から古い遺体が発見される事件がありました」

「知っています。報道で見ました」

「話が早くて助かります。その件について、お話を伺《うかが》いたくて来たんですよ」

サイモンとフリップは思わず顔を見合わせた。

「……二十四年前の事件について？」

「その頃、俺たち、五歳かそこらですよ？」

「知っています」

ドナヒュー刑事は頷いて、サイモンを見た。

「覚えていませんか？　当時あなたはオルドリッジ家の隣に住んでいました。あなたはアレックスには恋人がいたと刑事に話しているんです。その恋人はアレックスの家庭教師の女性だとね」

「ぼくが⁉」

声がひっくり返った。

まったく予想外の台詞だった。

サイモンは大慌てで否定したのである。

「警部さん。それは何かの間違いでしょう。ぼくはアレックスを知りません」

「本当に？」

警部は写真を取り出してサイモンに渡した。
十七、八に見える、利発そうな少年の上半身像が写っていた。
それはよく整った美しい顔でもあった。色が白く、茶色の巻き毛に茶色の瞳《ひとみ》。この世に恐れるものなど何もないという若さと自信のみなぎる顔だ。

「この少年を本当に覚えていませんか？」

サイモンの顔を見れば答えは自ずと明らかだった。まったく覚えがないらしい、写真を手にしたまま途方に暮れている。

代わりにフリップが疑問の表情で言い出した。

「ちょっと待ってください。どこかで聞いた覚えがあるんですが、オルドリッジ家の住所は確か……」

「サンマルコ通り、19番地です」

「やっぱり！　だったらそれは別のサイモンですよ。俺は昔から知ってますけど、同じネリントン区でもサイモンの家はジョージ通りにあったんですから。サンマルコ通りからは二キロも離れてます」

「住所というものは引っ越すことができるんですよ。デュバル家はもともとサンマルコ通りに住んでいて、事件の三週間後、ジョージ通りに転居したんです」

「……ほんとですか？」

「本当です。――オルドリッジ夫人も、隣の可愛いサイモン坊やのことはよく覚えていましたよ」

サイモンはそれでもまだ信じられない様子だった。食い入るように写真を眺《なが》めながら、ひたすら首を捻《ひね》っている。

「……この少年の顔には見覚えがありません。今日初めて見た顔としか思えません。オルドリッジ家のことも全然記憶にありませんし、本当に人違いじゃないんですか？　ぼくから話を聞いたっていう刑事さんが誰だか知りませんが――」

「わたしです」

サイモンは絶句してドナヒュー警部を見た。

警部の青い眼が意味ありげに微笑している。

「当時はまだ新米でしてね。だから、どんな小さな手掛かりでもいいから欲しかった。先輩や上司にはこんなことまで報告書に書くなと笑われましたがね。正直なところ、自分でもすっかり忘れていましたよ。ボルトン橋の下からアレックスの遺体が見つかって、当時の捜査資料を読み返すまでは」

ひょろりと手足の伸びたサイモンの体軀を眺めて、警部は何とも言えない微笑を浮かべた。

「二十四年という年月の流れをしみじみ感じますよ。これがあの小さな男の子とはね」

サイモンは写真を返しながら警部を凝視したが、諦《あきら》めたように首を振った。

「……警部さん。ぼくは本当に覚えていないんです。あなたに会ったことも、そんな話をしたことも」

「無理もない。あなたはまだ小さかった。あなたのご家族にあらためてお話を伺おうと思ったのですが、お父上は亡くなられたそうですね」

「ええ」

「お母さまにもお目にかかって話を聞いたのですが、何も覚えていないと言われるばかりでしてね」

サイモンの表情が心なしか強ばった。

「母に聞いても無駄でしょう、あの人は……昔から、ものごとを深く考える性分ではないので」

「そのようですな。その代わりと言っては何ですが、妹さんはたいへんしっかりしておいでだ」

サイモンは今度は顔を引きつらせた。

「……妹に会ったんですか？」

「あなたがこちらにいることも妹さんに伺いました。妹さんはあなたと一つ違いで当時四歳。その時分に引っ越したことをはっきり覚えていましたよ。前の家には白い花の咲く大きな木と白い板塀《いたべい》があったと。お隣のこともよく覚えていて、オルドリッジ夫人はあなたと妹さんに時々お菓子をくれたそうです」

「そ、そうですか……」

赤面して小さくなったサイモンだった。

これでは兄の面目丸つぶれである。

「妹さんはアレックスの恋人については知らないと言っていましたが、こうも話してくれました。兄はアレックスによく懐《なつ》いていた。兄ならアレックスに何か聞いていたかもしれないと」

「ちょっといいですか、警部」

再びフリップが疑問の表情で訊《き》いた。

「つまり、警部はその時のサイモンの話が事実だと思っているわけですか？」

「可能性の一つではあると考えています」

「それならその家庭教師本人に事情を聞いたほうが早いんじゃありませんか？」

痛いところを突いたらしく、警部は苦笑した。

「それができないのが問題でして。事件から半年後、マコーミック夫妻はユリウスを出国しているんです。

我が国の法律では、国内を転居する際には転居先を明らかにしなければなりませんが、国外に移住する場合はその限りではない」

「はい」

「警察が調べても居場所がわからないんですか？」

「その人の肉親はどうなんです？　何か知ってるんじゃないんですか」

「ラウラ・マコーミックには両親も兄弟もいません。ラウラの友人たちに聞いてみると、彼女は大学院を卒業したのを機に、しばらく夫婦で色々なところを旅行したいと言って、住処も引き払って国を出た。それ以来、何の連絡もないというんです」

「二十年以上も？」

「はい」

「つまり、行方不明？」

「そういうことになります」

「だったら、話は簡単じゃないですか。連邦警察にその家庭教師を手配するよう要請すれば……」


共和宇宙のどこにいても所在を突きとめられると
フリップは言ったが、警部は難しい顔で首を振った。

「それはね、口で言うほど簡単ではないんですよ。加盟国すべてに指名手配をするには確証が必要です。彼女を疑うに足る根拠がね。わかりやすく言うなら五歳の子どもの話ではなく、責任能力のある成人の証言が必要なんです」

ドナヒュー警部に期待に満ちた視線を向けられて、サイモンは悲鳴を上げた。

「無茶ですよ！　本当に覚えていないんですから！覚えていないことを覚えているなんて言えません。それじゃぼくが偽証罪を問われることになる」

ドナヒュー警部は小さく嘆息《たんそく》したが、そう簡単に諦めはしなかった。やんわりと食い下がった。

「せめて思い出す努力をしてもらえませんか？」

「警部さん。それは無茶というもので……」

「オルドリッジ夫人の気持ちを考えてくれませんか。二十四年の間、どうしても諦めきれずに、どこかできっと生きていてくれると信じていた、その息子の遺体の上を何度も踏みつけていたのだと知らされた母親の気持ちを」

サイモンもフリップも思わず身震いした。

考えただけでもたまらない話だ。

警部は身を乗り出して熱心に語ったのである。

「今ならはっきり言えます。この犯人は間違いなく地元の人間です。でなければ建造中のボルトン橋の基礎に死体を埋めようなどと思いつくはずもない。宇宙船《パーシヴァル》に事故《アクシデント》が発生しなければ、ボルトン橋が崩落しなければ、この犯人はまんまと逃げおおせていたでしょう。あの事故さえなければ、あのまま何事もなければ、ボルトン橋は少なくともあと百五十年はレイズ湾に掛かっていたんですから。アレックスの遺体を呑《の》み込んだまま」

サイモンはごくりと喉を鳴らした。

いつの間にか喉《のど》がからからに渇《かわ》いている。

友人の窮地《きゅうち》を見てフリップが助け船を出した。

「当時五歳のサイモンじゃあ、証言能力ははなはだ不確かですよ。アレックスの友達はどうなんです？誰も恋人の話はしなかったんですか」

「ええ。——二十四年前はね」

意味ありげな台詞だった。フリップもサイモンも思わず真剣な眼を警部に向けた。

「アレックスは人気のある生徒でね。大勢の友人がいましたが、当時は誰もそんなことは言わなかった。今回の遺体発見を受けて、わたしは再び彼らに話を聞きに行きました。幸いほとんどがユリウスにいて、みんな社会的地位のある大人になっていましたがね。そのうち数人が、今だから言うのだがと断った上で、アレックスは大人の女性とつきあっていたと思うと話してくれました。アレックス自身がそんなことをちらっと洩《も》らしたそうです。ただし、アレックスは相手の名前も素性も言わなかった。だから彼らにも恋人の正体は見当がつかないそうです」

しかし、フリップは露骨《ろこつ》な疑いの顔つきだったし、サイモンも呆れて首を捻った。

「どうして二十四年前に言わなかったんだろう？」

「そうですよ。怪《あや》しくないですか？　本当は誰だか知ってて知らないふりをしてるんじゃ……」

「それはないでしょう」

警部はあっさり言った。

「二十四年前と今とでは事情がまったく違います。当時は失踪《しっそう》事件、今はれっきとした殺人事件です」

「…………」

「わたしも今だから言いますが、失踪する二日前、アレックスは自分名義の貯金をほぼ全額自分で引き出していましてね。当時の捜査本部には彼は自分の意思で姿を消したのではという意見もあったのです。ご両親は当然ながら猛反発されましたがね。友達もまさかアレックスが死んだとは思っていなかった。その状況で迂闊《うかつ》なことは言えません。アレックスも相手の女性も破滅させてしまうことになる。彼らがそう考えて口をつぐんだとしても無理はないのです。しかし今回、遺体が出ました。アレックスの殺害がはっきりした以上、黙っている理由はありません。失踪事件と殺人事件とでは周囲の人の受け止め方はそれほど違ってくるんです」

フリップが苦い顔になって警部に確認した。

「つまり？　彼らの新しい証言は結果的に、当時のサイモンの話が正しかったと証明することになったわけですか？」

「はい」

「だから警部はサイモンに会いに来たんですか？」

「はい。何しろ、家庭教師の先生だと明言したのは五歳のサイモン坊やだけなんです」

「ところが、今のこいつは何にも覚えてない」

フリップは呆れたように肩をすくめてサイモンに眼をやった。

「ちょっと真面目に思い出してみろよ。四歳の妹が昔の家の特徴や隣のおばさんのことを覚えてるのに、引っ越したことも忘れてるのか？」

「そ、そんなこと言われたって……」

しどろもどろのサイモンである。

それでも嘘《うそ》は言えないと声を絞り出そうとした時、のんびりした声が割って入った。

「覚えてるんじゃないのかな？」

「ルウ！」

観葉植物の陰にルウが立っていた。

人一人が隠れられるような大きな緑ではないのに、ひっそりと見事に解け合っていて気づかなかった。

「いつからいたんだ？」

「サイモンを迎えに来たんだけど話し中だったから。ごめんね。勝手に聞かせてもらいました」

ドナヒュー警部も驚いてルウを見上げていたが、サイモンはもっと呆気《あっけ》にとられた様子で尋ねたのだ。

「ぼくが何を覚えているって？」

「アレックスから聞いた話を」

「ど、どういう意味だい、それ！」

「わたしも聞きたいいな、どういう意味だ？」

これはジャスミン。

「同感だ。本人が覚えてないって言ってるんだぜ」

これはケリー。

二人は今まで事情聴取を受けていたのだ。

帰ろうとした時、サイモンとフリップが見知らぬ男と深刻そうな顔で話しているのを見かけ、あまりいい趣味ではないが聞き耳を立てていたのである。

これだけ目立つ面々が近くにいたことに気づかず、気づいた時には囲まれてしまったドナヒュー警部は腰を下ろしたまま眼を見張っている。

こんな時は抜群の実務能力を発揮《はっき》するフリップが素早く全員を紹介した。

それを待って、ルウはもう一度言った。

「サイモンはちゃんと覚えているんだと思う。ただ、自分で意識していないだけで」

ジャスミンが顔をしかめた。

他の人たちも同様だったが、この相手の扱い方を心得ているケリーが代表して訊いた。

「天使。具体的に言え。何のことだ？」

「だって、似てない？」

問いかけに問いかけで答えられても困る。

全員じりじりしながら、はっきり説明してくれと焦《あせ》りの表情で訴えた。

「映画だよ。『彼女の作為』。資産家の夫と、若くて美しい妻。結婚したばかりの妻には高校生の恋人。ところが二人の関係が夫に知られて、逆上した夫は高校生を殺してしまう」

「あ！」

警部以外の全員が思わず叫んだ。

ルウは一人だけ事情のわからない警部に眼をやり、かまわずに話し続けた。

「ちなみに言うと、その高校生は家や学校で一度も問題を起こしたことがない優等生で、両親や教師の信頼は絶大なものがあって、友達にも一目置かれて、年齢の割に大人びている。容姿端麗《たんれい》で物静かだけど、内に激しい情熱を秘めている。——どう思います？警部さん」

ドナヒュー警部は覚えず唸《うな》った。

「友人や知人が評したアレックスの人物像にかなり符合します……」

「その高校生の名前がレックスです。アレックスがモデルだと考えるのが自然だと思いますよ」

「サイモン！」

フリップは血相を変えてサイモンに詰め寄ったが、サイモンは慌てて首を振った。

「違う！　今言われて初めて気がついた！　本当に何も覚えてないんだ！」

「うん。それは嘘じゃないと思う」

ルウは言って、警部に映画の内容を説明してやり、警部は厳しい顔で再び唸ったのである。

「なるほど。映画ですか……」

「この映画では『激しいものを秘めている』というレックスの性質はジョージの殺害を計画するという形で現れます。好きな女性に夫がいて結婚できない、ならば夫を殺せばいい。そんなふうに目的の前には平気で倫理を引っ込めてしまうんです。警部さんは符合すると言いましたが、アレックスにもそういうところがあったんですか？」

警部は何やら複雑な面持ちになった。

「映画のように劇的ではありませんがね。評判ほど品行方正な生徒でなかったことは確かなようです」

アレックスの失踪時、彼と親しくしていた友達は誰もそんなことは言わなかった。

「二十四年前とは違う話がずいぶん出てきました。アレックスを中心に、放課後の教室にこっそり酒を持ち込んだり、現金を賭《か》けた勝負《ゲーム》をやったりしたと。当時言えなかったのはそんなことを言ったら退学になるからだと。今でも厳密に言えば犯罪ですがね。昔の自分たちにそんな意識はなかったと彼らは言いました。ただ、教師の目を欺《あざむ》くスリルが楽しかった。あれは向こう見ずな男の子のちょっとした冒険で、今なら若気の至りで済むことだろうと」

身勝手な言い分だが、ルウは納得して頷いた。

「やっぱりね。見た目通りの優等生じゃないというところも、サイモンは無意識にアレックスの性格をレックスに投影させたんだと思います」

そのサイモンはと言えば、一番の当事者のはずが、ただひたすら呆気にとられて眼を丸くしている。

自分は本当にそんなことをやったのかと、真剣に疑っている表情だ。

「五歳のサイモンがアレックスから何を聞いたのか、それとも何かを見たのか、それはもうわかりません。だけど、偶然で片付けるには登場人物の設定といい、話の流れといい、重なる部分が多すぎる。あくまで可能性ですけど、サイモンが知らずにアレックスをモデルに使ったのだとしたら、映画のこの部分には多分に事実が含まれているのかもしれません」

警部は厳しい顔で反論した。

「しかし、サイモンは当時五歳ですよ。家庭教師の夫がアレックスを殺したと、そんなことをどうして知り得たと言うんです?」

「それはもちろん知らなかったと思います」

ドナヒュー警部は絶句した。

他の面々も眼を剝《む》いたが、ルウは涼しい顔である。

「警部さん。事実だけを見ればいい。アレックスの恋人は家庭教師の先生。サイモンがそう言ったのを警部はその耳で聞いてるんでしょう? どうしてそれを知っていたのか? そこを考えると、予測される答えは『アレックスが自分でサイモンに話したから』これだけです。——なぜなら、五歳のサイモンに他にそれを知る手段はない」

ジャスミンが感心したように頷いた。

「妙な説得力があるな」

「秘密の関係って誰かに言いたくなるもんだからね。同級生に話すような危険は、頭のいいアレックスは冒さなかった。当時のサイモンがどんな子だったか知らないけど、アレックスに懐いていたわけだし、これなら大丈夫と思ったんじゃないかな。うっかり洩らしたとしても子どもの言うことだ、誰も本気にしないだろう。そう計算したのかもしれない。その読みは正しかった。現に警部もアレックスの両親も本気にしなかった」

おかげで二十四年という歳月が無駄に過ぎた。

「ラウラとアレックスが実際に恋愛関係にあったと仮定すると、アレックスが失踪した時、ラウラには不在証明《アリバイ》があるという厳然たる事実があるわけです。ラウラにアレックスは殺せない。となれば残るのは彼女の夫だけです」

ケリーが言った。

「妻とアレックスの関係に夫が気づいたとしたら、動機も充分だしな」

「そう。それこそ映画のようにね。証拠はないけど、疑う理由にはなる」

ルウも頷いて、再びドナヒュー警部を見た。

「二十四年前、ミスタ・マコーミックに事情聴取はしたんですか?」

「いいえ。していません。ラウラ・マコーミックが早々に捜査線上から外れたので、夫も圏外でした」

予想もしなかった展開と新たな容疑者の登場に、端整な警部の顔が険《けわ》しさを増している。

フリップが勢い込んで言った。

「これならラウラを――いいえ、マコーミック夫妻を指名手配できますよね？」

「いや、それは無理でしょう。あくまで推測の域を出ないのです。サイモンが当時のことを覚えていてその映画をつくったのであれば話は別ですが……」

無念そうなドナヒュー警部の言葉に、サイモンは消え入りそうな声で答えた。

「すみません。お役に立てなくて……」

「いいえ」

警部は首を振り、微笑して立ちあがった。

「今のお話はとても参考になりました。少なくともマコーミック夫妻を追跡する立派な理由になります。戻ってさっそく手配しましょう」

そう言うと、ドナヒュー警部は軽く頭を下げて、その場を離れたのである。

残された面々は一様に複雑な顔だった。

「確かに『事実は映画より奇なり』だな……」

フリップが呟《つぶや》いて、投げやりにサイモンに言う。

「映画の煽《あお》り文句に使うか？『実際の事件を忠実に再現した殺人事件！』ってさ。きっと受けるぞ」

「よせよ！　どこが忠実なんだ。『彼女の作為』は殺人事件が主要《メイン》の話じゃない。マコーミック夫妻が有罪と決まったわけでもないんだぞ。今の段階ではみんなただの可能性に過ぎないんだ」

サイモンは珍しく強い口調で反論した。

「第一、そんな煽りを打ったらオルドリッジ夫人はどうなる？　レックスはぼくの想像の人物《キャラクター》なのに、冷酷な殺人を計画するこの少年のモデルはあなたの息子さんですなんて聞かされたら夫人はどう思う？　死者への冒瀆《ぼうとく》だと抗議されても反論できないぞ」

フリップはもっともらしく頷いた。

「確かにそうだ。やめておこう。夫人ばかりでなく、一般大衆を敵に回す危険がある」

そしてクーア夫妻と黒い天使も別の意味で厳しい表情になっていた。

腕を組んだジャスミンが言う。

「どうやら決定的だな。サイモンの周りで連続して起きている不可解な事件も恐らくそれが原因だ」

フリップが驚いて尋ねた。

「食中毒と銀行強盗のことを言ってるんですか？」

「もちろんだ。しかも今日は狙撃されたんだぞ」

「狙撃⁉」

仰天《ぎょうてん》したのはフリップと当のサイモンである。

そのことに呆れてケリーは言った。

「呑気《のんき》だな。監督さん。外から撃たれただろう？ 覚えてないのか」

「覚えてますよ！ 思いきり床に突きとばされたんですから！ だけどあれは銀行強盗の仲間が脅《おど》しに撃ってきたんじゃないんですか？」

ジャスミンが代わりに答えた。

「違うな。押収した銃は玄人《くろうと》が使う高性能のもので、撃手《うちて》は連邦警察に指名手配されている大物だぞ」

「そんな玄人があんなお粗末極まりない銀行強盗と組むはずがないのさ。銀行強盗はただの陽動作戦で、本命の狙撃を成功させるためのお膳立《ぜんだ》てだ」

そこまで言ってもサイモンは納得できないようで、不思議そうにケリーを見た。

「ですけど、そうだとすると……ぼくじゃなくて、あなたを狙ったんじゃないんですか？ つまりその、常識的に考えればですよ？ ぼくなんかを狙うよりあなたのほうがよっぽど殺し屋に命を狙われそうな雰囲気だと思うんですけど……」

「俺も最初はそう思ったが、すぐに照準が外れたぜ。奴が狙ってたのは間違いなくあんたのほうだ」

ルウが小さなため息を吐いた。

曲がりなりにも警察署でするにはふさわしくない、物騒極まりない会話である。

だが、ルウにも大型夫婦の言い分が正しいことはわかっていた。

これだけ重なれば状況証拠は充分だ。

作夜のこともそれで説明がつく。

ずっとアイリーンが狙いかと疑っていたのだが、何のことはない。あの映画こそが問題だったのだ。

「あのね、サイモン。昨日アイリーンと別れた後、ちょっと丘の家を見に行ったんだ。そうしたら変な男が二人いて家に火をつけようとしてた。二人ともお金で雇《やと》われて、機材を壊して家に火をつけろって言われたんだって」

映画監督と助監督の二人はあまりのことに絶句し、次に激しい怒りに顔面を真っ赤に紅潮させた。

「機材を壊す⁉」

「だ、誰がそんなことを！」

「もちろん、サイモンに死んで欲しいと思っている誰かだよ。そしてそれはアレックスの殺害に大きく関わっている誰かでもある」

サイモンは唖然《あぜん》としていた。本気でそんなことを言っているのかと、ありありと表情で訴えている。

真面目に受け止めた自分が照れくさくなったのか、次にぎこちなく笑い飛ばした。

「ルウ……それこそ映画としてはおもしろいけど、いくら何でも話に無理がありすぎるよ。二十四年も前のことなんだぞ」

「だからだよ」

ルウの声にはサイモンが一瞬で笑みを消さざるを得ない重みが籠《こ》もっていた。

「二十四年、その誰かは受けるべき罰を逃《のが》れてきた。そういう人は今の自分を守るためなら何でもやるよ。映画の完成を阻止しようとして機材を狙ったのかと思ったけど、本当に狙っていたのはきっと映像《フィルム》だね。ボルトン橋が映ってるから燃やそうとしたんだ」

またまた絶句したサイモンの代わりにフリップが猛然と抗議した。

「ちょっと待て！　そんな馬鹿な話は納得できない。

ボルトン橋を撮影したのは俺たちが初めてじゃない。あの橋は今まで何度も撮影に使われてるんだぞ！」

「崩落する直前に撮ったのはサイモンだけでしょう。しかも映画の舞台はレイバーンで、なお悪いことにサイモンはレイバーンの出身だった。映画の内容にしてもそうだよ。サイモンは何も覚えていないのに、ただの偶然に過ぎないのに、後ろ暗いところがある犯人はそうは思わない。枕を高くして寝るためにも、こんな映画は潰《つぶ》す必要がある。それにはサイモンに死んでもらうのが一番手っ取り早い」

話がどんどん物騒になるのに従って、サイモンはますます茫然《ぼうぜん》自失となり、助監督はますます懸命《けんめい》に代弁した。

「だから待ってってば！　仮にその——食中毒や銀行強盗がアレックスを殺した犯人の仕業《しわざ》だとしてもだ、その犯人がどうしてサイモンの出身地やこの映画のことを知ってるんだ⁉」

「そうなんだよ。そこがわからないいんだ。どこからどうやって知ったのかな？」

ルウは不思議そうに首を捻っている。

ケリーが言った。

「何にせよ、一つだけはっきりしていることがある。そいつは間違いなく映画関係者だ」

ジャスミンも頷いた。

「同感だな。あの映画が撮られ始めたことを知って、サイモンを片付けようとしたわけだから」

「怪しいのは映画の内容を知る立場にあった人間だ。脚本を知っているのはスタッフ以外に何人いる？」

ジャスミンとケリーに見据えられて、サイモンは途方に暮れた顔になった。

「少なく見積もっても……二百人くらいかな？」

「二百人⁉」

怪獣夫婦と黒い天使の合唱になった。

「何だ、そりゃあ⁉」

「小冊子《パンフレット》じゃないんだぞ！」

「いくら何でも多すぎない？」

フリップが大真面目な顔で首を振った。

「いいえ、最低でもそのくらいはいると思います。もしかしたらもっと多いかもしれません」

三人分の疑問の眼差しに追及されて、サイモンは困ったように頭を掻《か》きながら言った。

「企画を考えた時、資金提供者《スポンサー》を募《つの》ろうと思って、手当たり次第に脚本を送ったんです。めぼしい制作会社や制作者《プロデューサー》や、監督、俳優のところにも……」

フリップも両手を広げて肩をすくめている。

「大物制作者の事務所や制作会社の企画室なんて、毎日送りつけられる脚本が山積みになってるんです。見ようと思えば誰でも見られたと思いますよ」

眼を丸くしたルウが尋ねる。

「だけど、それで複数のところから出資したいって申し出があったらどうするの？」

「躍り上がって喜ぶよ。そうなればこっちのもんだ。なかなかそううまくはいかないけどね」

フリップもサイモンも苦笑している。

「これはと思ったところにお願いして、他の社には断りの手紙を出すか、会社同士で話し合って決めてもらうか。だいたいそんな感じだよ」

「そんなに大量にばらまいて、送った脚本を勝手に真似されたりしないの？」

「その点は心配ない。非改竄《ひかいざん》処置を施した上で内容証明付で送ってるから。ぼくたちだけじゃないよ、みんなやってることだ」

「一行や二行が偶然合致するのはしょうがないけど、筋書《プロット》がそっくりだったり、脚本の一場面でも無断で使われたりしたら、送ったほうには提訴する権利が生じるからね。大会社の企画室にはそれを確認《チェック》する専門の部署があるはずだよ」

「それがちゃんと機能しているかどうかはまた話が別で、実際に脚本が読まれているのか、どこをどう回っているのかなんてわからないけどな」

映画には詳しくない三人は互いの顔を見合わせて、揃《そろ》って嘆息した。

ジャスミンが難しい顔で言う。

「少なくとも二百人以上か……現時点では容疑者の特定は絶望的だな」

ルウが疑問の表情で呟いた。

「放火未遂も含めると、既に三回も失敗してるけど、諦めると思う?」

「わたしなら諦めない。映画関係者であると同時に、この犯人はかなり財力のある人間のはずだ」

「賛成だね。大物の狙撃手を雇ったり、大がかりな食中毒を企んだりしてるんだから」

それにしては、素人《しろうと》を雇って家に火をつけようとしたのはちょっと意外な感じがするが、打てる手は何でも打とうとしたのかもしれない。

ジャスミンが無情に言い放った。

「ドナヒュー警部がマコーミック夫妻の行方を突きとめるのが先か、サイモンがあの世に行くのが先か。——まさしく時間との戦いだな」

サイモンが震え上がった。


「じょ、冗談じゃありませんよ!」

「その通りだ。冗談ではない。向こうは何が何でもきみを片付ける気でいるんだぞ」

サイモンはまだ実感が湧かないのか、うろうろと頼りなげに視線を泳がせている。

それはフリップも同様だった。何か言わなくてはならないと思ったのか、心許《こころもと》ない調子で提案した。

「警察に保護を求めたら……?」

「こんな『映画じみた』筋の話に耳を傾けてくれる警察がいてくれりゃあいいがな」

ケリーが断言した。

「つまり、自分の身を守るために、あんたにできることは一つっきゃないぜ。監督さん」

サイモンは溺《おぼ》れる者は藁《わら》をも摑《つか》むといった様子で、すがるようにケリーを見たのである。

「言ってください。何をすれば……?」

「一刻も早くその映画を完成させて公開することさ。大勢の人間の眼に触れさせてしまえば、少なくとも、これ以上あんたが狙われる理由はなくなる」
サイモンはぽかんとなった。
穴の開くほどケリーを見つめた眼鏡の奥の眼に、だんだん光が戻ってくる。
確かにそれは彼にできるただ一つのことだった。
サイモンはもう茫然としてはいなかった。
ただちに立ちあがった。
「撮影に戻ります」

8

それからの撮影日程《スケジュール》は苛烈を極めた。

スタッフも俳優たちも『労働基準法違反だ！』と、盛大に不満を唱えたが、口で文句を言うだけだ。

誰も自分の仕事を放棄《ほうき》しようとしなかった。

デニスでさえ、鬼気迫るサイモンの様子に何かを感じたのか、黙って従っていたのである。

俳優陣とスタッフが一致団結して目標に突き進む現場は活気と緊張感に満ちた最高の雰囲気だった。

そんな撮影現場を、ひどく場違いなグレグソンがうろうろと徘徊《はいかい》している。

彼は非常におもしろくなさそうな顔だった。

のこのこ現場に顔を出す強心臓には感心するし、未練たらしくアイリーンに視線を送っているのだが、ジャスミンが眼を光らせているので何もできない。

サイモンの仕事に嘴《くちばし》を容《い》れようとしても、

「忙しいんで後にしてください」

きっぱりと突き放される。

ついにグレグソンは『不愉快《ふゆかい》だ』と言いおいて、現場に現れなくなった。後々まずいことになるのは必至だが、サイモンはそれすら気づかなかった。

その甲斐《かい》あって『彼女の作為』はほどなく完成し、サイモンが一転してグレグソンの機嫌を取ることに終始した努力も実って、惑星ユリウスのベルニーズ地域限定で公開されることになったのである。

映画はユリウスの人々にとって、もっとも身近な娯楽だった。

共和宇宙が誇るこの演芸の星では、連日のように新しい芝居《しばい》や映画が公開されている。

その中でも映画の入場料は極めて安く抑えられて誰でも気軽に、何度も楽しめるようになっている。

ユリウスではどこの地域の映画館でも同じ映画が

見られるということはまずない。

　映画も芝居もよほどの話題作でない限り、最初は地域限定公開が普通だった。

　その代わり、評判がよければ、作品選考審査会の俎上《そじょう》に載せられる。

　そこで最優秀作品賞を受賞すれば、他の地域でも公開されるのはもちろん、他星系の映画会社からも配給したいという声が掛かることになる。

『彼女の作為』は小劇場の上映としてはまずまずの出足を記録したが、評論家の評価は厳しかった。

　酷評のほとんどはアイリーンの演技に向いていた。

「この女優の演技はなってない。もっと悪女の毒を表現しなければ作為が伝わらない」

　というものが圧倒的に多かった。

　計算ずくで夫と愛人を殺した悪い女のはずなのに、これでは普通に見えすぎるというのである。

　おかげで公開から三日というものは、サイモンもフリップも生きた心地がしなかった。

　客足が伸びなければ七日で打ち切りになることもユリウスでは当たり前だからである。

　しかし、酷評にも拘《かか》わらず客足は落ちなかった。

　ベルニーズ地域内にレイバーン市があったことも理由の一つである。地元が舞台の映画をレイバーン市民が観に来たのだが、それだけではない。

　眼の肥えたユリウスの観客はそう簡単に評論には左右されない。

　自分の眼で確かめたものだけが真実だからである。

　それほど辛《から》い評ならどんなものかと逆にわざわざ観に来る人も多いのだ。

『彼女の作為』は派手な映画ではないが、役者陣の演技力と絶妙な演出が相まって観客を飽きさせない。

　ジョージとリリアンの出会いから結婚、レックスとリリアンが深い仲になるまで小気味よく話が進む。

　後半に入ると話は怒濤の展開になる。

　リリアンにジョージの殺害を持ちかけるレックス。

　怯《おび》えながらも抗しきれずに頷《うなず》くリリアン。

そしてすべてを知ったジョージ。

ジョージは自分を裏切った妻に怒りを向けるが、リリアンは泣き崩れ、夫の足にすがりついて慈悲《じひ》を請う。自分の意思ではなかったのだと、レックスに関係を強要されたのだと死に物狂いで訴える。

「愛してるわ……ジョージ。あなただけを愛してる。レックスのことは、みんなただの間違いよ」

画面いっぱいに広がるリリアンの悲壮な美しさは間違いなく見どころの一つだった。

その顔を見下ろす激情に満ちたジョージの表情も凄《すさ》まじかった。

ジョージはリリアンに殺意を覚えていたはずだが、妻の嘆願にほだされて無理やり自分を抑える。

その代わり、密かにレックスに会いに行った彼は、怒りにまかせて妻の浮気相手の身体に何発も銃弾を撃ち込む。

ところが、死体の始末を終えて家に戻ってみると、リリアンが強ばった顔で言い出すのだ。

「自首してちょうだい、ジョージ」

「何を言ってるんだ？」

「人を殺すなんて……、どんな理由があっても人の命を奪うなんて、許されることじゃないわ。お願い、警察にいってちょうだい」

「……俺を騙《だま》したのか⁉　愛していると言ったのも嘘《うそ》か⁉」

「違うわ！　本当に愛してる！　だから、お願いよ。あなたの罪を償《つぐな》ってほしいの。わたしはいつまでも待っているから……」

「ふざけるな！　罪を犯したのはどっちだ！」

警官二人が突入するが、ジョージは拳銃を捨てず、警官に銃口を向けて逆に射殺される。

リリアンはジョージの遺体に取りすがって泣き、そして裁判の場面になる。

ジョージの両親がリリアンを訴えたのだ。

息子はあの女に意図的に殺されたと両親は主張し、リリアンは一貫して無実を訴えていく。

声高に訴えるのではない。黒い喪服に身を包み、蹌踉《そうろう》とした足取りで証言台に立ち、検事にどんなに手厳しく追及されても、消え入りそうなか細い声で、たどたどしく質問に答えていく。

その姿は人によっては哀れを誘い、人によっては同情を引くための見え透いた芝居に映るものだった。

傍聴席の反応も真っ二つに割れたが、女性たちの表情は一様に険《けわ》しく、リリアンに敵意を見せている。

しかし、リリアンの殺意を明確に証明するものは何もなく、裁判長はリリアンに無罪を言い渡す。

傍聴席から激しい抗議の声が上がり、裁判所から出てきたリリアンを報道陣がいっせいに取り囲み、矢継ぎ早に質問を浴びせかける。

「わたしは、ジョージを愛していました。いったい何が起きたのか、どうしてこんなことになったのか……わたしにはわかりません」

茫然《ぼうぜん》と立ちつくしているリリアンの表情を捕らえ、映画はそこで終わっている。

現実の女性客もほとんどリリアンを嫌悪した。

「あれはみんな計算でしょう。かなり上手だけど」

「そう？　うまくはないわよ、下手《へた》くそだわ」

「そうね。レックスに対してもジョージに対しても馬鹿の一つ覚えみたいに愛してるってそればっかり。見え透いた演技だわ」

「わたしの彼はそれがわからないのよ。リリアンは二人の男に翻弄されたんだって言って譲らないの」

「どうしようもないわね、男って」

「あんなに怯えてあんなに動揺しているんだから、彼女は巻きこまれた被害者なんだって言い張るのよ。そう思わせるところが作戦なんじゃない」

「こんな見え透いた手が見抜けないなんてねえ」

そう言いながら何度も足を運ぶ女性客が多いのだ。これは一種の怪奇現象と言えた。

七日目になると上映延長が決定し、評論家たちはどこまでが彼女の作為だったのかという点を論ずるようになっていた。

レックスとの浮気からか？

そもそもジョージとの結婚からか？

何にせよ見事な手際で邪魔なジョージを片付けて遺産を手に入れた、リリアンは天使の仮面を被った稀代の悪女だと結論づける評論がほとんどだったが、そのうち、これに反論する意見が出てきた。

「彼女を真実純真な女性だと考えていけない根拠はどこにあるのか？」

というのである。

「リリアンがあまり賢《かしこ》い女性でないのは残念ながら確かだろう。なまじ美しさを得たことも災いだった。彼女はただ状況に流されているだけで、自分からは何も計画しておらず、明確な作為は示していない。彼女は本当は被害者ではないのか」

当然、これに反論する意見が相次ぐことになる。

おかげで、ベルニーズ地域では『彼女の作為』は何かと取り上げられる話題作になった。

どこからどこまでが彼女の作為かという問題から、そもそも作為はあったのかという論争になったのだ。

地味ながらも観客動員数は一定の伸びを示し続け、やがてベルニーズ地域外から足を伸ばして観に来る観客も現れるようになった。

公開から三週間後、一般投票と識者の推挙により、『彼女の作為』はベルニーズ地域の最優秀映画作品選考会に出品されることが決まったのである。

連邦映画芸術大賞のような名誉ある大きな賞とは比べものにならないが、この最優秀作品賞を取ればユリウス全域で上映が決定する。さらに他星系でも『彼女の作為』が上映される可能性が生まれる。

待ちに待った決定を聞いてサイモンとフリップが躍り上がって喜んだのは言うまでもない。

サイモンはそれぞれの故郷に戻った撮影班にも、役者たちにも、すぐにこの吉報を知らせた。

中でもアイリーンにはちょっと緊張した面持ちで、授賞式前に一度、食事しないかと誘ったのである。

「いいわよ、どこで？」

「えーと……」

「決めていないの？　あなたらしいわ。それじゃあどこで会いましょうか」

端末から流れるアイリーンの声は笑っていた。

他星に帰った役者陣に比べれば、ユリウスにいるアイリーンとサイモンが会うのは難しくない。

結局、二人が再会したのはベルニーズの中心都市オーディロンだった。

最優秀作品賞の授賞式もこの街で行われる。

教えられたレストランに息せき切って駆けつけたサイモンは先に席に着いていたアイリーンを見て、ちょっと驚いたように眼を見張った。

「アイリーン、きみ、肥《ふと》った？」

開口一番のこの台詞《せりふ》にアイリーンは苦笑した。

「サイモン。そういうことは思っていても、露骨《ろこつ》に訊《き》かないほうがいいと思うわ」

「そ、そうかい？」

最後に別れた時から一ヶ月も経っていないのに、アイリーンは確かに少し様変わりしていた。

以前よりも頰《ほお》がふっくらして、眼も輝きを増して、肌つやもよくなったように見える。

そのことに感心してサイモンは言った。

「きみは肥ってきれいになったね」

身も蓋《ふた》もないというにも程があるが、慣れているアイリーンは苦笑するだけで済ませてやった。

二人は再会を祝して乾杯した。

食事中の話題はほとんどが映画のこと――中でも選考会のことだった。

今季のベルニーズ地域の作品選考会に残ったのは『彼女の作為』の他に七作ある。

「受賞できるといいわね」

「うん。出足がよくなかったんで心配したけどね」

サイモンはほっとしているような、選考の結果が気になるような、複雑な顔だった。

「女の人には受けがよくないだろうと思ってたけど、予想以上に拒否反応が強かったんでひやっとしたよ。

あそこまでリリアンが嫌われるとは思わなかった」

　グラスを傾けていたアイリーンが微笑した。

　サイモンが見たことのない不思議な笑みだった。

「わからない？　あなたには」

「うん。女性のきみなら理由がわかるかい？」

「もちろん、わかるわ」

　アイリーンはまた普段の表情に戻って、ちょっと身を乗り出して囁《ささや》いた。

「女はみんな芝居をするからよ」

「えっ？」

「たいていの女たちはああいう芝居をするものよ。特に男の——これと狙った男の前ではね。弱いふり、しおらしいふり、可愛い女のふり。だから女たちはリリアンの言動を信じない。つくりごとに決まっていると決めつける。どうしてかわかる？　彼女たち自身がそうした芝居を日常的にやっているからよ」

　サイモンは呆気《あっけ》にとられていた。

　食べかけの魚の切り身がぽとんと皿に落ちたが、それにも気づかなかった。

　ようやく言った。

「……ずいぶん、厳しいことを言うんだね」

「そう？　男の人たちに勧めるけど、自分の彼女がどんな女か知りたかったら、彼女を連れて『彼女の作為』を観に行くといいわ。リリアンに対して強い拒否反応や嫌悪感を示す女性ほど、男の人の前では無邪気《むじゃき》な可愛い女を装っていると思って間違いない。自分の行いをまざまざと見せつけられているような気がするから、だからいやなのよ」

　サイモンの眼がさらに丸くなる。

　アイリーンは優しく微笑《ほほえ》みながら、その唇《くちびる》から、さらに辛辣な言葉を吐き出している。

「だけど、『リリアンはかわいそう』なんて涙ぐむ女の子もちょっと怖いわね。ある意味、要注意だわ。男の人に受けるとわかってやっているわけだから」

　意味ありげな悪戯《いたずら》っぽい眼差しを向けられても、男のサイモンとしてはひたすら小さくなるしかない。

「……一応訊くけど、本当にかわいそうだと思っている……なんてことはないのかな？」

「十一、二歳の女の子ならあるかもしれないわね。それ以上ならまずない。成熟したまともな女なら、リリアンを肯定することなんかできないからよ」

「きみはどうなんだい？」

「…………」

「きみに演技指導する時、ぼくはあえてその点には触れなかった。きみ自身に判断してほしかったんだ。——きみはリリアンをどんな人だと思っている？」

アイリーンは小さく笑った。

「あなたって、本当におもしろい人ね。サイモン。映画の完成後にそれを役者に訊くの？」

「こうしてくれというのは簡単だった。リリアンは底意地の悪い悪女だと言っても、哀れな被害者だと言っても、きみはその通りに演じてくれただろう。だけど、ぼくはきみ自身に決めて欲しかったんだ」

「その前に、わたしも一つ訊いていい？」

アイリーンは静かに問いかけた。

「二十四年前の事件のこと、ジャスミンに聞いたわ。あなたはまだ小さくて、殺された少年に懐《なつ》いていて、その少年の性格を無意識にレックスに写したって」

サイモンは笑って肩をすくめた。

「そうらしいんだけど、ぼくは全然覚えてないんだ。レックスはあくまでぼくが考えた登場人物だよ」

「リリアンは違うんじゃない？」

「…………」

「何となくそんな感じがするの。リリアンにも誰かモデルがいるんじゃないかって。レックスと違って、あなたがはっきり意識したモデルが」

サイモンはしばらく黙っていた。

内心の躊躇《ちゅうちょ》が垣間見える複雑な顔をしていたが、やがて重い口を開いた。

「ああ。——ぼくの母だ。今は療養所にいる」

「療養所？　どこかお悪いの？」

「身体は何ともないんだ。だからって精神疾患とか

そういうのでもないんだけどね。療養所といっても
そこは……自立支援センターみたいなものなんだ」
「サイモン。それは普通、麻薬中毒患者に使われる
施設のはずよ?」
「えっ?」
サイモンは眼を瞬《しばたた》いて慌《あわ》てて言った。
「母は違うよ! 薬なんかやるわけがない」
「では、何からの自立を支援するの?」
どう話したらいいのか、サイモンは悩んでいたが、
魚をつつきながら唐突《とうとつ》に言い出した。
「ぼくの父は映画会社の顧問《こもん》弁護士でね。かなりの
収入があったし、社会的地位のある人だったと思う。
だけど、家庭人としては最悪だった」
アイリーンは視線だけで話の続きを促《うなが》した。
「父は母を虐待したわけじゃない。少なくとも手を
挙げたことは一度もないよ。浮気もしなかったし、
生活費を渡さなかったわけでもない」
「では何をしたの?」
「何も」
サイモンは途方に暮れた様子で首を振った。
「何もしなかった。母に優しい言葉を掛けることも、
気づかうことも。父は母に用事を言いつけるだけで、
その後の言葉は決まって同じだ。『遅い』『ぐずぐず
するな』『そんなこともできんのか』それだけだよ。
母の返事も判で押したみたいにいつも同じだった。
『すみません、すみません。すぐやります』」
アイリーンは呆《あき》れ顔で感想を述べた。
「お母様はよく包丁を持ち出さなかったわね」
「そんなことを思いつくような母じゃなかったんだ。
決して頭が悪いわけじゃないんだよ。優秀な成績で
学校を卒業してるんだから。母親同士のつきあいも
無難にこなしてたけど、自分から何かを提案する
ことはなかったみたいで、何か頼まれごとをしても
自分で決めることができなかったらしい」
サイモンは自嘲《じちょう》の笑いを浮かべている。
「子どもの頃はね、これが普通なんだと思っていた。

どこの家も、どこの親もみんなこうなんだろうって。自分の家しか知らなければそう思って当然だよね」

「そうでしょうね」

「友だちの家に遊びに行った時、そこで初めて笑い声の絶えない家庭というものがこの世にあるんだと思い知らされた。青天の霹靂《へきれき》だったよ。ぼくは母の笑い声を一度も聞いたことがない。それでもぼくは、これが異常だとは思わなかった。母はただ大人しい性格なんだと思っていた。最初に反旗を翻《ひるがえ》したのは妹でね。妹は小さい頃から父に反抗的だったけど、高校生になると正面から父とぶつかるようになって、ついに『この家はおかしい』ってはっきり宣言して、卒業すると家を出て行った」

「あなたには何がおかしいのかわからなかった？」

「そうなんだ」

サイモンは真顔で頷いた。

「父は妹に猛烈に腹を立てて、あんな娘はこの家の人間じゃないと言うし、母はおろおろするだけでね。心労で倒れたんだ」

「お母さまが？」

「そう。しばらく家で寝込んだんだ。ところがだよ、父はそれでも母に対する態度を変えなかったんだ。『あれはどこにある』『珈琲を持ってこい』『食事はどうした』母はそのたびに慌てて寝床から這《は》い出て、『すみません、すみません』だよ」

「あなたはそれを黙って見ていたの？」

「まさか。これじゃ治るわけがないって父に訴えた。病院に入院させるべきだって」

「少し母親を労《いたわ》ってくれとは言わなかったの？」

サイモンは無念の表情で首を振った。

「……言っても無駄だと知っていたからだよ。母の仕事は父の世話をすることだって、父は本気でそう信じていたんだ。入院させてくれって頼んだ時も、父はこう言ったよ。『母さんがいなくなったら困る、わたしの世話や家の中のことは誰がやるんだ』って。売り言葉に買い言葉でぼくがやるって言ったけど、恐ろしいのは母までそれを信じていたことだ」

「あらあら……」

「ぼくにもようやく、妹の言った意味がわかったよ。父にとっては母もぼくたちも家族ではないいんだって、自分の指示を聞くためにいる道具なんだって」

「だけど、お父さまのほうが先に亡くなったのよね。――お母さまが殺したの？」

普段のサイモンならぎょっとする怖い言葉だが、この時の彼は疲れたように苦笑しただけだった。

「そう思われるのも当然だけど、父は自然死だよ。急性心不全だった」

「では、お母さまはやっと自由になったのね」

「ぼくもそう思った。これで母はもう我慢しなくていいんだって。何でも好きなことができる、自分の時間を自分で使えるって。それなのに――」

サイモンの吐いた息はひどく苦いものだった。それ以上にやりきれなさが滲《にじ》み出ていた。

「母は何にもできなかった。父がいないと、自分が何をしたらいいかわからないんだ。最初は慣れないからだと思ったよ。しばらくすれば、好きなことや、何か興味を持てるものを自分で見つけるだろうって。ところが、母が始めたのは父の代わりにぼくの言うことを聞いて、ぼくの世話をすることだった。正直、ぞっとしたよ。少しは外に遊びに行ってみたらとか、友達をつくってみたらとか、何度も勧めたんだけど、ぼくが留守にしている間は、毎日家中の掃除をして、二人分の食事をつくって、無駄になったものを捨て――同じことをずっと繰り返しているんだ」

「お母さまは心を病んでいたのかしら？」

「違う」

断言したサイモンだった。

「それは絶対に違う。専門医に診てもらったけど、母には精神疾患の徴候はなかった。ただ、自主的な部分が極めて少なく、極端に変化を拒否する傾向が強い性格だというんだ。――心を病むっていうけど、母には病むほどの心があったのかどうか、それすら疑問だと思ってる」

「サイモン。心のない人間なんかいないわ」

「そうだね。自己とか自我とか、そういう言い方のほうが近いかもしれない。とにかく、母にはそれが欠けているとしか思えないんだ。自分が何を欲しているのか、何をしたいと望んでいるのか、それすらわからない。だからかな、感情も薄いんだ。嬉《うれ》しい悲しいって口では言うけど、空っぽなんだよ」

「……笑い声すら聞いたことがないんですものね」

「ぼくも家を出ることになって、母一人じゃ心配で、それで療養所を勧めたんだ。話し相手がいる分だけ、安心だから。——母は素直に療養所行きを承知した。母は決してぼくの言葉には逆らわないとわかってはいたけど……ひどく後味の悪い思いをしたよ」

　サイモンは急に顔を上げてアイリーンを見た。

「リリアンが最後に『なぜこんなことになったのか、わたしにはわかりません』と言うだろう？　あれはぼくが言わせた母の台詞だよ。実際にそんなことを言ったわけじゃないけど、かわいそうな人だと思う。母の不幸は……自分がまともな人間として扱われていないのに、それにすら気づけなかったことだ」

　アイリーンは感心したように言った。

「ご両親はお似合いの結婚をなさったのね」

「何だって？」

「だってそうじゃない。自分では何もできない男と、自分では何一つ決められない女が夫婦になったのよ。子どもたちはたまったものじゃないでしょうけど、わたしは理想的な組み合わせだったと思うわ」

　サイモンが気分を害するのは承知の言葉だったが、予想に反して彼は真顔で頷いた。

「そうだね。そう考えたほうがいいかもしれない」

「家を出た妹さんはお元気なの？」

「うん。奨学金を取って大学まで出たんだよ。今は金融関係の仕事についてばりばり働いてる」

「たくましいのね。——よかった。ご両親がどんな人間でも子どもはちゃんと育ったんだから」

アイリーンは笑ってサイモンの顔を見つめた。

「わたしの意見もあなたと同じよ。——リリアンはお母さまほど極端ではないと思うけど、女としては本当に珍しい、まったく芝居のできない人だと思う。ほとんどの女が極めて自然に、本能的にやることが彼女にはできない。そんなことを思いつきもしない人だとね。——だからやってみたかったのよ」

サイモンの顔が大きな喜びに輝いた。

「アイリーン。きみは本当に最高の女優だよ」

心から賞賛する口調で言ったが、急にそわそわと落ち着かない態度になった。

かと思うと何やら意を決したようにアイリーンをまっすぐ見つめてくる。

「実はその……もう一つ大事な話があるんだ」

アイリーンにはその話の内容も、この先の展開も、容易に予想がついた。

何十回どころか何百回と覚えのある場面だ。

こうなるだろうと見当はついていたから、今まで見せなかった厳しいところを見せつけてやったのに、まだ足らなかったか……。

話をそらすのも、はぐらかすのも簡単だったが、アイリーンは優しく問いかけた。

「なあに、サイモン？」

「これ、受け取ってくれないかな？」

差し出されたのは天鵞絨《びろうど》張りの小さな小箱《ケース》である。

包装紙も化粧箱もなく、リボンも掛かっていない。すぐ蓋を開けて中を見られる状態だ。

そのせっかちな様子がいかにもサイモンらしくて笑ってしまう。

箱を開けたアイリーンは軽く眼を見張ってみせた。

こういう時は驚いてみせるのが礼儀だろうと思い、そうしたまでだが、別の意味で確かに少し驚いた。

予想通りの指輪だが、ダイヤモンドではない。

それどころかプラチナですらなかった。銀の枠に薄青い宝石が光り、両脇に真珠が嵌《は》め込まれている。

華奢《きゃしゃ》なつくりの可愛い指輪だった。

サイモンはひたすら照れて頭を掻《か》いている。

「普通はダイヤを贈るんだよね。わかってるけど、友達にもそう言われたんだけど……、これがきみに似合うと思ったんだ」

アイリーンはそれを指にはめようとはせず、ただ、銀の輪の手触りを確かめて言った。

「これ……既製枠《キャスト》じゃないのね。手製《ハンドメイド》だわ」

「うん。彫金の勉強をしてる友達がいるんだ。彼にきみのイメージを伝えてつくってもらったんだよ」

「すてきだわ。とてもきれい」

そう言いながら小箱を手にして眺《なが》めているだけのアイリーンに、サイモンは気が気ではない。

「……つけてみてくれないかな？」

「その前にちゃんと聞かせて。これは婚約指輪だと思っていいの？」

「もちろんだよ！」

心外だとばかりに断言する。

それこそ真っ先に伝えなければならないことだが、緊張しきっていて思いつかなかったらしい。

あたふたとつけ加えた。

「その、返事は今すぐでなくていいんだ。もうじき選考会だから、それまで持っていてくれないかな」

作品選考会はそのまま授賞式を兼ねている。

つまり『彼女の作為』が最優秀作品に選ばれたら、その時は返事を聞かせてくれという意味だろう。

アイリーンはちょっと躊躇《ためら》った。

時間が経てば返しにくくなるのはわかっていたが、苦笑しながら頷いた。

「お預かりするわ」

蓋を閉めた小箱を大切そうに鞄《かばん》にしまって、再びサイモンに向き直る。

「ところで、あの人たちは？」

「クーア夫妻のこと？」

いつサイモンが狙われるかわからないというので、二人は撮影終了後もサイモンの傍《そば》についていたのだ。

二人が引き上げたのは上映延長が決定した頃だ。

映画がこれだけ評判になればいいだろうと言って、ようやく警戒を解いたのである。

喉元《のどもと》過ぎれば熱さを忘れるというが、サイモンはまさにそれだった。今の彼は命を狙われた危機感も薄くなってきているらしい。

「食中毒と銀行強盗のことは警部にも話したけど、あれから何も起こらなかったからね。あの人たちの考え過ぎかもしれないよ?」

「そうね」

しかし、アイリーンは知っていた。

ジャスミンとケリーが傍にいて、サイモンの身に何か起こるはずがない。

ひょっとしたら彼らがサイモンの知らないうちに片づけてしまっただけかもしれない。

後で聞いてみようと思った。

そのクーア夫妻は、船の感応頭脳が顔をしかめて文句を言うのを聞いていた。


「ずいぶん苦労させられたわよ。二十四年前の出国記録をひっくり返して、入国記録から行方を探して、すぐまた出国記録よ。マコーミック夫妻はどうしてこんなとんでもない辺境ばかり旅行したのかしら?おかげで資料が入手しにくいったらなかったわ」

ケリーがおだてるように言う。

「ダイアン。おまえの有能さは心から認めてるし、いつも感謝してるが、結論から頼む。マコーミック夫妻は見つかったのか?」

「見つけたのはラウラ・マコーミックの死亡記事よ。惑星ジョットのクワン海岸。旅行者の事故死として処理されてる」

「死因は?」

「水死。当時の地方記事によると、夫婦で海水浴中、妻が波に浚《さら》われたと、夫が警察に駆け込んだとある。現場は潮の流れが速く、危険な海で、地元の人間は誰も泳ごうとしないのに、旅行者の二人は不幸にもそれを知らなかったのだろう。懸命《けんめい》の捜索も空しく、二日後、マコーミック夫人の遺体が岸に流れ着いた。

マコーミック氏は夫人の葬儀《そうぎ》を現地で行う模様――。

やっとこれだけ見つけたのよ」

「ご苦労さん」

ケリーは相棒をねぎらい、ジャスミンは訝《いぶか》しげに呟《つぶや》いた。

「サイモンの映画では殺されるのは夫のほうだが、この場合は妻が死んだか。――どう思う、海賊？」

「気に入らねえな。タイミングがよすぎる。しかも、この旦那《だんな》は女房の葬式まで出していながら、女房の死をユリウスの誰にも知らせてない。いくら身内が一人もいないからって、まず普通じゃない」

「同感だ。旅行者の不幸な事故死となれば、警察もろくに調べない。当然、解剖もしていないはずだ」

「ダイアン。その葬式の写真はあるか？」

「あれば見せているわよ」

ダイアナはなぜかあまり機嫌がよくない。

その理由を彼女はこう説明した。

「残念だけど、この仕事はわたし向きじゃないわ。なんと言っても時間が経ちすぎている。もちろん、情報《データ》が電子化されていれば話は別よ。それなら時の流れはわたしには何の意味もないけど、この二人は財界の著名人でも有名人でもないんだから、そんなものがあるはずがない。記録が残っているとしたら、管理脳の記憶装置ではなくて人間の頭の中よ」

「わかりやすく言えば、昔の思い出話をしてくれる人間たちのほうが手掛かりになるってことだな？」

「その通り」

ジャスミンが異議を唱えた。

「それにしてもだ。免許証とか社会保険番号とか、何年経っても残っている情報だってあるだろう？」

「ラウラ・マコーミックに関しては揃《そろ》っているわよ。それこそ出生届から結婚届、学生証に社会保険番号、葬儀記録まで全部。けれど、夫のものは一つもない。旅券《パスポート》は惑星ベフマートの発行になっているけど、ベフマートに彼が生存していた記録は何一つ残っていない。こんなことは普通ありえない。推測される結論はデヴィッド・マコーミックは実在の人物ではないってことよ」

「身元を偽ってラウラと結婚したのか？」

「ほぼ間違いないでしょうね。そう考えれば、彼がラウラの死をユリウスの友人たちに知らせなかった理由も説明がつく。ラウラを殺害したのだとしたら、なおさらよ。あれこれ聞かれるのを嫌ったんだわ」

ケリーが唸《うな》る。

「いよいよもって、デヴィッドを覚えている人間に話を聞くしかないわけか……」

「だから言ったでしょ。人の脳味噌を頼れって」

ジャスミンが疑問を投げる。

「レイバーン市警察はどうなんだ？　彼らはまさにそういう捜査をしているところじゃないのか」

ダイアナは心得顔に頷いて見せた。

「ええ。レイバーン市警察の管理脳にちょくちょく接触してるんだけど、新しい手掛かりはないみたい。デヴィッドの顔すらまだわからない状況よ」

ケリーが苦笑しながら言った。

「ここは警察に任せるしかなさそうだな。俺たちが聞き込みに出向いたんじゃあ、聞ける話も聞けなくなっちまう」

ジャスミンが無念そうに唸った。

「わたしは、脛《すね》に傷持つ連中から話を聞き出すのはかなり得意なんだが……」

「俺だってそうさ。だが、今回の相手は善良な一般市民だぞ。どう考えても俺たちの出る幕じゃねえ」

ドナヒュー警部の聞き込みは初手から躓《つまず》いていた。

レイバーン市警察もラウラの死亡を確認し、夫の身分が偽装されたものである可能性に気づき、彼に対する嫌疑をますます深めていたが、そこから先が手詰まり状態だった。

ラウラの顔写真はストークス大学時代の友人から手に入った。二十五歳のラウラは際立って美しく、恋多き女性で、男性に非常に人気があったという。

「だから、ラウラが旅先で結婚して戻ってきた時も、別に驚かなかったわ。デヴィッドは地味で平凡な男だったけど、ものすごいお金持ちだった。ラウラが惚気《のろけ》てたわ。デヴィッドは『きみと結婚できるなら、ぼくの全財産を擲《なげう》っても惜しくない』そう言って、ラウラを口説《くど》いたそうよ」

「ところで、マコーミック夫妻が一緒に映っている写真はお持ちではありませんか?」

「いいえ。持ってないわ」

「ミスタ・マコーミックは裕福だったそうですが、どんなお仕事を?」

すらすら答えていた友達が訝しげな顔になった。

「さあ?　働いてなかったんじゃないかしら?」

「ミスタ・マコーミックのご家族のことは?」

「知らないわ。デヴィッドはあんまり自分のことは話さなかったから」

他の友人に聞いてみても、

「親の遺産がどっさりあるんじゃなかった?」

「株の配当で食べていたと思うけど……」

こんな調子で、今一つはっきりしない。

だが、デヴィッド・マコーミックと名乗っていた男がかなりの資産家だったのは間違いない。

ドナヒュー警部はマコーミック夫妻が住んでいた集合住宅の前で今後の方針を考えていた。

顔すらわからないというのは困ったものである。似顔絵を作製しようにも、二十四年という歳月は決して短くはない。

それでなくとも地味な男だったというのだから、ラウラの友人たちもデヴィッドがどんな顔だったか正確に思い描くことは難しいだろう。

ドナヒュー警部は近所にも聞き込みをしてみた。

集合住宅から一番近い商店街に出向き、ラウラの写真を見せて、覚えているかどうかを尋ね、彼女の夫を知っているかを尋ねる。

昔ながらの雑貨店の店主は、ラウラのことはよく覚えていたが、夫については首を振った。

「何度か、ちらっと見かけはしたがなあ」

「夫妻は二人で買い物には来なかったんですか？」

「ああ。いつも奥さん一人だったよ」

警部は店主に礼を言って商店街を離れた。

いったん家まで戻り、今度は別方向に歩き出した。

二十年以上前から開業している喫茶店、美容院、さらに病院など、端から当たってみたが、ラウラの夫を知っている人は見つけられなかった。

気づけば集合住宅からずいぶん離れたところまで来てしまった。

歩き続けて少し疲れを覚えていた警部の眼の前に、格好の緑が現れた。近づいてみると池を囲むように遊歩道がつくられ、長椅子が均等に列《なら》べられている、きれいな公園だった。

警部が長椅子に座って足を休めていると、公園の別の入口から高齢の女性がやって来た。

八十歳は超えていそうな老婦人である。

背が高く、痩《や》せた体つきで、杖をついてはいるが意外にしっかりした足取りで、遊歩道をゆっくりと歩いてくる。

他の長椅子は全部空いているのに、その老婦人は警部が座っている長椅子の前で足を止め、姿と同様、快活な品のいい口調で言った。

「ごめんなさいね。ここはわたしの指定席なの」

「それは失礼しました」

警部は笑って言い、端に移動して老婦人のために場所をあけてやったのである。

「ありがとう。——警察の方？」

驚いて見返すと、老婦人はにこにこ笑っている。

「身分証を見なくても、わかりますよ。雰囲気で。だてに歳を取っているわけじゃありませんからね。この近くで何かありましたか？」

呑気《のんき》に世間話などしている場合ではないのだが、警部はふと思い直して言ってみた。

「わたしが担当しているのは昔の事件なんですよ。

もう二十四年前の、ボルトン橋のね」

するると、老婦人は不思議そうな顔になった。

「変ね？　あのかわいそうな少年が住んでいたのは確かネリントンでしょう。ここはブロワーですよ」

「少年の家庭教師がこの近所に住んでいたんです。ご存じありませんか？」

ラウラの写真を見せたのはほんの気まぐれだった。それなのに、老婦人はじっと写真を見つめると、しっかり頷いたのである。

「覚えていますよ。学生結婚した人ね」

警部は驚いた。

「彼女を知っているんですか？」

「ええ。この公園で、ご主人と一緒にいるところを何度か見かけましたよ」

老婦人の口調は自信ありげだが、警部は半信半疑だった。なんと言っても二十四年も前のことだ。

目撃証言でも『絶対に間違いない』と強硬に言う証言は意外とあてにできないものなのだ。ましてや、この高齢では記憶違いの可能性のほうが高い。

確かめるつもりで聞いてみた。

「ご主人はどんな方でした？」

「そうねえ……。これといって特徴のない、平凡な人でしたよ。奥さんがそれはもう華やかな、人目を引く美人だから、なおさらご主人がつまらない男に見えるのね。ただね、お金はあったと思いますよ。羽振りのよさそうな人でした」

老婦人は急に警部の顔を見た。

「わたくし、セルマ・ブラウンと申します」

「ギル・ドナヒュー警部です、ブラウンさん。では、夫妻がユリウスを出た後のことはご存じない？」

すると、ブラウン夫人は眼を丸くした。

「あら、今でもユリウスにいらっしゃるでしょう？　それとも、十年の間に引っ越されたのかしら」

職業柄《がら》、ドナヒュー警部は話の要点を掴《つか》むことに熟練していたが、その彼にして思わず問い返した。

「何ですって？　十年？」

「ええ。十年前はユリウスにいらしたでしょう?」

反射的に警部は身を乗り出していた。

「彼にお会いになったんですか?」

「いえ、いいえ、違います。お目にかかったわけじゃありません。報道番組ですよ」

ブラウン夫人の話を要約すると、トラウニックで行われた行事の様子を朝の報道番組でやっていた。

その時、画面の中にデヴィッド・マコーミックが確かに映っていたというのである。

「何の行事だったんです?」

「さて、何だったかしらねえ? 何だか晴れやかなお祝いのようでしたけど」

「正確な日付は——覚えていないでしょうね?」

「もちろん覚えていますよ。七月六日です」

ドナヒュー警部はまたまた耳を疑った。ブラウン夫人があまりにもきっぱり言いきったからだ。

「九八一年の七月六日? 本当に?」

「まあ、警部さん。こんな年寄りの言うことなんか信用できないとおっしゃる?」

「いえ、そうではなく、大事なことなんです」

慌てて言った警部だったが、夫人は気分を害したわけではないようで、楽しげに話を続けた。

「忘れようったって忘れられるものじゃありません。その日はね、わたしたち夫婦の金婚式だったんです。二人でいつもの散歩をして、そこには——あなたが座っている場所には、いつも主人が座ってたんです。——彼は写真の人とは別の人と一緒でした」

急な話の変化に警部は戸惑って問い返した。

「……ミスタ・マコーミックが?」

「ええ。あの様子だと奥さんだったと思いますよ。やっぱりとてもおきれいな人でね。前の奥さんとは別れてしまったのか、ご不幸があったのか、それは存じ上げませんけどね。だからよく覚えていますよ。わたしたち夫婦は何事もなく、そりゃまあ、多少の諍《いさか》いや何かはありましたけど、無事に五十年目を迎えられて本当によかったって、ここで二人で池を眺めながら主人と話したんです」

「ブラウンさん」

ドナヒュー警部は気づけば真剣そのものの表情でブラウン夫人に問い質していたのである。

「それは生放送でしたか?」

「ええ、そうだったと思いますよ」

「あなたが見た時、彼はどんな様子でした? 偶然その場を通りかかったのか、それとも……」

「立食の集まりのようでしたよ。タキシードでね」

瞬間、この女性の記憶は確かだと警部は直感した。レイバーンが朝ならトラウニックは前日の夜だ。

生放送ならタキシードを着て当然の時間である。九八一年七月五日の夜、トラウニックで行われた行事・式典すべての報道映像を探し出すことを固く決意しながら、警部は恐ろしいような顔で言った。

「ブラウンさん。その時の映像を見たら——どこに彼が映っているか教えてもらえますか?」

「もちろん。お安いご用ですよ」


ブラウン夫人の連絡先を聞いたドナヒュー警部は即座にレイバーン署に飛んで帰ったのである。

当局に確認してみると、その日のトラウニックで取材が入る出来事はいくつもあった。

有名俳優の婚約記者会見、大作映画の制作発表、大手ブランドの新作発表会、ユリウスの運動選手が世界選手権でメダルを取って凱旋した等々。

だが、礼装の客が集まるようなものは一つだけ。トラウニックを代表する新しい高級ホテルとして前評判の高かったミラベル・トラウニックホテルのオープン記念式典だけだ。

こんな式典なら出席者名簿が残っているはずだが、ホテル側に頼んで調べてもらっても、デヴィッド・マコーミックなる人物は招待客名簿にないという。

それは予想できたことなので、ドナヒュー警部は可能な限りの式典の映像を入手して(当日の式典を取材した報道局は国内外合わせると百以上あった)部下とともにブラウン夫人の家を訪問したのである。

夫人は快《こころよ》く警部を迎えて、お茶にお茶菓子まで用意して、さっそく映像を見始めた。

十年前に金婚式を迎えている高齢の女性なので、ぶっ続けに見てもらうわけにもいかない。

結果が出るまで警部は何日でも通う覚悟だったが、一度休憩を取った後、二時間ほどで夫人は言った。

「あら、ちょっと止めて。――そう、今のところ」

画面には四十少しくらいの中背の男と、背の高い金髪の美人が映っている。

その男を指さして夫人は断言した。

「これ、この人ですよ」

確かに地味な男だった。雰囲気からすると連れの女性は男の妻で、結婚したばかりのように見える。

「間違いありませんか？」

「ええ、この赤いドレス。目立ちますでしょう？この人が――男の人のほうですよ、もちろん。あの写真の女の人のご主人だった人です」

「感謝します、ブラウンさん」

心から礼を言って夫人の家を辞去すると、警部はさっそく男の顔を拡大し、ラウラの友人たちに見てもらった。最後に会った時から十四年後の顔だが、彼女たちは『デヴィッドだと思う』と証言した。

これでようやく顔はわかった。

残る問題はそれが誰かわからないということだが、突きとめるのはさほど難しくはない。

出席者の身元は全員はっきりしている式典だから、その中で、顔も名前もわかっている有名人に写真を見せて尋ねれば、この男を知っているという人間が必ず現れるはずだった。

しかし、その頃、その男の写真は警部がまったく知らないうちに、もっとも確実な照合が出来る人のところに送られていたのである。

ジンジャーはユリウスの各地を転々としながら、その時期その地域でしか見られない映画を観賞する毎日を送っていた。

ベルニーズの関係者にそれとなく尋ねたところ、『彼女の作為』は候補作の中ではかなり評価が高く、受賞の最有力候補だという。

出足であれだけ叩かれたのに意外な気がするが、それが逆に功を奏したらしい。

問題作というものは見方を変えれば立派な話題作だからだ。

しかし、それを聞いたジンジャーはちょっとした心理的葛藤《かっとう》に陥《おちい》っていた。

正直なところ、サイモンには二度と会うつもりはなかった。なぜならアイリーンとしての芝居はもう終わったからである。アイリーン・コルトの端末は一応持ち歩いていたが、ずっと留守録にしてあるし、指輪は後で送り返すつもりだった。

しかし、受賞するとなると、その場に主演女優がいないのはさすがにまずい。監督の顔が丸つぶれになってしまう。どうしたものかと思案した。

サイモンからは一度「授賞式で待ってるよ」と、連絡があった。呑気なサイモンだからその後は何も言ってこなかったのに、授賞式の五日前になって、慌ただしい口調の連絡が入った。

「アイリーン。ちょっとまずいことになったんだ。グレグソンさんが……」

内心の混乱が窺《うかが》えるような話しぶりだった。

「グレグソンさんが、受賞は辞退しろって言うんだ。もちろんもし受賞できたらの話だよ！　彼はきみに資格がないって——きみは連邦俳優協会に所属していないからって言うんだ。変だよね？　ぼくは確かきみに加入届けを出すように言ったと思うんだけど、忘れたのかな？　とにかくグレグソンさんは、今の時点ではきみは未登録で、未登録の女優が主役じゃ、この映画は他星系では上映できないって言うんだ。まだ間に合うから、すぐに加入手続きを取ってくれ。いいね、今度は絶対忘れちゃだめだよ！　それじゃ、授賞式で会えるのを楽しみにしてる」

厳しい顔で伝言を聞き終えたその時、ジンジャー自身の端末にジャスミンから連絡が入ったのだ。

「デヴィッド・マコーミックの——少なくともそう名乗っていた男の顔がわかった。見てくれないか」

確証はまだだが、ジャスミンもケリーもこの男は映画関係者に違いないと当たりをつけていた。

ならば、ジンジャーを頼らない手はないのだ。

しかし、これといった特徴のない男の顔を見て、ジンジャーは眉《まゆ》をひそめた。

「……どこかで見たことがあるような気はするけど、思い出せないわ。これ、場所と時間はわかる？」

「ミラベル・トラウニックホテルのオープン式典。十年前だそうだ。おまえは出席してなかったか？」

「ミラベル……いいえ。出ていないと思うわ」

「そうか」

ジャスミンはちょっと奇妙な顔になったが、思い直したように頷いた。

「まあ、警察も出席者に確認するはずだから、この男の面《めん》が割れるのも時間の問題だろう」

「そうね。わたしも何か思い出したら連絡するわ」

通話を切ったジンジャーは少し考えて、GCPの副社長室に連絡を入れたのである。

「ジンジャーよ。この番号に連絡が欲しいとテオに伝えてちょうだい」

秘書が絶句している間に通話を切ってしまう。

ジンジャーの携帯端末が音を立てたのはそれから五分と経っていなかった。

「ジンジャー！　驚きましたよ。急用ですか？」

テオ・ダルビエーリは四十九歳。巨大映画会社の副社長のはずが、子どものようにはしゃいでいる。

「特に用はないわ。しばらくロレンツォにも会っていないから、食事でもどうかしらと思ったのよ」

「本当ですか！　嬉しいな。父も喜びますよ」

「彼は今どこかしら？」

「商用でセントラルに行っていますが、明後日には戻る予定です。あなたのお誘いなら、何を置いても飛んで帰ってきますよ」

「それなら十四日がいいわ。オーディロンまで来てくれるかしら？　確かミディアの支社があるわよね。あそこまで行くから、そこで落ち合いましょう」

てきぱきと一方的に決めてしまう。

珍しくもないことなので、テオも今さら驚いたりしなかった。ただ、大げさな声を上げた。

「大女優がわざわざお出ましに？　言ってくれればどこへだってお迎えに参りますよ」

「結構よ。知ってるでしょ？　ユリウスに来た時のわたしの楽しみは映画と演劇なの」

「あなたの熱心さにはいつも感服させられますよ。ちょっと待ってもらえますか。父に予定を確認して連絡させますから」

「いいわ。わたしから連絡する。彼は今どこ？」

三十分後、ジンジャーは共和宇宙屈指の複合媒体企業の実質的な所有者と恒星間通信で話していた。

ロレンツォ・ダルビエーリは面長で、中背痩躯《そうく》で、見たところは人のよさそうな、優しげな老人だった。

「やあ、ジンジャー。きみがわたしに会いたがっていると息子から聞いて嬉しかったよ。十四日だね？　その日は間違いなくオーディロンにいるようにする。その後のことはきみの希望を聞きたいね」

「お任せするわ。――エルスペスはお元気？」

「ああ。たいしたもんだよ。矍鑠《かくしゃく》としてる」

「よかったわ。――では、十四日に」

通話を切ったジンジャーは、今度はアイリーンの声でミディア・カンパニーの代表受付に通話を掛け、押し殺した声で囁くように訴えたのである。

「社長さんにお目にかかりたいのですけど……」

「お約束はございますか？」

「いいえ。でも、どうしてもお目にかからなくてはならないんです。社長さんにとっても、たいせつなお話です。わたしはアイリーン・コルト。『彼女の作為』という映画で主役を演じました。社長さんにそう伝えてくださいませんか。アイリーンがぜひ、お目にかかりたいと申していたと。お願いします。

五分で結構なんです。なるべくならオーディロンで。それがご無理なようでしたらどこへでも参ります。本当に大事なお話なんです。必ずお伝えください」

普通、受付に入ったこんな怪《あや》しげな連絡は社長のところまでは絶対に届かない。

あれほどの大企業ともなれば、社長に会わせせろと押しかけてくる妙な人間も珍しくもないからだ。

だが、ジンジャーは知っていた。

ミディアの受付は通話を全部録音していることを。その中で個人名と素性を名乗ったものに関しては、一応、上に通す決まりになっていることをだ。

今度は返事が来るまでさすがに時間が掛かった。

丸一日経っても音沙汰《おとさた》はなく、ジンジャーがもう一度掛けるかと思い始めた時、アイリーンの端末にミディア・カンパニーの社長秘書と名乗る人物から連絡が入ったのである。

十四日にオーディロンの支社で、五分間だけなら代表取締役がお会いになりますという返事だった。

指定された時間は、ジンジャーが約束した時間の三十分前だった。

9

十四日の午後六時十分前——。

オーディロンのアラベスク・ホテルの大広間《ホール》には、報道陣が大勢集まり、これから行われるベルニーズ地域の最優秀作品賞授賞式を待ち受けていた。

ここはオーディロンでも最高のホテルである。関係者や招待客が二百人は入っている豪華絢爛《けんらん》な広間で、サイモンは珍しく緊張の面持ちだった。

それほどあらたまった席ではないので、男性客はほとんどスーツだ。女性客にもスーツ姿が目立つが、明るいワンピースやカクテルドレスの人もいる。

サイモンもさすがにここではいつものよれよれのジャケットというわけにいかず、幾分ぱりっとした格好をしていた。

デニスもトレミィも他星系からやって来ていた。

規模としては小さな映画賞だが、これを取れるか取れないかで『彼女の作為』の命運は大きく変わる。

もちろん、彼らの命運もだ。

ところが、その会場にアイリーンの姿がない。

トレミィが訝《いぶか》しげにサイモンに尋ねた。

「サイモン、アイリーンはどうしたんだい？」

「わからないんだ。今日は必ず来るはずなんだけど、連絡が取れないんだよ」

「何かあったのかな？　せっかくの晴れ舞台なのに、主演女優がいないんじゃ格好がつかないよ」

デニスも不満そうに訴えた。

「そうだよ。受賞できたら彼女にとっては初めての賞じゃないか」

この授賞式では作品賞の他に、今季の主演女優賞、助演女優賞、主演男優賞、助演男優賞が決定する。

他の候補者の手前、いくら小さな賞でも、賞杯《トロフィー》を受け取る人がいないのでは様にならない。

やがて時間になり、彼らはそれぞれの席に着いた。

サイモンは緊張のあまり、壇上の司会者の挨拶《あいさつ》もろくに耳に入らなかったが、隣のグレグソンが急に低い声で言ってきた。

「内緒だがね、あの作品は今回の選考会ではかなり評価が高い。受賞も夢じゃないぞ」

「ほんとですか⁉」

「声が大きい。だが、まず間違いないと見ていい。俺も出資した甲斐《かい》があるというものだよ。そこでだ、相談なんだがね……」

「はい」

「ユリウス全域一斉公開、他星系での配給となれば、かなりの収益が予想されるわけだ。きみの取り分についてなんだが……」

グレグソンが示した提案にサイモンは絶句した。

つまり儲《もう》けのほとんどがアーツプロダクションに行くように配分率を変えてくれというのである。

こんなところでは声を荒らげるわけにもいかず、サイモンは努めて感情と声を抑えながら、それでも猛然と抗議したのである。

「ちょっと待ってください！　それは最初の約束と違います！」

「当たり前だろう。状況が変われば約束も変わる。俺が出資した映画だぞ。ＧＣＰの圧力にも屈《くっ》せずにきみの味方をしてやったんだ。今ここで、その恩を返しますと、きみが自分から言うのが筋だろう」

「ですけど！」

「いやならかまわん。『彼女の作為』は他星系では上映できない映画だと明らかにするまでだ」

「グレグソンさん⁉」

「知らないのかね？　アイリーン・コルトは未だに連邦俳優協会に加入していないんだぞ。役者として身元不明ということだ。製作者としてそんな映画を外に出していいと思うのかね？」

立派な椅子の上でサイモンは凍りついた。

グレグソンはにんまりと笑っている。

「大人になれよ、サイモン。代わりに次の映画では、きみにも美味《おい》しい思いをさせてやる」

冗談ではない。

自分だけが『美味しい思い』をすることになんか興味はなかった。それでは苦労を掛けたスタッフに何も酬《むく》いてやれないことになる。

青ざめた顔でサイモンはきっぱりと言った。

「お断りします。第一、『彼女の作為』を潰《つぶ》したら、あなただって出資金を回収できないでしょう？」

「違うね」

グレグソンは平然と言ってのけた。

「別にあれだけが映画じゃないからな。儲けが出る時もあれば出ない時もある。こっちでしくじったら、他で稼げばいいだけの話だ」

「そんな——！」

「これだけは言っておくぞ。もし『彼女の作為』が売れたら、その時の儲けは全部、俺のものなんだ。あれは俺の映画なんだからな」

「……本当にそんなことを思ってるんですか？」

信じられないと喘《あえ》ぎながらも素直に頷《うなず》きはしないサイモンを見て、グレグソンは鼻で笑った。

「前から思っていたが、きみはあまり賢《かしこ》くはないな。もっと利口に立ち回ったほうがいいぞ。——おっと、始まるようだ」

華やかな照明が壇上を照らしている。

司会者の開催の挨拶に続いて、まず助演女優賞の候補者がそれぞれ紹介されていく。

サイモンは生きた心地がしなかった。

ただひたすらアイリーンを思い、早く来てくれと、冷たい汗を握りしめながら祈っていた。


アイリーンはいつもの地味な服装で、待ち合わせ場所に向かっていた。

これから行く場所とその目的を考えると、一人で行くのは避けたかった。しかし、今回ジャスミンやケリーでは悪い意味で目立ちすぎる。

ルウに頼むと、不思議な言葉が返ってきた。

「それじゃあ、代わりの王子さまを送るね」

首を傾《かし》げながら待ち合わせ場所まで行ってみると、そこにはすばらしい美青年が待っていた。

背が高く、細身ながら胸は厚く、そのずば抜けた美貌《びぼう》に、道行く女性たちの誰もが心を奪われ、先を急ぐのも忘れて陶然《とうぜん》と振り返って見ている。

初めて見る顔だったが、それでもそれが誰なのか、アイリーンにはわかった。青年の前で足を止めると、その顔をじっくり見上げて楽しげに笑いかけた。

「——これがあなたの本当の姿なのかしら?」

「いいや。元の姿だ」

律儀《りちぎ》に訂正したヴァンツァーだった。

その声も幾分、低くなっている。加えて眉間《みけん》には深い皺《しわ》が刻まれている。

「この身体には身分証も旅券もない。ユリウスまで行けるはずもないと訴えたんだがな……」

「それじゃあ、ルウも一緒に来てるの?」

「そうだ。自分で行けばいいだろうと言ったんだが、何か知らんがすっかりおもしろがっていて……結局、俺がこの身体で来る羽目になった」

「あら、いいじゃないの。たまにはちょっと大きくなってみるのも楽しいんじゃない?」

いきなり歳を取った自分に全然動じる様子のないアイリーンに、ヴァンツァーは苦笑した。

「ちょっとではないだろう。俺の感覚では十年以上成長している。十六と二十七では大違いだぞ」

「残念でした。わたしから見れば、十六も二十七もたいして変わらないわ。十代の男の子は『子ども』、二十代の男の子はみんな『若い子』よ」

つまり『男』ではないとばっさり切り捨てる。

それから二人はミディア・カンパニーの支社まで短いドライヴをし、その間にヴァンツァーは珍しく自分から話しかけた。

「昼にあの映画を見たぞ」

「あら、嬉《うれ》しいわ。——どうだった?」

「あんたの演技はよかったと思う。ただ、やっぱり、あの少年が俺に似ているとは思えなかったがな」

「ずいぶんこだわるのね」

苦笑したアイリーンだった。

「こう考えたらどうかしら？　サイモンはあなたとレックスの性格が似ていると思ったわけじゃない。ただ、あなたとレックスは、踏み越えてはならない一線を超えてしまうところが一緒だと、同じ種類の人間だと感じたのよ」

「……ありがたくない話だな」

言いながらもヴァンツァーの口元には淡い微笑が浮かんでいる。

そんな話をしている間に車はミディアの支社前に到着していた。支社とは言えオーディロンの中でも格段に立派な建物だ。

二人で玄関を潜《くぐ》りながらヴァンツァーは言った。

「俺は何も聞かされてないんだが、あんたはここに何の用があるんだ？」

「落とし前をつけに来たのよ」

彼女の声にも表情にもひやりとするほどの鋭さがあった。ヴァンツァーは無言で彼女を見つめたが、受付に向かって名乗った時はもういつもの控えめな、心もとなさそうな口調のアイリーンである。

奥から人が出てきて、二人を昇降機《リフト》に案内した。昇降機の中で鍵《キー》を使ったところを見ると、普段は入れないようになっている特別な階《フロア》らしい。

二人はそこで下ろされ、貴賓室に案内された。

貴賓室はちょっと変わったつくりになっていた。扉を入ると、すぐ眼の前を立派な衝立が遮《さえぎ》って、奥が見えないのだ。

衝立の手前には低い机と長椅子があって、まるでここが小さな応接室のようだった。

これは恐らく客の秘書や、時には護衛を待たせるためのものだろう。

ここにいてくれとヴァンツァーに眼で合図して、アイリーンは一人で奥に進んだのである。

恐ろしく広い部屋だった。正面には窓、左右にも扉があるのは控え室か何かだろうか。

窓の手前には立派な革張りの椅子が並んでおり、その一つにロレンツォ・ダルビエーリが座っていた。

彼は立ちあがろうとも名乗ろうともしなかった。背もたれに悠然《ゆうぜん》と身体を預け、値踏みするような眼でアイリーンを見つめているだけだ。

アイリーンは身体を強ばらせながら進み出ると、深々と頭を下げたのである。

「アイリーン・コルトと申します。お忙しいのに、お時間を割いてくださってありがとうございます」

ロレンツォは片手で何かを払う仕草をした。

延々《えんえん》と続く挨拶を嫌ったらしい。

「わたしはきみの言うとおり、暇な人間ではない。さっさと座りたまえ。どんな用件なのか、どうしてわたしに会わなければならないと言ったのか、その理由を早く聞かせてもらいたい」

今の彼は尊大で気難しく、まさしく巨大な権力をその手に握っている怪物のような老人だった。

アイリーンはぎこちなく勧められた椅子に座ると、少し躊躇《ためら》ってから切り出した。

「こちらに伺《うかが》ったのは、ぜひともお尋ねしなくてはならないと思ったのは、社長はご自分の息子さんのなさったことをご存じなのかということです」

「今度は説明が足らなさすぎるな。何の話だ？」

「誰かがわたしたちの映画を妨害しようとしました。サイモンは……監督は命まで狙われました。それも何度もです。最初はわかりませんでした。どうして監督やわたしたちを狙ったりするのか。でも、その答えはすべてボルトン橋にありました。二十四年前、一人の少年が殺されてボルトン橋に埋められました。それは——少年の殺害は——息子さんの仕業《しわざ》です」

ロレンツォは鋭い眼でアイリーンを見据えながら、いささか気分を害した口調で言った。

「ミス・コルト。よく考えてから口をきたまえ。何を言っているかわかっているのかね？」

「はい。わかっています。だからこそ社長にお目にかからなくてはと思ったのです。警察に行く前に」

アイリーンは必死の表情で訴えた。

巨大企業の社長は逆におもしろそうな顔になって、唐突《とうとつ》に言った。

「きみは、息子がそれをやったと言うのかね？」

「はい。サイモンは脚本を色々な会社に送りました。GCP——息子さんが副社長を務める会社にもです。息子さんがいつそれを眼にしたかわかりませんが、偶然にもほぼ同時期にボルトン橋が落ちた。だからサイモンを何とかしなければならないと焦《あせ》り始めた。——違いますか？」

「ばかばかしい。話にならんな。きみの話はただの推測に過ぎん。映画に仕立てれば、おもしろそうな話ではあるがね。二十四年前ならテオはユリウスにいなかった。調べればすぐにわかることだ。あれにそんな真似はできんよ。しかし——」

ロレンツォは微笑らしきものを浮かべていたが、それは猫が鼠《ねずみ》をいたぶるような笑いだった。

「疑いを晴らすために聞いておこうか。きみはなぜ、わたしや息子を疑ったのかね？　疑うだけの理由が何かあったのか、それとも当てずっぽうか？」

アイリーンは震える声で言った。

「疑っているわけじゃありません。確信しています。社長さんは……こうしてわたしに会ってくださった。それがわたしの知りたかった答えです。ミディア・カンパニーのような大企業の代表取締役が一面識もない女と、こんなに突然、面談の約束をするなんて……どう考えてもおかしいじゃないですか」

蒼白《そうはく》になった顔で必死にロレンツォを見つめるが、経済界の大立て者はびくともしない。

「わたしがきみに会おうと思ったのは、たいせつな話だときみが言ったからだ。一応、聞いてみようと思ったまでだが、しかし、時間の無駄だったな」

「息子さんの仕業だとは認めてくださらない？」

「くどいぞ」

「警察は捜査を続けています。もうじき息子さんのところまでたどり着くでしょう。それでもですか」

「きみはわたしを強請《ゆすり》に来たのか?」

静かな口調だが、その眼光の鋭さは紛《まぎ》れもなく、巨大組織の頂点に君臨する帝王のものだった。

気圧《けお》されたアイリーンは大きく喘いだのである。

「わたしは……罪を認めてくだされば、社長さんにとっても息子さんにとっても、それが救いになると、そう思ったのです。ボルトン橋は崩れました。もう隠しておくことはできません」

「くどいと言ったはずだぞ。次の約束があるんだ。帰ってくれ」

しかし、青ざめた表情のままアイリーンが言った次の台詞《せりふ》に、ロレンツォは耳を疑った。

「エルスペスは知っているの?」

「――なんだって?」

「お母さまのエルスペスよ。もう百歳に近いはずね。彼女は今では少なくなってしまったわたしの先輩の一人だわ。もっとも、お嬢さまの芸事の域を出ない、女優の才能があるとはお世辞にも言えない人だった。その代わり家庭的な人で、今もあなたたちのことをかわいがっている。だからこそ、こうして来たのよ。――ロレンツォ、彼女は知っているの?」

顔は青ざめて緊張に強ばっているのに、それとは正反対の明快な口調でなめらかに話すアイリーンに(しかも自分を呼び捨てにしている)唖然《あぜん》として、ロレンツォは思わず眼を瞬《しばたた》いた。

「何を言ってるんだ、きみは?」

「まだわからないの?」

ジンジャーはがらりと表情を変え、いつもの声に戻して言ったのである。

「あなたの最初の結婚式で花嫁の付添《つきそい》を務めたのはわたしよ、ロレンツォ。花嫁を引き立たせるために肩も胸も隠した野暮《やぼ》ったいドレスを着てあげたのよ、このわたしが。忘れたわけじゃないでしょうね?」

ロレンツォ・ダルビエーリの口から声にならない

叫びが洩《も》れた。

「それなのにあなたはたった二年でステファニアと別れたのよね。生まれた男の子は彼女が引き取った。姓は違っても、その子は紛れもなくあなたの息子で、テオの異母兄にあたる人だわ。彼の名前はダヴィデ。――言い方を変えればデヴィッドよ」

「ジンジャー……？　きみか⁉」

ロレンツォの眼は真ん丸になっていた。

彼は慌《あわ》てて、今までふんぞり返っていた椅子から立ちあがったのである。

「驚いたな！　すっかり騙《だま》されたよ。何だってまた新人女優のふりなんかして会いに来たんだね？」

尊大な口調が完全にどこかへ消え失せているが、ジンジャーは厳しい表情で首を振った。

「ふりをしたわけじゃない。わたしがアイリーンよ。『彼女の作為』でリリアンを演じたのはこのわたし。あなたの息子《ダヴィデ》が集団食中毒に見せかけてサイモンと一緒に殺そうとしたのもわたしなのよ」

笑顔で歩み寄ろうとしたロレンツォのその笑顔が凍りついた。

ジンジャーは隣の部屋に続く扉をちらっと見て、有無を言わさぬ口調で言ったのである。

「そこにいるんでしょう、テオ。出てきなさい」

ややあって扉が開き、蹌踉《そうろう》とした足取りのテオが出てきたが、彼もまたあんぐりと口を開けていた。

「あ、あなたが……あなたがアイリーン⁉」

「そうよ、テオ。――あなたも知っていたのね？」

「…………」

「浮気されたことに腹を立てたダヴィデがラウラの愛人を殺してボルトン橋に埋めたことを、あなたも知っていた。それとも実際に手を貸したのかしら？　だから過剰《かじょう》に反応した。それにしてもサイモンのところにロジャースを差し向けてきたのは、いくら何でもまずかったわね」

テオが息を呑《の》んだ。

「ジンジャー！　聞いてください、あれは――！」

「わたしの主演映画を、あなたは騙して買い取って、あろうことかお蔵入りにしようとしたのよね？」

　テオの顔からみるみる血の気が引いた。項垂《うなだ》れて震え始めた息子をかばい、ロレンツォはかろうじて声を絞り出したのである。

「……証拠はあるのかね？」

「なくてこんな話をしに来ると思うの？」

「…………」

「警察は既にダヴィデの人相を突き止めたわ。あのおばかさん、ミラベル・トラウニックのオープンにのこのこ顔を出しているのよ。これはダヴィデだと証言する人が現れるのは時間の問題だわ」

「それだけで有罪にはできんよ……」

「あらそう？　彼がラウラ・マコーミックの元夫で、身元を偽ってラウラと結婚したことがわかっても、それでも有罪にできないというの？」

　嘲笑《あざわら》うようなジンジャーの口調だった。

「ダヴィデは昔から女癖《おんなぐせ》の悪さで有名だったけど、さすがに驚いたわ。二十四年前なら彼にはちゃんと二番目の奥さんがいたはずよね？　だから本名ではラウラと結婚できなかった。女を手に入れるためにそこまで馬鹿な真似をして、そして最後は――」

　ジンジャーは感情の籠《こ》もらない声で言った。

「ダヴィデはラウラも殺したわね？」

　テオが蒼白な顔で父親を見た。

「わたしの推測だけど、アレックスを殺したことをラウラに気づかれたんでしょう。これまでのようにお金できれいに別れるわけにはいかなかった。口を封じる必要があった。――そうなのね？」

　ロレンツォは懸命《けんめい》に呼吸を整えながら、ほとんどすがるように言ったのである。

「ジンジャー……。みんなもう終わったことなんだ。二十四年も前のことなんだよ。息子《あれ》にはわたしから、よく言って聞かせる。二度ときみにも、あの映画の関係者にも手出しはさせない。約束する。そもそも、きみだと知っていたら、あの映画にきみが関わっていると知っていたら！　あれもこんなことは決してしなかっただろう。だから、この通りだ。頼む」

「誰にものを言ってるの、ロレンツォ？」

ミディア・カンパニーの所有者にこんな物言いができる人間は共和宇宙全域を探しても五人といない。

「二十四年前？　違うでしょう。わたしが食中毒で殺されそうになったのはついこの間のことなのよ。他にもサイモンは凄腕《すごうで》の狙撃手に狙われて、映像《フィルム》は焼かれそうになった。これは本当に全部、ダヴィデ一人の仕業かしらね？」

青い眼に見つめられて、巨大映画会社の副社長と巨大複合企業の代表取締役は完全に震え上がった。

今や、猫の鋭い爪《つめ》にがっちりと押さえつけられて身動きもできないのはこの父子《おやこ》のほうだった。

「ダヴィデはどこなの、ロレンツォ？」

「…………」

「自首すればまだ罪が軽くなるのよ。二人殺しても、無差別殺人を計画したとしてもね」

「…………」

「これは忠告よ。あなたとは長いつきあいだから、傷をもっとも小さく抑える手段を勧めに来たのよ。ダヴィデを差し出して自分の立場と会社《ミディア》を守るか、息子たちと刑務所に行って会社を他人に任せるか、好きなほうを選びなさい」

ロレンツォの表情が新たな驚きに変化した。

食中毒に狙撃に放火。これが全部ダヴィデ一人の仕業のはずがない。ロレンツォとテオもいずれかに関わっていることはわかっている。

それには眼を瞑《つむ》ってやる。

その代わり、ダヴィデを殺人犯として引き渡せとジンジャーは言っているのである。

「し、しかし、それは……！」

出来の悪い子ほど可愛いとでもいうのだろうか、それとも一族の中から犯罪者を出したくないのか、躊躇うロレンツォにジンジャーは冷たく言い放った。

「いやならいいのよ。エルスペスには気の毒だけど、ミディア・カンパニーはダルビエーリ一族の手から完全に切り離される。いくらあなたが筆頭株主でも、これればかりは役員会も認めないでしょう。ついでに言うならGCPの副社長の椅子が一つ空くわ」

動転しきったその副社長は食い入るように父親の表情を窺《うかが》っている。『どうするんですか！』という悲鳴が聞こそうな有様だった。

一方、代表取締役は強ばった顔に弱々しい笑みを浮かべて、情に訴えようとした。

「ジンジャー……まさか、本気じゃないだろうね？わたしたちは半世紀以上のつきあいじゃないか」

「あなたはわたしの主演映画を潰そうとしたのよ。意味はわかるわね？　わたしはわたしの邪魔をしたものを決して許さない」

ぎこちない笑みを浮かべていたロレンツォの顔が再び硬直する。

「本当なら一つ残らずぶちまけて、あなたを社長の椅子から喜んで突き落としているところよ。そこを妥協して、ダヴィデ一人で勘弁《かんべん》してやろうと言っているのよ。それが不満だと言うならそれでもいいわ。この話を共和宇宙全域一斉放送で、生中継で話してあげましょうか？」

それこそ共和宇宙がひっくり返るような大騒ぎになるのは間違いない。息子はますます震え上がり、父親は絶望的な表情で唸《うな》った。

そんなことをされたら会社《ミディア》も大打撃を受けるが、ロレンツォ自身は完全に破滅する。

「それとも、わたしを生きて帰さないという最後の手段を取ってみる？　それでもかまわないわよ」

冗談ではない。出来るわけがない。ジンジャーがこんな挑発をするということはそれに対する万全の備えをしていると判断するべきだ。

進退窮《きわ》まったロレンツォはがっくり肩を落とした。

「橋が落ちなければ……」

呪うかのような呻き声だった。

「ボルトン橋が……あんな、あんなばかげた事故で崩落さえしなければ……！」

百数十年後に橋が解体されても、遺体が出ても、その時は関係者はみんなこの世にはいない。

誰にも追及の手は伸びないはずだったのに……。

「それも違うわね。あなたたちの失敗は橋の崩落に慌てて派手に動きすぎたことよ」

立ちあがって、ジンジャーはテオを見た。

「サイモンはアレックスのことも、ラウラのこともほとんど何も覚えていなかった。脚本を読めばそのくらいわかるでしょう。彼は徹頭徹尾、リリアンに焦点《しょうてん》を当てて、リリアンの性格を描いているのよ。そんなことも見抜けなかったの？　ＧＣＰの社長に就任するのは諦《あきら》めたほうがよさそうね」

震えるテオは一言も言い返せない。

二人に背を向けて出ていこうとしたジンジャーに、ロレンツォが最後の悲鳴を発した。

「ジンジャー……どうしてこんな真似をしたんだ！　よりにもよってきみが！　きみのような大女優が！　何だって無名の新人女優のふりなんか！」

ジンジャーは足を止めてちょっと振り返った。

「わたしの人生よ。わたしの時間はわたしの好きに使うわ。あなたにとやかく言われる筋合いはない。

——お邪魔したわね」

衝立の後ろで待っていたヴァンツァーを促《うなが》して、ジンジャーは貴賓室を出た。

二人は案内も待たずに昇降機で一階に下りたが、ヴァンツァーは興味深げな口調で尋ねた。

「あれでいいのか？」

「今のところはね。ミディア・カンパニーの社長が殺人幇助《ほうじょ》罪で逮捕ともなれば、それこそ共和宇宙の経済によくない影響を及ぼすのよ」

実際にどのくらいの悪影響が出るのか見たかった気もするが、ヴァンツァーは素直に頷いた。

「覚えておこう」

「あの二人を許してやるつもりはないけど、どんなお仕置きをするかはこれから考えればいいことよ。

──次はアラベスク・ホテルまで送ってくれる?」

「今度は何だ?」

「もちろん着替えるのよ。こんな格好で授賞式には出られないわ。急がなきゃ。時間がないのよ」

衣裳《いしょう》と化粧に常にこだわる女性心理に関しては、ヴァンツァーは極めて否定的な見方の男だったので、呆《あき》れたように言ったものだ。

「時間がないならその格好で行けばいいだろう」

すると、ジンジャーはそれ以上に呆れた顔つきで断言した。

「あなた、どんなに見てくれがよくてもそれじゃあ女の子にはもてないわよ」


大広間では授賞式が最高潮を迎えていた。

既に助演女優賞、助演男優賞が決定している。

ちなみに助演男優賞はトレミィが受賞した。

壇上の司会者は続いて主演女優賞の発表に移り、六人の候補者の名前を順次読み上げた後、高らかに告げたのである。

「主演女優賞は──アイリーン・コルト!」

サイモンは椅子の上で覚えず唸った。

恐れていた最悪の事態だった。

当然、笑顔で立ち上がって壇上に進み出るはずの姿は会場のどこにもない。

「困ったな、アイリーン? どこにいるんです? 恥ずかしがっていないで出てきてくれませんか」

司会者の冗談に会場からどっと笑いが起こったが、それはどうも感心しないという笑いでもあった。

サイモン自身、居ても立ってもいられなかったが、グレグソンがサイモンの腕を叩いて言った。

「ここは俺が代わりに行こう」

そうして彼は壇上に上がり、にこにこ笑いながら、客席に向かって挨拶したのである。

「本当は美しい彼女が壇上に登るはずだったのに、こんな無粋な男で申しわけありません。まあ、何分、女性の身支度《みじたく》というものは時間の掛かるものでして、ご容赦《ようしゃ》願います」

　さらに主演男優賞が発表されて、いよいよ最優秀作品賞の発表が始まった。

　候補作は『銀河を超えて』『ブライダル』『ドラスティック・ムーン』『ジェラルディン』『揚羽蝶《あげはちょう》』『暗転』『ザ・ネック』『彼女の作為』の八本だ。

　一本の作品が紹介されると、そのたびに客席から監督と役者たちが立ち上がって一同に顔を見せる。

　紹介が終わると、いよいよ緊張の一瞬が訪れる。

　司会者は渡された紙片を開き、いっそう高らかに宣言した。

「最優秀作品賞は――『彼女の作為』！」

　会場から歓声が上がった。

　助演男優賞を受賞したトレミィとデニスが客席で抱き合い、拍手に答えながら笑顔で壇上に向かう。

　もちろんサイモンも緊張の面持ちで壇上に登った。

　主演女優賞杯を代わりに受け取ったからだろうか、グレグソンも一緒についてきた。

　だが、サイモンが賞杯を受け取ろうとしたその時、グレグソンは一つ咳払《せきばら》いして言い出したのである。

「あー、皆さん。ここで残念なご報告をしなくてはなりません。この賞は辞退するしかなさそうです」

「グレグソンさん！」

　今ここでそれを言うのかとサイモンは激怒したが、グレグソンは平気の平左で話し続けている。

「それというのも、アイリーン・コルトは連邦俳優協会に所属しておりません。わたしもうっかりしていましたが、これは受賞の資格がないと言われても仕方のない事態です」

　何も聞かされていなかったトレミィとデニスが、愕然《がくぜん》としてサイモンを見る。

　サイモンは猛烈にグレグソンに食ってかかった。

「確かに加入が原則なのは知っています。ですけど、未登録の俳優だっているでしょう！」

「一流の役者にはいない。常識じゃないかね？」

「いいえ！　加入が遅れた一流の俳優だっています。

とにかく、こんなことには納得できません!」

突然、室内の照明が消えた。

まさに真っ暗闇《まくらやみ》だ。

「な、何だ?」

「停電か?」

客席からどよめきが起こったが、そうではない。

照明を担当する技術室に突如現れたとんでもない大物が『照明を落としなさい』と命令し、技術者は慌てふためいてその言葉に従ったのだ。

壇上の正反対にある広間の扉にスポットライトが集中する。

暗闇の中で唯一照らされた光の中にその人はいた。

輝くような金髪、白い肌、赤く染めた唇《くちびる》。

略礼装の人が多い会場の中、最高級のイヴニングドレスがきらきらと輝きを放っている。

広間の外まで響くような大歓声が湧き起こった。

映画関係者ばかりが集まった会場だ。それが誰かわからないはずもない。

なぜ彼女がここに? と激しい疑問を感じながら、観客も審査員もただちに立ちあがった。

総立ちとなって、割れんばかりの拍手でもって、彼女が悠然と壇上に向かうのを見送ったのである。

その壇上では司会者が周章狼狽《しゅうしょうろうばい》の極みにあった。

こんな小さな一地方の映画祭に、共和宇宙全域を活躍の場としている大女優がお出ましになるなんて、彼の理解の範疇を超えた事態だからである。

しかし、その人が壇上に登ったというのに話術を商売にする人間が黙っているわけにもいかない。

照明が元に戻るのを待って、司会者は喉《のど》に絡んだような声ながら、かろうじて言った。

「ベルニーズ地域を代表してあなたを歓迎します」

「ありがとう。——ところで、グレグソンさん」

この大女優が自分の名前を知っていたとは! と、グレグソンは得意な気分に顔をほころばせながら、握手を求めて前に進み出たのである。

「初めまして。お目に掛かれて光栄に思います」

彼女は差し出された手を取ろうとはしなかった。その青い眼はグレグソンのもう一方の手が握っているものに向けられていた。

「それ、いただけるかしら?」

「え? いや、これは……」

「主演女優賞の賞杯《トロフィー》でしょう?」

「はい。これは、アイリーン・コルトという女優が受賞したものですが……」

「だから、わたしがいただくわ」

「は?」

この時、サイモンは憧《あこが》れの人を間近にした非常な喜びと興奮に声も出せないでいたが、彼女はそんなサイモンに眼を向けると、少しかすれた低めの声で話しかけたのである。

「ねえ、サイモン。これはわたしのでしょう?」

さすがに監督は真っ先に気がついた。

気がつきはしたが、到底信じられなかった。いや、そんな馬鹿なことを信じるわけにはいかなかったが、卒倒寸前の意識を置き去りに彼の口は勝手に動き、悲鳴のような声を吐き出していたのである。

「ア、ア、アイリーン⁉」

「そうよ」

共和宇宙に隠れもない大女優は、愕然としているグレグソンの持つ賞杯に——彼女の経歴からすると至ってささやかなその賞杯に眼をやり、一同の顔を見渡して美しく微笑した。

「だから、グレグソンさんの言い分は正しくないわ。アイリーン・コルトはちゃんと連邦俳優協会に登録されている女優の一人です。ただし、ジンジャー・ブレッドという名前で。——変名で主役を演じても、これを受け取ることに別に問題はないでしょう?」

会場はしんと静まり返った。

恐ろしいほどの静寂が次の瞬間、爆発した。

「スクープだ‼」

「急げっ‼」

「ジンジャーが! ジンジャーがアイリーン⁉」

「アイリーン・コルトはジンジャーの変名だった！

『彼女の作為』はジンジャー主演作だ!!」

もう授賞式どころではない。取材陣がいっせいに駆け出す騒ぎになり、関係者は腰を抜かしている。

審査員一同が同時に思ったことは、主演女優賞をアイリーン・コルトにしておいてよかった、本当によかった！　命拾いした！　である。

逆に壇上の人々は生きた心地がしなかった。

中でもグレグソンは潰れた蛙《かえる》のような顔になり、自分に近づくその人から思わず後ずさっていた。

「いただけるかしら、グレグソンさん？」

にっこり微笑《ほほえ》む顔はとびきり美しく、それでいて蛙を一呑みにする蛇さながらに恐ろしく、到底正視できるものではない。グレグソンはわなわな震えて、何とか賞杯を落とさずにジンジャーに手渡した。

「それから、グレグソンさん。こうなったからには、『彼女の作為』の利益配分についてはわたしからも人を向かわせるわ。その決定に従ってもらいます。

――いいわね？」

いやだなどと口が裂けても言えるわけがない。

役者陣もあまりのことに棒立ちになっていたが、トレミィは大きな息を吐き、顔面蒼白となっている若い共演者にそっと囁《ささや》いた。

「デニス……逃げるな。逃げるなよ」

「……無理だよ！」

そう言いながら彼は動こうとしない。何のことはない。脚ががくがく震えていて一歩も動けないのだ。

「……き、消えてなくなりたい」

声が完全に泣いている。

今の彼の頭の中は『どうしようどうしよう』と、それだけだ。こっちに来ないで！　とも祈ったが、こういう祈りはたいていかなわないものである。

「久しぶりね、デニス」

「は、はいっ！」

答えたデニスは反射的に頭を下げていた。

「申しわけありませんでした！」

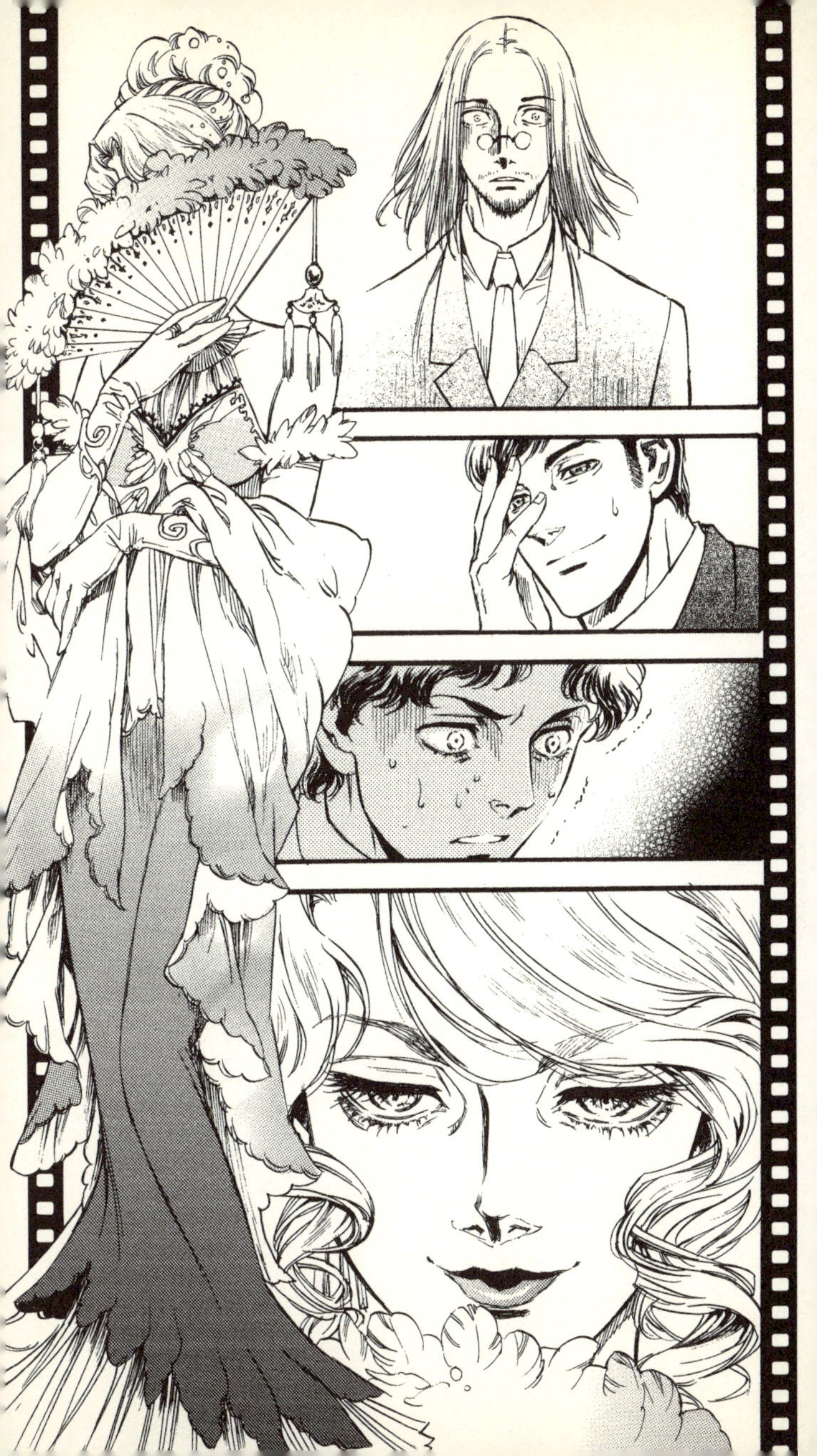

「何を謝るの？」

「あのっ、その……」

「あなたは一つも間違ったことは言っていないわ。だけど、そうね。先輩として言わせてもらえるなら、もう少し、監督の意向や狙いを汲《く》み取る努力をしてみるといいんじゃないかと思うわ」

人食い鮫《ざめ》と同じ水槽に裸《はだか》で放り込まれたらこんな気分だろうかと、デニスは本気で恐怖した。

「これであなたは英雄よ。わたしと共演したことで、アルザンに帰ればあなたの周りを人が取り囲むわ。かつてあなたの元から去って行ったような人たちが、また掌《てのひら》を返してあなたにすり寄ってくるでしょう。有頂天になって同じことを繰り返すのか、それとも――そこから先はあなた次第よ」

デニスは思わず顔を上げた。

どこから見ても別人なのに、確かにアイリーンの面影を残している美しい顔が微笑していた。

「『ハリケーンＢＯＹ』の演技、よかったわ」

「ほんとに……見てくれたんですか……？」

「見ていないものを見たとは言えないわよ。それに、知っているかしら？　わたしも子役出身なのよ」

「も、もちろん知ってます」

「それなら、わたしが言ったことを覚えている？」

大きく喘ぎながら、デニスは茫然《ぼうぜん》と呟《つぶや》いた。

「過去の栄光なんか……何の意味もない？」

「そう。あるのは見えない明日だけよ」

ジンジャーはにっこり笑って、今度はトレミィに眼を移した。夫婦として共演した女優にトレミィは苦笑して、ちょっと肩をすくめてみせた。

「あなたには脱帽です。あれだけ一緒にいて、全然気がつきませんでした。すっかり騙されましたよ」

「何よりの誉め言葉だわ」

微笑み合った後、トレミィは遠慮がちに言った。

「ジンジャー、厚かましいお願いで恐縮なんですが、父があなたの大ファンなんです。よろしかったら、一緒に写真を撮ってもらえませんか？　さもないと、いくら口で言っても信じてくれないと思うんです。ぼくがジンジャーと共演したなんてね」

「それなら、今度また一緒にやりましょう」

ジンジャーはきっぱりと言った。

「前から注目していたけど、あなたはいい役者だわ。今回組んでみてそれがよくわかった。あなたとなら次もいい仕事ができるという確信がある。わたしのほうこそお願いするわ。近いうちに、ぜひあなたと共演させてちょうだい」

演技に関する限り、ジンジャーの評価は客観的で、お世辞は言わない。その彼女の過分なまでの賞賛に、トレミィの端整な顔が抑えきれない喜びに輝いた。

「……光栄です」

監督一人が完全に取り残されて硬直している。

ジンジャーは最後に、ちょっと顔を曇らせながらそんなサイモンに話しかけたのだ。

「ごめんなさいね、サイモン。本当はこんなふうにでしゃばるつもりはなかったのに……」

映画に関しては驚異的な勘の良さを発揮《はっき》するこの監督は、たちどころにジンジャーの真意を悟った。

呆気にとられながら、確認するように言っていた。

「何も言わずに……消えるつもりだった……？」

「あなたの伝言を聞かなければね」

サイモンはずり落ち掛けた眼鏡にも気づかずに、長年憧れ続けた美しい人をひたすら見つめていたが、不意に肩の力を抜いた。

「それじゃあ、グレグソンさんに感謝しないと」

苦笑したサイモンは姿勢を正すと、ジンジャーに向かって深々と頭を下げたのだ。

「ありがとうございます。『彼女の作為』を救いに来てくれて。――何より、黙って消えないでくれて感謝します」

「あの、ジンジャー……」

デニスが思い切ったように、恐る恐る話しかけた。

「ぼくも一緒に、写真をお願いしてもいいですか？やっぱり証拠を持って帰らないと……」

トレミィも真面目に頷いている。

「そうなんです。——信憑性《しんぴょうせい》がないよね」

ジンジャーは楽しげに笑って、アイリーンとして苦楽をともにした人たちの肩を抱き寄せた。

「いいわ。みんなで記念に写真撮影にしましょうよ。トレミィ、後でお父さまの名前を教えて。わたしの署名《サイン》と一緒に写真に書くから」

「ほんとですか？　父は喜びすぎて倒れますよ」

「あのっ、ぼくもお願いします」

こうして壇上はいつの間にか写真撮影会となった。

10

翌日、ダヴィデ・ブラッキーニが、アレックス・オルドリッジの殺害容疑で逮捕されたという警察の発表があった。

ジンジャーはアラベスク・ホテルの最上階にあるロイヤルスイートでそれを知った。

昼食を取りながらいくつか記事を調べてみたが、どの媒体《メディア》でもずいぶん小さな扱いの報道だった。

特に、ダヴィデがミディア・カンパニーの社長の息子であることにはいっさい触れていない。

恐らくロレンツォが手を回したのだろう。

情報産業を一手に握っている男だ。本当は記事も握り潰《つぶ》したかったのだろうが、ボルトン橋の事件はユリウスでは大きく取り上げられている。

何らかの決着をつけなければ大衆が納得しないと判断して、やむを得ず、こんな形で妥協したらしい。

そこにジャスミンから連絡が入った。

通信画面のジャスミンは挨拶《あいさつ》も抜きにして、軽くジンジャーを睨《にら》みつけてきた。

「わたしの知らないうちに勝手に片をつけたな？」

この世に怖いものなどないはずのジンジャーだが、この時ばかりは少し小さくなって上目遣いに画面の中の人を窺ったのだ。

「ごめんなさい。騒ぎを大きくしたくなかったのよ。——怒った？」

「怒ってないさ。狙われたのはおまえとサイモンだ。おまえが納得して解決したなら、それでいい」

「ありがとう。——わたしはこう考えたの。警察に知らせるのはいつでもできる。それよりミディアを確実に手中に収めたほうが得だって」

「こっちでも確認した。この男はミディアの社長の最初の息子だそうだな？」

「ええ。いわゆる一族中の鼻つまみ者よ。それでもかばうんだから、親っていうのはありがたいわよね。——サイモンが来たわ。また連絡するわね」

今日ここで話をしようと約束しておいたのだ。

この部屋にはジンジャーが連れてきた小間使いと熟練した執事がいる。

サイモンは執事の案内で室内に足を踏み入れたが、宮殿のような内装に圧倒されたらしい。

ぽかんと口を開けて辺りを見渡していた。

「いらっしゃい、サイモン」

「ジンジャー！　あの……お招きに預かりまして」

「こちらから出向かないといけないところだけど、もうとても外には出られないのよ。こんなところで正体を明かしたんだから自業自得だけど」

二人は向き合って腰を下ろした。

身体が埋まりそうな椅子にサイモンは苦戦しつつ、物言いたげにジンジャーを見つめてくる。

「どうかしたの？」

「まだ、信じられなくて……」

「わたしがアイリーンだということに？」

「はい。それもありますけど……どうしてあなたが、ぼくの映画に出ようなんて考えたのか……」

「忘れたの？　わたしのところに『彼女の作為』の脚本を送ってきたでしょう？」

サイモンは絶句した。まさか読んでもらえるとは思わなかったと顔に書いてある。

「サイモン。あの時言ったことは本当よ。わたしはリリアンをやってみたかったの。それだけよ」

悪戯《いたずら》っぽく言って、ジンジャーは釘を刺した。

「だけど、これは報道陣には内緒にしてちょうだい。さもないと共和宇宙中の新人監督や監督志願者から脚本が送られてくるわ」

サイモンは途方に暮れた顔になった。

「ですけど、みんなそれを聞きたがってるんですよ。報道陣に聞かれたらどう答えればいいんだろう？」

「『ジンジャーはぼくを気に入ってくれたんです』。

それだけでいいのよ。本当のことだもの」

　あっさり言って、ジンジャーは真顔になった。

「ここに来てもらったのは、あなたに謝らなくてはならないと思ったからよ」

　サイモンは眼を丸くした。

「謝る？　あなたがですか？　いったい何を？」

「グレグソンがつまらないことを言い出さなければ、わたしは名乗って出たりしないつもりだった。主演女優賞をすっぽかすのはまずいでしょうけど、今の事態はそれ以上に悪いわ。これで『彼女の作為』は否応なしに売れてしまう。わたしの主演作だという、それだけの理由で。あなたの実力とは関係なしに」

「それはもう……覚悟してます」

　意外にもさばさばとサイモンは言った。

「正直、あなたがアイリーンだとわかった時から、とんでもないことになると思っていました。だけど、ぼくはかまいません。どんな理由でもぼくの映画を見てくれる人が増えるわけですから」

「今はそう言えるかもしれない。だけど、周りからちやほやされて持ち上げられて、それでもあなたはあなたでいられるかしら？」

　サイモンは不思議そうにジンジャーを見た。

「それは、しばらくは騒がれるかもしれませんけど、一時的なものでしょう？　ぼくの撮りたい映画って、わりと地味な感じのものが多いんです。ぼく自身も地味ですから。だから、大丈夫です。報道陣だってそのうちぼくなんかにかまうのに飽きますよ」

　笑って言われて、ジンジャーは少し安心した。

　それが一番心配だったのだ。自分のせいで一人の人間の人生が狂うようなことは避けたかった。

「地味だというけど、『彼女の作為』がベルニーズ最優秀作品賞に選ばれたのは間違いなく実力よ」

「わかってます」

「それから、これなんだけど……」

　ジンジャーが取り出した小箱を見て、サイモンは真っ赤になった。気の毒なくらい狼狽《うろた》えて言った。

「そ、それはもう捨ててください！　まさかこんなこととは思わなかったので……」

「返さなくていいの？」

「それは……アイリーンのための指輪だったんです。――あなたには似合いません」

サイモンは寂《さび》しそうに微笑《ほほえ》んでいた。

もういない彼女を懐かしみ、惜しんでいるような表情だったが、ジンジャーはあっさり言った。

「もったいないわよ。きれいな指輪なのに。捨てるくらいならわたしがもらうわ」

「えっ？　で、でも、それは安物で……」

「関係ないわ。わたしはこれが気に入ったの。ほら、小指にちょうどいいでしょう？」

左手の小指に指輪を通してサイモンに見せながら、ジンジャーはくすぐったそうに笑った。

「指輪を贈る時は寸法《サイズ》くらい確かめたほうがいいわ。これ、わたしの薬指には小さすぎたのよ」

哀れサイモンは茹《ゆ》で蛸《だこ》のようになるしかない。

「いつか……あなたの主演映画を監督してみたいと、ずっと思っていました。それが昔からのぼくの夢で……生涯の目標でした。まさか……知らないうちにその夢がかなってしまうとは思いませんでしたけど。――ジンジャー」

気を取り直して、サイモンは言った。

「いつになるかわかりませんけど、この次は正式に出演依頼をしますから。その時はあなた自身として、ぼくの映画に出演してもらえますか？」

「あらあら、熱心なのは結構だけど、ジンジャー・ブレッドの予定は五年先まで埋まっているのよ」

「知っています」

「それなら、期待して待つことにするわ」

共和宇宙全域を魅了する婉然《えんぜん》たる笑みを浮かべて、ジンジャーは言った。

「あなたがわたしに出演依頼をしてもおかしくない大物の映画監督に成長するのをね」

あとがき

今回はサブタイトルではなく、もう一つ正式タイトルの候補がありました。

『ボルトン橋の怪』です。なかなか雰囲気があって、これでもいいかなと思ったのですが、今回のイラストがまた（理華《りか》さんありがとう！）このイラストにこのタイトルでは、何の話かわからなくなるのでは？　という指摘がありまして、現タイトルに決まりました。


著者の言葉にも書きましたが、生活が完全に昼型に変わりました。

眼が覚めて、カーテンを開けると、朝陽が見える――いったい何年ぶりでしょう？

つい先日まで窓の外に見えるのは夕陽か星空、どんなに早くても午後の太陽だったのに、今は朝の空気が清々《すがすが》しいです。我ながら変われば変わるものです。

あまりの変貌《へんぼう》ぶりに、

「今までずっと夜型だったのに大丈夫？」

と、人に心配されてしまいました。

確かに長年の習慣というものは如何《いかん》ともしがたく、勘違いした時間に起きているような違和感はぬぐえません。

作業中はカーテンを閉め切っていると話しますと、

「せっかく昼間起きてるのに、それじゃあ意味がないでしょう」

と、もっともなことも言われてしまいましたが、実は大いに意味があります。

試しに厚いカーテンを開けて、レースのカーテン越しの陽差しで作業してみましたが、太陽という光源は――当たり前ですが――移動します。

その光源の移動が、ずーっとパソコン画面を眺《なが》めている身にはきついんです。

作業場のすぐ横に窓があるので、余計にそう感じるのかもしれません。室内に差し込む影がだんだんとこう……移動していくのが目障りというか、どうにも気になります。

何より、レース越しでも太陽はやっぱり眩《まぶ》しい。外に出掛ける時は思いきり晴れていて欲しいですが、仕事中は真上からの人工的な光源に限るようです。

それでも、朝早く起きているので、十数時間も経てば自動的に眠くなります。

その結果、困ったのは、遅い時間のＴＶ番組が見られなくなったことでしょうか。

物理的に起きていられないんです。仕方なく録画して、翌日の朝陽の中で見ています。

やっぱり、かなり不健康かもしれません（笑）。

茅田砂胡

ご感想・ご意見をお寄せください。

イラストの投稿も受け付けております。

なお、投稿作品をお送りいただく際には、編集部
(tel:03-3563-3692、e-mail:mail@c-novels.com)

まで、事前に必ずご連絡ください。

〒104-8320 東京都中央区京橋2-8-7
中央公論新社 C★NOVELS編集部

C★NOVELS Fantasia

サイモンの災難《さいなん》
――クラッシュ・ブレイズ

2008年3月25日 初版発行

著 者 茅田《かやた》 砂胡《すなこ》

発行者 早川 準一

発行所 中央公論新社
〒104-8320 東京都中央区京橋2-8-7
電話 販売 03-3563-1431 編集 03-3563-3692
URL http://www.chuko.co.jp/

印 刷 三晃印刷(本文)
大熊整美堂(カバー・表紙)

製 本 小泉製本

Published by CHUOKORON-SHINSHA, INC.
Printed in Japan ISBN978-4-12-501023-6 C0293